梁晓声作品精选

名家作品精选

梁晓声

LIANGXIAOSHENG

梁晓声 著

長江出版傳媒 | 长江文艺出版社

图书在版编目（CIP）数据

梁晓声作品精选 / 梁晓声著. -- 武汉 : 长江文艺出版社, 2019.11(2024.8 重印)
（名家作品精选）
ISBN 978-7-5702-1090-9

Ⅰ. ①梁… Ⅱ. ①梁… Ⅲ. ①散文集－中国－当代②短篇小说－小说集－中国－当代 Ⅳ. ①I217.2

中国版本图书馆 CIP 数据核字(2019)第 189255 号

责任编辑：秦文苑　　责任校对：毛季慧
封面设计：沐希设计　　责任印制：邱　莉　王光兴

出版：长江出版传媒 | 长江文艺出版社
地址：武汉市雄楚大街 268 号　　邮编：430070
发行：长江文艺出版社
http://www.cjlap.com
印刷：三河市百盛印装有限公司

开本：640 毫米×970 毫米　1/16　印张：16.75
版次：2019 年 11 月第 1 版　2024 年 8 月第 2 次印刷
字数：182 千字

定价：58.00 元

目　录

亲·情

人　性

我·心

自白·时代

文·言

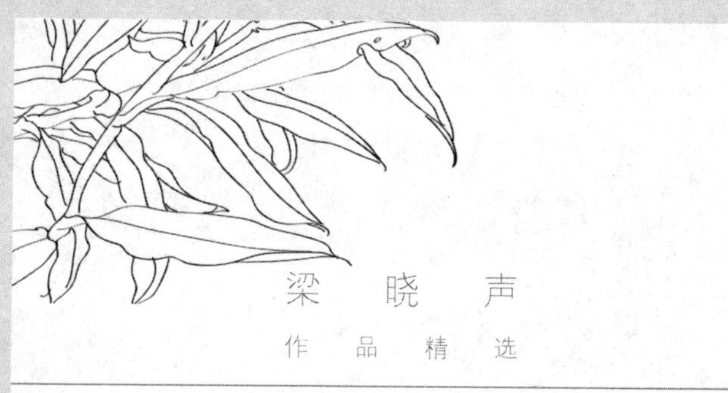

梁　晓　声

作　品　精　选

亲·情

亲 · 情

母亲（慈母情深）

淫雨在户外哭泣，瘦叶在窗前瑟缩。这一个孤独的日子，我想念我的母亲。有三只眼睛隔窗瞅我，都是那杨树的眼睛。愣愣地呆呆地瞅我，我觉得那是一种凝视。

我多想像一个山东汉子，当面叫母亲一声“娘”。

“娘，你作啥不吃饭?”

“娘，你咋的又不舒坦?”

荣成地区一个靠海边的小小村庄的山东汉子们，该是这样跟他们的老母亲说话的么?我常遗憾它之于我只不过是“籍贯”，如同一个人的影子当然是应该有而没有其实也没什么。我无法感知父亲对那个小小村庄深厚的感情。因为我出生在哈尔滨市，长大在哈尔滨市。遇到北方人我才认为是遇到了家乡人。我大概是历史上最年轻的“闯关东”者的后代——当年在一批批被灾荒从胶东大地向北方驱赶的移民中，有个年仅十四岁孑然一身、衣衫褴褛的少年，后来成了我的父亲。

“你一定要回咱家去一遭!那可是你的根土!”

父亲每每严肃地对我说，“咱”说成“砸”，我听出了很自豪的意味儿。

我不知我该不该也同样感到一点儿自豪，因为据我所知那里并没有什么值得自豪的名山和古迹，也不曾出过一位什么差不多可以

算作名人的人。然而我还是极想去一次。因为它靠海。是中国海岸线的最东端，是大陆伸向海洋的东极地。

可母亲的老家又在哪里呢？靠近什么呢？

母亲从来也没对我说过希望我或者希望她自己能回一次她的老家的话。

母亲是吉林人么？我不敢断定。仿佛是的。母亲是出生在一个叫“孟家岗”的地方么？好像是，又好像不是。也许母亲出生在佳木斯市附近的一个地方吧？父亲和母亲当年共同生活过的一个地方吗？

我很小的时候，母亲常一边做针线活，一边讲她的往事——兄弟姐妹众多，七个或者八个。有一年农村闹天花，只活下了三个——母亲、大舅和老舅。

“都以为你大舅活不成了，可他活过来了。他睁开眼，左瞧瞧，右瞧瞧，见我在他身边，就问：‘姐，小石头呢？小石头呢？’我告诉他：‘小石头死啦！’‘三丫呢？三丫呢？三丫也死了么？’我又告诉他：‘三丫也死啦！二妹也死啦！憨子也死啦！’他就哇哇大哭，哭得憋过气去……”

母亲讲时，眼泪扑簌簌地落，落在手背上，落在衣襟上，也不拭，也不抬头。一针一针，一线一线，缝补我的或弟弟妹妹们的破衣服。

“第二年又闹胡子，你姥爷把骡子牵走藏了起来，被胡子们吊在树上，麻绳蘸水抽……你姥爷死也不说出骡子在哪儿，你姥姥把我和你大舅一块堆搂在怀里，用手紧捂住我们嘴，躲在一口干井里，听你姥爷被折磨得呼天喊地。你姥姥不敢爬上干井去说骡子在哪儿，胡子见了女人没有放过的。后来胡子烧了我们家，骡子保住了，你姥爷死了……”

与其说母亲是在讲给我们几个孩子听，莫如说更是在自言自语，更是一种回忆的特殊方式。

这些烙在我头脑里的记忆碎片，就是我对母亲的身世的全部了解，加上“孟家岗”那个不明确的地方。

我的母亲在她没有成为我的母亲之前拴在贫困生活中多灾多难的命运就是如此。

后来她的命运与父亲拴在一起仍是和贫困拴在一起。

后来她成了我们的母亲，又将我和我的兄弟妹妹拴在了贫困上。

我们扯着母亲褪色的衣襟长大成人。在贫困中，她尽了一位母亲最大的责任……

我对人的同情心最初正是以对母亲的同情形成的。我不抱怨我扒过树皮、捡过煤核的童年和少年时期，因为我曾这样分担着贫困对母亲的压迫。并且生活亦给予了我厚重的馈赠——它教导我尊敬母亲及一切以坚忍捧抱住艰辛的生活，绝不因茹苦而撒手的女人……

在这一个淫雨潇潇的孤独的日子，我想念我的母亲。

隔窗有杨树的眼睛愣愣地呆呆地瞅我……

那一年我的家被“围困”在城市里的“孤岛”上——四周全是两米深的地基壑壕、拆迁废墟和建筑备料。几乎一条街的住户都搬走了，唯独我家还无处可搬。因为我家租住的是私人房产——房东欲趁机向建筑部门讨要一大笔钱，而建筑部门认为那是无理取闹。结果直接受害的是我们一家。正如我在小说《黑纽扣》中写的那样，我们一家成了城市中的“鲁滨逊”。

小姨回到农村去了。在那座两百余万人口的城市，除了我们的母亲，我们再无亲人。而母亲的亲人即是她的几个小儿女。母亲为了微薄的工资在铁路工厂做临时工，出卖一个底层女人的廉价的体力。翻砂——那是男人干的很累很危险的重活。临时工谈不上什么劳动保护，全凭自己在劳动中格外当心。稍有不慎，便会被铁水烫伤或被铸件砸伤压伤。母亲几乎没有哪一天不带着轻伤回家的。母亲的衣服被迸溅的铁水烧出一片片的洞。

母亲上班的地方离家很远，没有就近的公共汽车可乘，即便有，母亲也必舍不得花五分钱一毛钱乘车。母亲每天回到家里的时间，总在七点半左右，吃过晚饭，往往九点来钟了。我们上床睡，母亲则坐在床角，将仅仅二十五瓦光的灯泡吊在头顶，凑着昏暗的灯光为我们补缀衣裤。当年城市里强行节电，居民不允许用超过四十瓦光的灯泡。而对于我们家来说，节电却是自愿的，因那同时也意味着节省电费。代价亦是惨重的。母亲的双眼就是在那些年里熬坏的，至今视力很差。有时我醒夜，仍见灯亮着。仍见母亲在一针一针、一线一线地缝补，仿佛就是一台自动操作而又不发声响的缝纫机。或见灯虽亮着，而母亲肩靠着墙，头垂于胸，补物在手，就那么睡了。有多少夜，母亲就是那么睡了一夜。清晨，在我们横七竖八陈列一床酣然梦中的时候，母亲已不吃早饭，带上半饭盒生高粱米或生大饼子，悄无声息地离开家，迎着风或者冒着雨，像一个习惯了独来独往的孤单旅人似的“翻山越岭”，跋涉出连条小路都没给留的“围困”地带去上班。还有不少日子，母亲加班，我们一连几天甚至十天半个月见不着母亲的面儿。只知母亲昨夜是回来了，今晨又刚走了。要不灯怎么挪地方了呢？要不锅内的高粱米粥又是谁替我们煮上的呢？

才三岁多的小妹想妈，哭闹着要妈。她以为妈没了，永远再也见不到妈了。我就安慰她，向她保证晚上准能见到妈，为了履行我的诺言，我与困盹抵抗，坚持不睡。至夜，母亲方归，精疲力竭，一心只想立刻放倒身体的样子。

我告诉母亲小妹想她。

“嗯，嗯……”母亲倦得闭着眼睛脱衣服，一边说，“我知道，知道的。别跟妈妈说话了，妈困死了……”

话没说完，搂着小妹便睡了。

第二天，小妹醒来又哭闹着要妈。

我说：“妈妈是搂着你睡的！不信？你看这是什么？”

枕上深深的头印中，安歇着几根母亲灰白的落发。

我用两根手指捏起来给小妹看：“这不是妈妈的头发么？除了妈妈的头发，咱家谁的头发这么长？”

小妹用两根手指将母亲的落发从我手中捏过去，神态异样地细瞧；接着放在母亲留于枕上的深深地被汗渍所染的头印中，趴在枕旁，守着。好似守着的是母亲……

最堪怜是中秋、国庆、新年、春节前夕的母亲。母亲每日只能睡上两三个小时。五个孩子都要新衣裳穿，没有，也没钱买。母亲便夜夜地洗、缝、补、浆。若是冬季里，洗了上半夜搭到外边去冻着，下半夜取回在屋里，烘烤在烟筒上。母亲不敢睡，怕焦了着了。母亲是个刚强的女人，她希望我们在普天同庆的节日，即使穿不上件新衣服，也要从里到外穿得干干净净。尽管是打了补丁的衣服……

她还想方设法美化我们的家。家像地窖，像窝，像土丘之间的窝。土地，四壁落土，顶棚落土。它使不论多么神通广大的女人为它而做的种种努力，都在几天内变得徒劳。

母亲却常说：“蜜蜂、蚂蚁还知道清理窝呢，何况人！”

母亲即使拼尽她那残余的一点精力，也非要使我们的家在短短几天的节日里多少有点家样不可。

“说不定会有什么人来！”

母亲心怀这等美好的愿望，颇喜悦地劳碌着。

然而没有个谁来。

没有个谁来母亲也并不觉得扫兴和失望。

生活没能将母亲变成懊丧的怨天怨地的女人。

母亲分明是用她的心锲而不舍地衔着一个乐观。那乐观究竟根据什么？当年的我无从知道，如今的我似乎知道了，从母亲默默地望着我们时目光中那含蓄的欣慰。她生育了我们，她就要把我们抚养成人。她从未怀疑她不能够。母亲那乐观在当年所依仗的也许正是这样的信念吧？唯一的始终不渝的信念。

我们依赖于母亲而活着，像蒜苗之依赖于一棵蒜。当我们到了被别人估价的时候，母亲她已被我们吸收空了。没有财富和书本知识，是位一无所有的母亲。她奉献的是满腔满怀恒温不冷的心血供我们吮咂！母亲啊！

娘！我的老妈妈！我无法宽恕我当年竟是那么不知心疼您、体恤您。

是的，我当年竟是那么不知心疼和体恤母亲。我以为母亲就应该是那样任劳任怨的。我以为母亲天生就是那样一个劳碌不停而又不觉得累的女人。我以为母亲是累不垮的。其实母亲累垮过多次。在夜深人静的时候，在我们做梦的时候，几回回母亲瘫软在床上，暗暗恐惧于死神找到她的头上了。但第二天她总会连她自己也不可思议地挣扎着起来，又去上班……

她常对我们说："妈不会累的，这是你们的福分。"

我们不觉得什么福分，却相信母亲累不垮。

在北大荒，我吃过大马哈鱼。肉呈粉红色，肥厚，香。乌苏里江或黑龙江的当地人，习惯将大马哈鱼肉包饺子，视为待客的佳肴。

前不久我从电视中又看到大马哈鱼：母鱼产子，小鱼孵出。想不到它们竟是靠噬食它们的母亲而长大的。母鱼痛楚地翻滚着、扭动着，瞪大它的眼睛，张开它的嘴和它的腮，搅得水中一片红。却并不逃去，直至奄奄一息，直至狼藉成骸……

我的心当时受到了极强烈的刺激。

我瞬间联想到长大成人的我自己和我的母亲。

联想到我们这九百六十万平方公里上一切曾在贫困之中和仍在贫困之中坚忍顽强地抚养子女的母亲们。她们一无所有。她们平凡、普通、默默无闻。最出色的品德乃是坚忍。除了她们自己的坚忍，她们无可傍靠。然而她们也许是最对得起她们儿女的母亲！因为她们奉献的是她们自己。想一想那种类乎本能的奉献真令我心酸。而在她们的生命之后不乏好儿女，这是人类最最持久的美好啊！

我又联想到另一件事：小时候母亲曾买了十几个鸡蛋，叮嘱我们千万不要碰碎，说那是用来孵小鸡的。小鸡长大了，若有几只母鸡，就能经常吃到鸡蛋了。母亲满怀信心，双手一闲着，就拿起一个鸡蛋，握着，捂着，轻轻摩挲着。我不信那样鸡蛋里就会产生一个生命。有天母亲拿着一个鸡蛋，走到灯前，将鸡蛋贴近了灯对我说："孩子，你看！鸡蛋里不是有东西在动吗？"

我看到了，半透明的鸡蛋中，隐隐地确实有什么在动。

母亲那只手也变成了红色的。

那是血色呀！

血仿佛要从母亲的指缝滴淌下来！

"妈妈，快扔掉！"

我扑向母亲，夺下了那个蛋，摔碎在地上——蛋液里，一个不成形的丑陋的生命在蠕动。我用脚去踩，踏。不是宣泄残忍，而是源自恐惧。我觉得那不成形的丑陋的一个生命，必是由于通过母亲的双手吸饱了母亲的血才变出来的！我抬起头望母亲，母亲脸色那

么苍白；我内心更加充满了恐惧，愈加相信我想的是对的。我不要母亲的心血被吸干！不管是那一个被我踩死了的不成形的丑陋的生命，还是万恶的贫困！因为我太知道了，倘我们富有，即使生活在腐朽的棺材里，也会有人高兴来做客，无论是节日或寻常的日子。并且随身带来种种礼物……

“不，不!”我哭了。

我嚷：“我不吃鸡蛋了！不吃了！妈妈，我怕……”

母亲怒道：“你这孩子真罪孽！你害死了一条小性命！你怕什么?”

我说：“妈妈我是怕你死……它吸你的血……”

母亲低头瞧着我，怔了一刻，默默地把我搂在怀里。搂得很紧……

小鸡终于全孵出来了，一个个黄绒绒的，活泼可爱。它们渐渐长大，其中有三只母鸡。以后每隔几日，我们便可吃到鸡蛋了。但我在很长一段时间内不敢吃，对那些鸡我却有着一种特殊的情感，视它们为通人性的东西，觉得和它们有着一种血缘般的关系……

连续三年的自然灾害使我们的共和国也处在同样的艰难时期。国营商店只卖一种肉——“人造肉”，淘米泔水经过沉淀之后做的。粮食是珍品，淘米泔水自然有限。“人造肉”每户每月只能按购货本买到一斤。后来，加工人造肉收集不到足够生产的淘米泔水，“人造肉”便难以买到了。用如今的话说，是“抢手货”，想买到得“走后门儿”。

中央人民广播电台在“为人民服务”节目中，热情宣传河沟里的一层什么绿也是可以吃的，那叫“小球藻”。且含有丰富的这个素那个素，营养价值极高……

母亲下班更晚了。但每天带回一兜半兜榆钱儿。我惊奇于母亲居然能爬到树上去撸榆钱儿。那是她爬上厂里一些高高的大榆钱树撸的。

“有‘洋拉子’么?”

我们洗时，母亲总要这么问一句。

我们每次都发现有。

我们每次都回答说没有。

我们知道母亲像许多女人一样，并不胆小，却极怕树上的“洋拉子”那类毛虫。

榆钱儿当年对我们是佳果。我们只想到母亲可别由于害怕“洋拉子”就不敢给我们再撸榆钱儿了。

如果月初，家中有粮，母亲就在榆钱儿中拌点豆面，和了盐，蒸给我们吃。好吃。如果没有豆面，母亲就做榆钱儿汤给我们喝。不但放盐，还放油。好喝。

有天母亲被工友搀了回来——母亲在树上撸榆钱儿时，忽见自己遍身爬满“洋拉子”，惊掉下来……

我对母亲说：“妈，以后我跟你到厂里去吧。我比你能爬树，我不怕‘洋拉子’……”

母亲抚摸着我的头说：“儿啊，厂里不许小孩进。”

第二天，我还是执拗地跟母亲去上班了。无论母亲说什么，把门的始终摇头，坚决不许我进厂。

我只好站在厂门外，眼睁睁瞧着母亲一人往厂里走。我不肯回家，我想母亲是绝不会将我丢在厂外的。不一会儿，我听到母亲在低声叫我。见母亲已在高墙外了，向我招手。我趁把门的不注意我，沿墙溜过去，母亲赶紧扯着我的手跑，好大的厂，好高的墙。跑了一阵，跑至一个墙洞口，工厂从那里向外排污水，一会儿排一阵，一会儿排一阵。在间隔的当儿，我和母亲先后钻入了厂里。面前榆

林乍现，喜得我眉开眼笑。心内不禁就产生了一种自私的占有欲——都是我家的树多好！那我就首先把那个墙洞堵上，再养两条看林子的狗。当然应该是凶猛的狼狗！

母亲嘱咐我：“别到处乱走。被人盘问就讲是你自己从那个洞钻进来的。千万别讲出妈妈。要不妈妈该挨批评了！走时，可还要钻那个洞！”

母亲说完，便匆匆离开了。

我撸了满满一粮袋榆钱儿，从那个洞钻出去，扛在肩上，心里乐滋滋地往家走。不时从粮袋中抓一把榆钱儿，边走边吃。

结果我身后跟随了一些和我年龄差不多的孩子。垂涎欲滴地瞅着我咀嚼的嘴。

“给点儿！”

“给点儿吧！”

“不给，告诉我们在哪儿的树上撸的也行！”

我不吭声，快快地走。

“再不给就抢了啊！”我跑。

“抢！”

“不抢白不抢！”

他们追上我，推倒我。抢……

我从地上爬起时，“强盗”们已四处逃散，连粮袋儿也抢去了。

我怔怔地站着，地上一片踏烂的绿。

我怀着愤恨走了。回头看，一个老妪在那儿捡……

母亲下班后，我向母亲哭诉自己的遭遇，凄凄惨惨戚戚。

母亲听得认真。凡此种种，母亲总先默默听，不打断我的话，耐心而怜悯的样子。直至她的儿女们觉得没什么补充的了，母亲才平静地做出她的结论。

母亲淡淡地说："怨你。你该分给他们些啊，你撸了一口袋呀！都是孩子，都挨饿。还那么小气，他们还不抢你么？往后记住，再碰到这种事儿，惹人家动手抢之前，先就主动给，主动分。别人对你满意，你自己也不吃亏……"

母亲往往像一位大法官，或者调解员，安抚着劝慰着小小的我们，缓解与社会的血气方刚的冲突，从不长篇大论一套套地训导。往往三言两语，说得明明白白，是非曲直，尽在谆谆之中。并且表现出仿佛绝对公正的样子，希望我们接受她的逻辑。

我们接受了，母亲便高兴，夸我们：好孩子。

而母亲的逻辑是善良的逻辑，包含一个似无争亦似无奈的"忍"字。

为使母亲高兴，我们也唯有点头而已。

可能自幼忍得太多了吧，后来于我的性格中，遗憾地生出了不屈不忍的逆反成分。如今39岁的我，与人与事较量颇多，不说伤疤累累，亦是遍体擦痕。倘咀嚼母亲过去的告诫，便厌恶自己是个犟种。忏悔既深久，每每地克己地玩味起母亲传给我的一个"忍"字来。或曰逆反，或曰"二律背反"也未尝不可。却又常于"克己复礼"之后而疑问重重。弄不清作为一个人，那究竟好呢？还是不好？……

一场雨后，榆钱儿变成了榆树叶。

榆树叶也能做"小豆腐"，做榆树叶汤。滑滑溜溜的，仿佛汤里加了粉面子。

然而母亲厂里的食堂将那片榆树林严密地看管起来了，榆树叶成了工人叔叔和阿姨的佐餐之物。

别了，暄腾腾的"小豆腐"……

别了，绿汪汪的"滑溜溜"……

别了，整个儿那一片使我产生强烈的占有欲并幻想以狼犬严守的榆树林……

我们是社会主义国家，遵循共产主义分配原则，可做“小豆腐”的榆树叶儿“共产”起来，原本也是情理之中的事儿。倒是我那占为己有的阴暗的心思，于当年论道起来，很有点儿自发的资产阶级利己思想的意味儿。

不过我当年既未忏悔，也未诅咒过自己。

母亲依然有东西带给我们，鼓鼓的一小布包——扎成束的狗尾巴草。

狗尾巴草不能做“小豆腐”吃。

不能做“滑溜溜”喝。

却能编毛茸茸的小狗、小猫、小兔、小驴、小骆驼……

母亲总有东西带回给每日里眼巴巴地盼望她下班的孤苦伶仃的孩子们。

母亲不带回点什么，似乎就觉得很对不起我们。

不论什么东西，可代食的也罢，不可代食的也罢。稀奇的也罢，不稀奇的也罢，从母亲那破旧的小布包抖搂出来似乎便都成了好东西。哪怕在别的孩子们看来是些不屑一顾的东西。重要的仅仅在于，我们感受到母亲的心里对我们怀着怎样的一片慈爱。那乃是艰难岁月里绝无仅有的营养供给——那是高贵的“代副食”啊！

母亲是深知这一点的。

某天，放学回家的路上，我被一辆停在商店门口的马车所吸引。瘦马在阴凉里一动不动，仿佛处于思考状态的一位哲学家。老板躺在马车上睡觉，而他头下枕的，竟是豆饼。

四分之一块啊！

豆饼啊！他枕着。

我同学中有一个区长的儿子，有一次他将一个大包子分给我和几个同学吃，香得我们吃完了直咂嘴巴。

“这包子是啥馅的？”

“豆饼！”

“豆饼？你们家从哪儿搞的豆饼？”

“他爸是区长嘛！”

我们不吭声了。

豆饼是艰难岁月里一位区长的特权。

就是豆饼……

我绕着那辆马车转了一圈儿，又转了一圈儿，猜测车老板真是睡着了，就动手去抽那块豆饼。

老板并未睡着。

40来岁的农村汉子微微睁开眼瞅我，我也瞅他。

他说：“走开。”

我说：“走就走。”

偷不成，只有抢了！

猛地从他头下抽出了那四分之一块豆饼，弄得他的头在车板上咚地一响。

他又睁开了眼，瞅着我发愣。

我也看着他发愣。

“你……”

我撒腿便跑，抱着那四分之一块豆饼，沉甸甸的。

“豆饼！我的豆饼！站住！……”

懵怔中的老板待我跑开了挺远才明白过来是怎么一回事，边喊边追我。

我跑得更快，像只袋鼠似的，在包围着我的家的复杂地形中跳

窜，自以为甩掉了追赶着的尾巴，紧紧张张地撞入家门。

母亲愕问："怎么回事？哪儿来的豆饼？"

我着急忙慌，前言不搭后语地说："妈快把豆饼藏起来……他追我！……"却仍紧紧抱着豆饼，蹲在地上喘作一团。

"谁追你？"

"一个……车老板……"

"为什么追你？"

"妈你就别问了！……"

母亲不问了，走到了外面。

我自己将豆饼藏到箱子里，想想，也往外跑。

"往哪儿跑？"

母亲喝住了我。

"躲那儿！"

我朝沙堆后一指。

"别躲！站这儿。"

"妈！不躲不行！他追来了，问你，你就说根本没见到一个小孩子！他还能咋的？"

"你敢躲起来！"母亲变得异常严厉，"我怎么说，用不着你教我！"

只见那持鞭的老板，汹汹地出现了，东张西望一阵，向我家这儿跑来。

他跑到我和母亲跟前，首先将我上下打量了足有半分钟。因我站在母亲身旁，竟有些不敢贸然断定我就是夺了他豆饼的"强盗"，手中的鞭子不由背到了身后去。

"这位大姐，见一个孩子往这边跑了么？抱着不小一块豆饼……"

我说："没有没有！我们连个人影也没看见！"

"怪了，明明是往这边跑的么！"他自言自语地嘟哝，"我挺大个老爷们儿，倒被这个孩子明抢明夺了，真是跟谁讲谁都不相信……"

他悻悻地转身欲走。

"你别走。"不料母亲叫住他，"你追的就是我儿子。"

他瞪着我，复瞪着母亲，似欲发作，但克制着，几乎是有几分低声下气地说："大姐你千万别误会，我可不是想怎么你的儿子！鞭子……是顺手一操……还我吧，那是我今明两天的干粮啊……"一副农村人在城里人面前明智的自卑模样。

母亲又对我说："听到了么？还给人家！"

我怏怏地回到屋里，从粮柜内搬出那块豆饼，不情愿地走出来，走到老板跟前，双手捧着还他。

他将鞭杆往后腰带斜着一插，也用双手接过，瞧着，仿佛要看出是不是小了。

母亲羞愧地说："我教子不严，让你见笑了啊！你心里的火，也该发一发。或打或骂，这孩子随你处置！"

"老大姐，言重了！言重了！我不是得理不让人的人，算了算了，这年头，好孩子也饿慌了！"

他反而显得难为情起来。

"还不鞠个躬，认个错！"

在母亲严厉目光的威逼之下，我被人按着脑袋似的，向那车老板鞠了个草草的躬。

我家的斧头，给一截劈柴夹着，就在门口。

车老板一言不发，拔下斧头，将豆饼垫在我家门槛上，几下，砍得豆饼碎屑纷落，砍为两半。

他一手拿起一半，双手同时地掂了掂，递给母亲一半，慷慨地说：“大姐，这一半儿你收下！”

“那怎么行，是你的干粮啊！”

母亲婉拒。老板硬给，母亲婉拒不过，只好收了，进屋去，拿出两个窝窝头和一个咸菜疙瘩给那车老板。又轮到那车老板拒而不收，最后呢？见母亲一片真心实意，终于收了。从头上抹下单帽，连豆饼一块儿兜着，连说：“真是的，真是的，倒反过来占了你们个大便宜，怪不像话的！……”

之后，他在围困着我们家的地基壑壕、沙堆、废墟和石料场之间择路而去，插在后腰带上的长杆儿鞭子，似“天牛”的一条触角，晃晃的……

“你呀，今天好好想想吧！”

直至吃晚饭前，母亲只对我说了这么一句话。不理睬我，也不吩咐我干什么活儿。而这是比打我骂我，更使我悲伤的。

端起饭碗时，我低了头，嗫嚅地说：“妈，我错了……”

“抬头。”

我罪人一般抬起头，不敢迎视母亲的目光。

“看着妈。”

母亲脸上，庄严多于谴责。

“你们都记住，讨饭的人可怜，但不可耻。走投无路的时候，低三下四也没什么。偷和抢，就让人恨了！别人多么恨你们，妈就多么恨你们！除了这一层脸面，妈再任什么尊贵都没有！你们谁想丢尽妈的脸，就去偷，就去抢……”

母亲落泪了。

我们都哭了……

夏天和秋天扯着手过去了。冬天咄咄地来了。我爱过冬天，大雪使我家周围的一切肮脏都变得洁白一片了。我怕过冬天，寒冷使我家孤零零的低矮的小破屋变成了冰窖。

那一年冬天我们有了一个伴儿——一条小狗。我在放学回家的路上发现了它，被大雪埋住，只从雪中露出双耳。它绊了我一跤。我以为是条死狗，用脚拨开雪才看出它还活着。快冻僵了。它引起了我的怜悯。于是它有了一个家，我们有了一个伴儿。一条漂亮的小狗，白色、黑花，波兰奶牛似的。脖子上套着皮圈儿，皮圈儿上缀着一个小铜牌儿，小铜牌儿上压印出一个“3”。它站立不稳，常趴着，走起来踉踉跄跄。前足抬得高高的，不顾一切地一踏，于是下巴也狠狠触地。幸亏下巴触地，否则便一头栽倒了。喂它米汤喝，竟不能好好喝。嘴在破盆四周乱点一通，五六遭方能喝到一口米汤。起初我以为它是只瞎狗，试它眼睛，却不瞎。而那双怯怯的狗眼，流露着无限的人性，哀哀地乞怜着。我便怀疑它不过是被冻的。它漂亮而笨拙，如同一个患羊癫疯的漂亮的小女孩，它那双褐色的狗眼，不但是通人性的，且仿佛是充分女性的。我并未因其笨拙而产生厌恶。弟弟妹妹们也是。

我们那么需要一个小朋友。

而它可以被当成一个小朋友。

就是这样。

母亲下班回到家里，呆呆地瞅着那狗吃和走的古怪样子，愣了半晌，惊问：“这是什么？”

我回答：“狗。”

“扔出去！”母亲怒道，“快给我扔出去！”

我说：“不！”

弟弟妹妹们也齐声嚷：“不扔！不扔！”

“都不听话啦？”母亲一把抓起了笤帚，高举着首先威胁的是我，

"看我挨个儿打你们!"

我赶紧护住头:"就不许我们喜欢个什么东西吗?"

弟弟妹妹们也齐声表示抗议:"就不许我们养条喜欢的狗吗?"

"就不许我们有个捡来的伴儿吗?"

母亲吼道:"不许!"笤帚却高举着,没即刻落到我头上。

我大胆争辩:"你说过的,对人要心善!"

"可它不是人!"母亲举着的手臂放下了,"人都吃糠咽菜的年月,喂它什么?还是这么条狗!"

我说:"我那份饭分它吃。"

弟弟妹妹们也说:"还有我们!"

母亲长长叹了口气,逐个儿瞧我们,垂下了手臂。

在一中住读的哥哥那天晚上也回家了,研究地望着那条狗说:"我知道了,这是条被医院里做过实验的狗,跑出来了!老师带我们到医院参观过,那些狗脖子上挂的都是这种编了号码的小铜牌儿。肯定做的是小脑实验,所以它失去平衡机能了。生物课本上讲到这一点。不养它,它只有死路一条……"

可怜的我们的小朋友!

母亲又长长地叹了一口气。不知是因狗,还是因她的儿女们集体的发难。

宽容的我们的母亲……

那么样条狗,也是可以和我们在雪地上玩耍的。感谢上帝,它的大脑里的狗性是没被人做过什么实验的。它那种古怪的滑稽的笨拙的动态,使我们发出一串串笑声,足以慰藉我们的幼小的孤独的心灵。

雪地上留下一片片生动的足迹,我们的和狗的……

一天上午,趴在窗前朝外望的三弟突然不安地叫我:"二哥你快看！”

外面，几个大汉在指点雪地上的足迹。

他们朝我家走来。

“是想抢我们的狗吧？”

我也不安了，惶惶地将“3号”藏入破箱子内，将小妹抱到箱子盖上坐着。

大汉们在敲门了。

高叫：“我们是打狗队的！”

“我们家没养狗！”

然而他们闯入家中。

“没养狗？狗脚印一直跑到你家门口！”

“它死了。”

“死了？死了的我们也要！”

“我们留着死狗干什么？早埋了。”

“埋了？埋哪儿？领我们去挖出来看看！”

“房前屋后坑坑洼洼的，埋哪儿我们忘了。”

他们不相信，却不敢放肆搜查，这儿瞧瞧，那儿瞅瞅，大扫其兴地走了……

“他们既然是打狗队的，既然没相信你们的话，就绝不会放过它的……”

晚上，母亲为我们的“小朋友”表现出了极大的担心。

我说：“妈，你想办法救它一命吧！”

母亲问：“你们不愿失去它？”

我和弟弟妹妹们点头。

母亲又问：“你们更不愿它死？”

我和弟弟妹妹们仍点头。

“要么，你们失去它。要么，你们将会看到打狗队的人，当着你们的面儿活活打死它。你们都说话呀！”

我们都不说话。

母亲从我们的沉默中明白了我们的选择。

母亲默默地将一个破箱子腾空，铺一些烂棉絮，放进两个掺了谷糠的窝窝头，最后抱起“3号”，放入箱内，我注意到，母亲抚摸了一下小狗。

我将一张纸贴在箱盖里面儿，歪歪扭扭写着的是——别害它命，它曾是我们的小朋友。

我和母亲将箱子搬出了家，拴根绳子，我们拖着破箱子在冰雪上走。月光将我和母亲的身影映在冰雪上。我和母亲的身影一直走在我们前边。不是在我们身后或在我们身旁，一会儿走在我们身后一会儿走在我们身旁的是那一轮白晃晃的大月亮。不知道为什么月亮那一个晚上始终跟随着我和我的母亲。

半路我捡了一块冰坨子放入破箱子里。我想“3号”它若渴了就舔舔冰吧！

我和母亲将破箱子遗弃在离我家很远的一个地方……

第二天是星期日。母亲难得休息一个星期日，近中午了母亲还睡得很实。我们难得有和母亲一块儿睡懒觉的时候，虽早醒了也都不起。失去了我们的“小朋友”，我们觉得起早也是个没意思。

“堵住它！别让它往那人家跑！”

“打死它！打呀！”

“用不着逮活的！给它一锹！”

男人们兴奋的声音乱喊乱叫。

“妈！妈！”

“妈妈！”

我们焦急万分地推醒了母亲。

母亲率领衣帽不齐的我们奔出家门，见冬季停止施工的大楼角那儿，围着一群备料工人。

母亲率领我们跑过去一看，看见了吊在脚手架上的一条狗，皮已被剥下一半儿。一个工人还正剥着。

母亲一下子转过身，将我们的头拢在一起，搂紧，并用身体挡住我们的视线。

“不是你们的狗！孩子们，别看，那不是你们的狗……”

然而我们都看清了，那是“3号”，是我们的“小朋友”。白黑杂色的漂亮的小狗，剥了皮的身躯比饥饿的我们更显得瘦。小女孩般的通人性的眼睛死不瞑目……

母亲抱起小妹，扯着我的手，我的手和两个弟弟的手扯在一起。我们和母亲匆匆往家走，不回头，不忍回头。

我们的“小朋友”的足迹在离我家不远处中断了。一摊血仿佛是个句号。

自称打狗队的那几个大汉，原来是工地上的备料工人。

不一会儿，他们中的一个来到了我家里，将用报纸包着的什么东西放在桌上。

母亲狠狠地瞪他。

他低声说：“我们是饿急眼了……两条后腿……”

母亲说：“滚！”

他垂了头往外便走。

母亲喝道：“带走你拿来的东西！”

他头垂得更低，转身匆匆拿起了送来的东西……

雨仍在下，似要停了，却又不停，窗前瑟缩的瘦叶是被洗得绿生生的了。偶尔还闻一声寂寞的蝉吟。我知道的，今天准会有客来

敲我的家门——熟悉的，还是陌生的呢？我早已是有家之人了。弟弟妹妹们也都早是有家之人了。当年贫寒的家像一只手张开了，再也攥不到一起。母亲自然便失落了家，栖身在她儿女们的家里。

在她儿女们的家里有着她极为熟悉的东西——依然的贫寒。受居住条件的限制，一年中的大部分日子，母亲和父亲两地分居。

那杨树的眼睛隔窗瞅我，愣愣地呆呆地瞅我。古希腊和古罗马雕塑神祗们的眼睛，大抵都是那样子的，冷静而漠然。

但愿谁也别来敲我的家门，但愿。

在这一个孤独的日子让我想念我的老母亲，深深地想念……

我忘不了我的小说第一次被印成铅字时那份儿喜悦。我日夜祈祷的是这回事儿。真是了，我想我该喜悦，却没怎么喜悦。避开人我躲在个地方哭了，那一时刻我最想我的母亲……

我的家搬到光仁街，已经是一九六三年了。那地方，一条条小胡同仿佛烟鬼的黑牙缝。一片片低矮的破房子仿佛一片片疥疮。饥饿对于普通的人们的严重威胁毕竟开始缓解。我是小学五年级的学生了。我已经有三十多本小人书。

“妈，剩的钱给你。”

“多少？”

“五毛二。”

“你留着吧。”

买粮、煤、劈柴回来，我总能得到几毛钱。母亲给我，因为知道我不会乱花，只会买小人书。每个月都要买粮、买煤、买劈柴，加上母亲平日给我的一些钢镚儿，渐渐积攒起就很可观。积攒到一元多，就去买小人书。当年小人书便宜。厚的三毛几一本，薄的才一毛几一本。母亲从不反对我买小人书。

我还经常去租小人书。在电影院门口、公园里、火车站。有一次火车站派出所一位年轻的警察，没收了我全部的小人书。说我影响了站内秩序。

我一回到家就号啕大哭，我用头撞墙。我的小人书是我巨大的财富。我觉得我破产了，从绰绰富翁变成了一贫如洗的穷光蛋。我绝望得不想活，想死。我那种可怜的样子，使母亲为之动容。于是她带我去讨回我的小人书。

“不给！出去出去！”

车站派出所年轻的警察，大檐帽微微歪戴着，上唇留撇小胡子，一副“葛列高利”那种桀骜不驯的样子。母亲代我向他承认错误，代我向他保证以后绝不再到火车站租小人书，话说了许多，他烦了，粗鲁地将母亲和我从派出所推出来。

母亲对他说：“不给，我就坐台阶上不走。”

他说：“谁管你！”砰地将门关上了。

“妈，咱们走吧，我不要了……”

我仰起脸望着母亲，心里一阵难过。亲眼见母亲因自己而被人呵斥，还有什么事比这更令一个儿子内疚的？

“不走。妈一定给你要回来！”

母亲说着，就在台阶上坐了下去。并且扯我坐在她身旁，一条手臂搂着我。另外几位警察出出进进，连看也不看我们。

“葛列高利”也出来了一次。

“还坐这儿？”

母亲不说话，不瞧他。

“嘿，静坐示威……”

他冷笑着又进去了……

天渐黑了。派出所门外的红灯亮了，像一只充血的独眼，自上而下虎视眈眈地瞪着我们。我和母亲相依相偎的身影被台阶斜折为

三折，怪诞地延长到水泥方砖广场，淹在一汪红晕里。我和母亲坐在那儿已经近四个小时。母亲始终用手臂搂着我。我觉得母亲似乎一动也没动过，仿佛被一种持久的意念定在那儿了。

我想我不能再对母亲说：“妈，我们回家吧！”

那意味着我失去的是三十几本小人书，而母亲失去的是被极端轻蔑了的尊严。一个自尊的女人的尊严。

我不能够那样说……

几位警察走出来了，依然并不注意我们似的，纷纷骑上自行车回家去了。

终于，“葛列高利”又走出来了。

“嗨，我说你们想睡在这儿呀？”

母亲不看他，也不回答。望着远处的什么。

“给你们吧！”

“葛列高利”将我的小人书连同书包扔在我怀里。

母亲低声对我说：“数数。”语调很平静。

我数了一遍，告诉母亲：“缺三本《水浒》。”

母亲这才抬起头来。仰望着“葛列高利”，清清楚楚地说：“缺三本《水浒》。”

他笑了，从衣兜里掏出三本小人书扔给我，嘟囔道：“哟呵，还跟我来这一套……”

母亲终于拉着我起身，昂然走下台阶。

“站住！”

“葛列高利”跑下了台阶，向我们走来，他走到母亲跟前，用一根手指将大檐帽往上捅了一下，接着抹他的一撇小胡子。

我不由得将我的“精神食粮”紧抱在怀中。

母亲则将我扯近她身旁，像刚才坐在台阶上一样，又用一条手臂搂着我。

“葛列高利”以将军命令两个士兵那种不容违抗的语气说：“等在这儿，没有我的允许不准离开！”

我惴惴地仰起脸望着母亲。

“葛列高利”转身就走。

他却是去拦截了一辆小汽车，对司机大声说：“把那个女人和孩子送回家去。要一直送到家门口！”

我买的第一本长篇小说是《红旗谱》，一元多钱。母亲还从来没有一次给过我这么多钱。

我还从来没有向母亲一次要过这么多钱。

我的同代人们，当你们也像我一样，还是一个小学五年级学生的时候，如果你们也像我一样，生活在一个穷困的普通劳动者家庭的话，你们为我做证，有谁曾在决定开口向母亲要一元多钱的时候，内心里不缺少勇气？

当年的我们，视父母一天的工资是多么非同小可啊！

但我想有一本《青年近卫军》，想得整天失魂落魄，无精打采。

我从同学家的收音机里听到过几次《青年近卫军》长篇小说连续广播。那时我家的破收音机已经卖了，被我和弟弟妹妹们吃进肚子里了。

直接吃进肚子里的东西当然不能取代“精神食粮”。

我那时还不知道什么叫“维他命”，更没从谁口中听说过“卡路里”，但头脑却喜欢吞“革命英雄主义”。一如今天的女孩子们喜欢嚼泡泡糖。

在自己对自己的怂恿之下，我去母亲的工厂向母亲要钱。母亲那一年被铁路工厂辞退了，为了每月二十七元的收入，又在一个街道小厂上班。一个加工棉胶鞋帮的中世纪奴隶作坊式的街道小厂。

一排破窗，至少有三分之一埋在地下了，门也是，所以只能朝里开。窗玻璃脏得失去了透明度，乌玻璃一样。我不是迈进门而是跌进门去的。没想到门里的地面比门外的地面低半米。一张踏脚的小条凳权作门里台阶。我踏翻了它，跌进门的情形如同掉进一个深坑。

那是我第一次到母亲为我们挣钱的那个地方。

空间非常低矮。低矮得使人感到心里压抑。不足两百平方米的厂房，四壁潮湿颓败，七八十台破缝纫机一行行排列着，七八十个都不算年轻的女人忙碌在自己的缝纫机后。因为光线阴暗，每个女人头上方都吊着一只灯泡。正是酷暑炎夏，窗不能开，七八十个女人的身体和七八十只灯泡所散发的热量，使我感到犹如身在蒸笼。那些女人们热得只穿背心。有的背心肥大，有的背心瘦小，有的穿的还是男人的背心，暴露出相当一部分丰满或者干瘪的胸脯，千奇百怪。毡絮如同褐色的重雾，如同漫漫的雪花，在女人们在母亲们之间纷纷扬扬地飘荡。而她们不得不一个个戴着口罩。

女人们母亲们的口罩上，都有三个实心的褐色的圆。那是因为她们的鼻孔和嘴的呼吸将口罩滞湿了，毡絮附着在上面。女人们母亲们的头发、臂膀和背心也差不多都变成了褐色的，毛茸茸的褐色。我觉得自己恍如置身在山顶洞人时期的女人们母亲们之间。

我呆呆地将那些女人们母亲们扫视一遍，还是发现不了我的母亲。

七八十台破缝纫机发出的噪声震耳欲聋。

“你找谁？”

一个用竹篾拍竹毡絮的老头对我大声嚷，却没停止拍打。

毛茸茸的褐色的那老头像一只老雄猿。

“找我妈！”

“你妈是谁?”

我大声说出了母亲的名字。

“那儿!”

老头朝最里边的一个角落一指。

我穿过一排缝纫机，走到那个角落，看见一个极其瘦弱的毛茸茸的褐色的脊背弯曲着，头凑近在缝纫机板上。周围几只灯泡的电热烤我的脸。

“妈……”

“……”

“妈……”

背直起来了，我的母亲。转过身来了，我的母亲。肮脏的毛茸茸的褐色的口罩上方，眼神儿疲惫的我熟悉的一双眼睛吃惊地望着我，我的母亲的眼睛。

母亲大声问：“你来干什么?”

“我……”

“有事快说，别耽误妈干活!”

“我……要钱……”

我本已不想说出“要钱”两字，可是竟说出来了!

“要钱干什么?”

“买书……”

“多少钱?”

“一元五角就行……”

母亲从衣兜掏出一卷毛票，用指尖龟裂的手指点着。

旁边一个女人停止踏缝纫机，向母亲探过身，喊：“大姐，别给!没你这么当妈的!供他们吃，供他们穿，供他们上学，还供他们看闲书哇!”又对我喊：“你看你妈这是在怎么挣钱?你忍心朝你

妈要钱买书哇!”

母亲却已将钱塞在我手心里了，大声回答那个女人：“谁叫我们是当妈的啊！我挺高兴他爱看书的!”

母亲说完，立刻又坐了下去，立刻又弯曲了背，立刻将头俯在缝纫机板上了，立刻又陷入手脚并用的机械忙碌状态……

那一天我第一次发现，我的母亲原来是那么瘦小，竟快是一个老女人了！那时刻我努力要回忆起一个年轻的母亲的形象，竟回忆不起母亲她何时年轻过。

那一天我第一次觉得我长大了，应该是一个大人了。并因自己十五岁了才意识到自己应该是一个大人了而感到羞愧难当，无地自容。

我鼻子一酸，攥着钱跑了出去……

那天我用那一元五毛钱给母亲买了一听水果罐头。

“你这孩子，谁叫你给我买水果罐头的？不是你说买书，妈才舍得给你钱的嘛?!”

那一天母亲数落了我一顿。数落完了我，又给我凑足了够买《青年近卫军》的钱……

我想我没有权利用那钱再买任何别的东西，无论为我自己还是为母亲。

从此我有了第一本长篇小说……

后来我有了第一本长篇小说……

后来我有了第二本、第三本、第四本、第五本……《钢铁是怎样炼成的》《牛虻》《勇敢》《幸福》《青年近卫军》……

我再也没因想买书而开口向母亲要过钱。

我是大人了。

我开始挣钱了——拉小套。在火车站货运场、济虹桥坡下、市郊公路上……

用自己辛辛苦苦挣的钱买书时，你尤其会觉得你买的乃是世界上最值得花钱、最好的东西。

于是我有了三十几本长篇小说。十五岁的我爱书如同女人之爱美，向别人炫耀我的书是我当年最大的虚荣。

三年后几乎一切书都成了“毒草”。

学校在烧书。图书馆在烧书。一切有书的家庭在烧书。自己不烧，别人会到你家里查抄，结果还是免不了被烧，普通的人们的家庭只剩下了一个人的书，并且要摆在最显眼的地方。

街道也成了“无产阶级文化大革命执行委员会”——使命之一也是挨家挨户查抄“毒草”焚烧之。

“老梁家的，听说你们这个院儿里，顶数你们家孩子买的黑书多啦，统统交出来吧！”

面对闯入家中的人们，母亲镇定地声明：“我是文盲，不知哪些书是黑书。”

“除了毛主席和林副统帅的书，全是黑书，毒草。这个简单明白的革命道理文盲也是应该懂得的！”

“我儿子的书，我已经烧了，烧光了。现时我家只有那几本红宝书啦。”

母亲指给他们看。

他们怀疑。

母亲便端出一盆纸灰：“怕你们不信，所以保留着纸灰给你们验证。若从我家搜出一本黑书，你们批判我。”

“听说你儿子几十本书呐，就烧成这么一盆纸灰？”

“都保留着，十来盆呢。我不过只保留了一盆给你们看。”

母亲分外虔诚老实的样子。

他们信了。

他们走时，母亲问："那么这一盆纸灰我也可以倒了吧？"

他们善意地说："别倒哇！留着，好好保留着。我们信了，兴许我们今后再来查一遍的人们还不信呀。保留着是有必要的！"

纸灰是预先烧的旧报。

我的书，早已在母亲的帮助下，糊在顶棚上了。

我下乡前，撕开糊棚纸，将书从顶棚取下，放在一只箱子里，锁了，藏在床下最里头。

我将钥匙交给母亲时说："妈，你千万别让任何人打开那箱子。"

母亲郑重地接过钥匙："你放心下乡去吧！若是咱家失火了，我也吩咐你弟弟妹妹们抢救那箱子。"

我信任母亲。

但我离开城市时，心怀着深深的忧郁。我的书我的一个世界上了锁，并且由我的母亲像忠仆一样替我保管，我没有什么可不放心的。然而谁来替我分担母亲的愁苦呢？即使是能够分担一点点？

我知道，不久三弟也是要下乡的。

接着将会轮到四弟。

那么家中只剩下挑不动水的妹妹、疯了的哥哥和我瘦小的憔悴的积劳成疾的母亲了！

我们将只能和父亲一样，从相反的两个方向——大东北和大西北遥遥地关注我们日益破败的家了……

母亲越是刚强地隐藏着愁苦，我越是深深地怜悯母亲。

上帝保佑，我的家并没失过火。却因房屋深陷地下，如同母亲挣钱的那个小厂一样，夏季里不知被雨水淹了多少次。

一九七九年，时隔五载，我第一次从北京回去探家，帮助母亲从家中清除破烂东西，打床底下拖出那一只挺沉的箱子。它布满了滑溜溜的霉苔。

我问母亲："妈，这箱子里装的什么呀？"

母亲看着，回忆着，和我一样想不起来。

"妈，把打开这锁的钥匙给我……"

"妈也记不清楚哪把钥匙是开这把锁的了，你试吧！"

母亲从兜里掏出一串钥匙给我。

锁已锈死，哪一把钥匙也打不开。最后被我用砖头砸开了。

掀开箱盖，一股霉味直冲鼻腔。一箱子书成了一箱子发黄的碎纸。

碎纸中有几个粉红色的小小的生命在扭动，像刚刚被剁下来的保养得极润的女人手指。

我砰地关上了那箱子盖，并用双手使劲按住，仿佛箱子内有一个面目狰狞的魔鬼。

即使将世界装在那样一口箱子里也是会发霉的。

"箱子里到底是什么啊？"

母亲困惑地又问了一句……

父亲带着一颗受了伤害的心离开北京回四弟家中去住了，我致信三弟希望母亲能到北京来住。这是一九八五年的事。算起来我又六年未见母亲了。父亲的走，使我更加想念母亲。我心中常被一种潜在的恐慌所滋扰，我总觉得一个不可避免的事实伏在距离我很近的日子里，当它突然跃到我跟前时，我不知我如何承受那悲哀、内疚和惭愧。

母亲便很快来到了北京。

母亲是感知到了我的心情吗？

我和妻每夜宿在办公室，将我们十三平方米的小小居室让给了母亲、安徽小阿姨秀华和我们三岁半的儿子。一老一少两个女人和

一个孩子夜夜挤在一张并不宽大的硬床上。

母亲满口全是假牙了。

母亲的眼病是更严重了。

“你是她什么人?”

在积水潭医院眼科，医生对母亲的双眼仔细检查了一番后，冷冷地问我。

“儿子。”

“为什么到了这种地步才来看?”

我无言以对。我知道弟弟妹妹们为了治好母亲的眼睛，已是付出了许多儿女的义务和孝心。我也听出了医生话中谴责的意味。

“眼翳是难以去除了，太厚，手术效果不会理想的。而且也极可能伤到瞳仁……”

“那……至少，是应该植假睫毛的吧?”

可怜的母亲，双眼连一根睫毛也没有了！丧失了保护的眼睛常被炎症所苦。

“应该想到的事，你不认为你想到的有些晚了么?眼皮已经这么松弛了，植了假睫毛还是会向内翻，更增加痛苦。”

“那……”

“多大年纪了?”

“六十七岁了。”

“哦，这么大年纪了……开几瓶常用药水吧，每天给你母亲点几次，保持眼睛卫生……这更现实些……”

我搀扶着母亲，兜里揣着几瓶眼药水，缓慢地往医院外面走。

默默地我不知对母亲说什么话好。十五岁那一年，我去母亲为养活我们而挣钱的那个地方的一幕幕情形，从此以后更经常地浮现在我脑际，竟至使我对类似踏缝纫机的一切声音和一切近于褐色的颜色产生极度的敏感。

“儿，你替妈难过了？别难过，医生说得对，妈这么大年纪了，治好治不好的又怎么样呢！……”

八岁的儿子，有着比我在十五岁时数量多的“书”——卡通连环画册、《看图识字》《幼儿英语》《智力训练》什么什么的。妻的工资并不高，甚至可以说是“低收入阶层”，却很相信“智力投资”一类的宣传。如是同样的书，妻也看，儿子也看，因为妻得对儿子进行启蒙式教育，倘我在写作，照例需要相对的安静，则必得将全部的书摊在床上或地上，一任儿子作践，以摆脱他片刻的纠缠。结果更值得同情的不是我，而是他那些“书”。

触目皆是儿子的“书”，将儿子的爸爸的“读物”从随手可取排挤到无可置处，我觉得愤愤不平，看着心乱。既要将自己的书进行“坚壁清野”，又要对儿子的“书”采取“三光政策”。定期对儿子那些被他作践得很惨的“书”加以扫荡，毫不吝惜。

这时候，母亲每每跟着我踱出家门，站于门口望我将那些“书”扔到哪儿去了，随后捡回。如是频频，我不知觉。

一天，我跨入家门，又见满床满桌全是幼儿读物的杂乱情形，正在摆布的却不是儿子，而是母亲。糨糊、剪刀、纸条，一应俱全。母亲正在粘那些“书”。那些曾被儿子作践得很惨被我扔掉过的“书”。

母亲唯恐我心烦，慌慌地立刻就要收起来。

我拿起一册翻看，母亲粘得那么细致。

我说：“妈，别粘了。粘得再好，梁爽也是不看的，这些书早对他失去吸引力了！”

母亲说：“我寻思着，扔了怪让人心疼的不是……要不让我都粘好，送给别人家孩子吧，也比扔了强呀！”

我说："破旧的，怎么送得出手？没谁要。妈你瞧，你也不是按着页码粘的，隔三差五，你再瞧这几页，粘倒了啊！"

母亲说："唉，我这眼啊，要不寄给你弟弟妹妹们的孩子，或者托人捎给他们？"

我说："千里迢迢，给弟弟妹妹们的孩子寄回去捎回去一些破的旧的画册？弟弟妹妹们心里不想什么，弟媳妹夫还不取笑我？"

母亲说："那……我真是白粘了么？……就非扔不可了么？粘好保存起来，过几年，梁爽他长大了几岁，再给他看，兴许他又像没看过的一样了吧？"

我说："也可能。妈你愿粘，就粘吧。粘成什么样都没关系，我不心烦。"

于是我和母亲一块儿粘。

收音机里在播着一支歌：

> 旧鞋子穿破了不扔为何？
>
> 　　老先生老太太他们实在太啰唆……

我想像我这样的一个儿子，是没有任何权利嘲弄和调侃穷困在我的母亲身上造成的深痕的。在如今的消费心理和消费方式的对比之下，这一点并不太使我这个儿子感到可笑，却使我感到它在现实中的格格不入的投影是那么凄凉而又咄咄逼人。

我必庄重。

对于我的母亲所做的这一切似乎没有意义的事情，我必庄重。

我认为那是母亲的一种权利。

我必服从。

我必虔诚。

我不能连母亲这一点点权利都缺乏理解地剥夺了！

我知道床下、柜下，还藏着一些饮料筒儿、饼干盒儿、杂七杂八的好看的小瓶儿什么的，对于十三平方米的居室，它们完全是多余之物，毫无用处。

我装作不知。

是的，我必庄重。

它没什么值得嘲弄和调侃的。倘发自于我，是我的丑陋。尽管我也不得不定期加以清除，但绝不当着母亲的面，并且不忍彻底，总要给母亲留下些她也许很看重的东西……

一天，我嘱咐小阿姨秀华带母亲到厂内的浴室洗澡。母亲被烫伤了，是两个邻居架回来的。

我问邻居："秀华呢？"

她们说她仍在洗。

我从没对小阿姨表情严厉地说过话。但那一天我生气了，待她高高兴兴地踏进家门之后，我板起脸问她："奶奶烫伤了你知道不知道？"

"知道呀！"

"知道你还继续洗？"

"我以为……不严重……"

"你以为……你以为！那么你当时都没走到奶奶身边儿去看看了？我怎么嘱咐你的！……"

母亲见我吼起来，连说："是不严重，是不严重，你就别埋怨她了……"

半个多月内，母亲默默忍受着伤疼，没说过一句抱怨的话。

母亲又失去了假牙。母亲一天取下假牙泡在漱口杯里，被粗心粗意的小阿姨连水泼掉了。

母亲没法儿吃东西了，每顿只能喝粥。

我正要带母亲去配牙那一天，妹妹拍来了电报。

我看过之后，撕了。

母亲问："什么事？"

我说："没什么事。"

"没什么事哪会拍电报？"

母亲再三追问。

尽管我不愿意，但终于不得不告诉母亲——长住精神病院的大哥又出院了……

母亲许久未说话。

我也许久未说话。

到办公室去睡觉之前，我低声问母亲："妈，给你订哪天的火车票？"

母亲说："越早越好，越早越好。我不早早回去，你四弟又不能上班了！"

母亲分明更是对她自己说。

我求人给母亲买到了两天后的火车票。

走时，母亲嘱咐我："别忘了把那瓶獾油和那卷药布给我带上。"

我说："妈，你烫的伤还没好？"

母亲说："好了。"

我说："好了还用带？"

母亲说："就快好了。"

我说："妈，我得看看。"

母亲说："别看了。"

我坚持要看。母亲只好解开了衣襟，母亲干瘪的胸脯有一大片未愈的烫伤的溃面！

我的心疼得抽搐了。

我不忍视，转过脸说：“妈，我不能让你这样走！”

母亲说：“你也得为你四弟的难处想想啊！”

母亲走了。带着一身烫伤，失落了她的假牙。留下的，是母亲的临时挂号证，上面草率的字写着眼科医生的诊断——已无手术价值。

今年春季，大舅患癌症去世了。早在一九六四年，老舅已经去世了。母亲的家族，如今只活着母亲一个女人了，老而多病，如同一段枯朽的树根，且仍担负着一位老母亲对子女们的种种的责任感。那将是母亲至死也无法摆脱的了。

我想我一定要在母亲悲痛的时候回到母亲身旁去。我想如果我不去就简直太混蛋了！

于是我回到了哈尔滨。

母亲更瘦更老更憔悴了。真正的就好似根雕一个样子！

母亲面容之上仿佛并无悲痛。那一副漠漠然的神态令我内心酸楚。母亲其实已没有了丝毫能力担负她的责任和使命了呀！母亲好比是一只老猫，命在旦夕，只有关注着她的亲人和儿女们在这个世界上艰难地死去的份儿了！母亲她苍老的生命大概已完全丧失了体现她内心悲痛和怜悯之情的活力了吧？

在四弟的家里，只有我和母亲两个人的时候，母亲强打起她最后的尊严，语调缓慢地对我说：

“听着，妈和你爸从来没指望你当什么作家。你既然已经是了，就要好好儿地当。妈和你爸都这么大年纪了，别在我们活着的时候，给我们丢脸……”

那一刻，我真想给母亲跪下，告诉母亲我心里的实话——为了好好儿当一个作家，我是活得多么苦多么累！

母亲对我已无他求。

“不会干别的才写小说。”这一句话恰恰应了我的情况。

在这大千世界上我已别无选择，没了退路！

母亲，放心吧。我记着你的话，一辈子！

若有人问我最大的愿望是什么，我会毫不犹豫地回答：将我的老母亲老父亲接到我的身边来，让我为他们尽一点儿拳拳人子的孝心。然而我知道，这愿望几乎等于是一种幻想，一个泡影。在我的老母亲和老父亲活着的时候，大致是可以这样认为的。

我最最衷心地虔诚地感激哈尔滨市政府为我的老父亲和老母亲解决了晚年老有所居的问题，使他们还能和我的四弟住在一起。若无这一恩德降临，在这家原先那被四个家庭三代人和一个精神病患者分居的二十六平方米的低矮残破的生存空间，我的老母亲老父亲岂不是只有被挤到天棚上去住吗？像两只野猫一样！而父亲作为我们共和国的第一代建筑工人，为我们的共和国付出了三十余年汗水和力气。

我的哈尔滨我的母亲城，身为一个作家，我却没有也不能够为你做些什么实际的贡献！

这一内疚是为终生的疚惭。

梁晓声他本非衔恩不报之人！

对于那些读了我的小说《溃疡》给我写来由衷的信，愿真诚地将他们的住房让出一间半间暂借我老母亲老父亲栖身的人们，我也永远地对你们怀着深深的感激。这类事情的重要的意义是，生活中毕竟还存在着善良。

我们北影一幢新楼拔地而起。分房条例规定：副处以上干部，可加八分。得一次全国奖之艺术人员，可加两分。我只得过三次全国中短篇小说奖。填表前向文学部参加分房小组的同志核实，他同情地说："那是指茅盾奖而言，普通的全国奖不算。"我自忖得过三次普通的全国中短篇奖已属文坛幸运儿，从不敢做得三次茅盾奖的美梦。而命运神即使偏心地只拥抱我一个人吧，三次茅盾奖之总分也还是比一位副处长少两分，而我们共和国的副处长该是作家人数的几百倍呢？

母亲呵，您也要好好儿地活着呀！您可要等啊！您千万要等啊！

求求您了，母亲！

母亲呵，在您那忧愁的凝聚满了苦涩的内心里，除了希望您的儿子"好好儿地"当一个作家，再就真的别无所求了么？……

淫雨是停歇了。瘦叶是静止了。这一个孤独的日子，我想念我的母亲。有三只眼睛隔窗瞅我，都是那杨树的眼睛。愣愣地呆呆地瞅我，瞅着想念母亲的我。

邻家的孩子在唱着一首流行的歌：

杨树杨树生生不息的杨树，
就像那妈妈一样，
谁说赤条条无牵挂？

由我的老母亲联想到千千万万的几乎一代人的母亲中，那些平凡的甚至可以认为是平庸的在社会最底层喘息着苍老了生命的女人们，对于她们的儿子，该都是些高贵的母亲吧？一个个写来，都是些充满了苦涩的温馨和坚忍之精神的故事吧？

我之愀然是为心作。

娘！……

遥远地，我像山东汉子一样呼喊您一声，您可听到？

母亲养蜗牛

母亲是住惯了大杂院的。

大杂院自有大杂院的温馨。邻里处得好，仿佛一个大家庭。故母亲初住在北京我这里时，被寂寞所囿的情形简直令我感到凄楚。单位只有一幢宿舍楼，大部分职工是中青年，当然不是母亲聊天的对象。由于年龄、经历、所关注事物之不同，除了工作方面的话题，甚至也不是我的聊天对象。我是早已习惯了寂寞的人，视清静为一天的好运气，一种特殊享受。而且我也早已习惯了自己和自己诉说，习惯了心灵的独白。那最佳方式便是写作。稿债多多，默默地落笔自语，成了我无法改变的生活定律了。

我们住的这幢楼，大多数日子，几乎是一幢空楼。白天是，晚上仿佛也是。人们在更多的时候不属于家，而属于摄制组。于是母亲几乎便是一位被“软禁”的老人了……

为了排遣母亲的寂寞，我向北影借了一只鹦鹉。就是电影《红楼梦》中黛玉养在“潇湘馆”的那一只。一个时期内，它成了母亲的伴友，常与母亲对望着，听母亲诉说不休。偶尔发一声叫，或嘎唔一阵，似乎就是“对话”了。但它有“工作”，是“明星”，不久又被“请”去拍电影了。

母亲便又陷入寂寞和孤独的苦闷之中……

幸而住在我们楼上的人家“雪中送炭”，赠予母亲几只小蜗牛。

并传授饲养方法，交代注意事项。那几个小东西，只有小指甲的一半儿那么大，呈粉红色，半透明，隐约可见内中居住着不轻意外出的胎儿似的小生命。其壳看上去极薄极脆，似乎不小心用指头一碰，便会碎了。

母亲非常喜欢它们，视若宝贝，将它们安置在一个漂亮的装过茶叶的铁盒儿里，还预先垫了潮湿的细沙。有了那么几个小生命，母亲似乎又有了需精心照料和养育的儿女了。七十多岁的老太太，仿佛又变成一位责任感很强的年轻的母亲。她要经常将那小铁盒儿放在窗台上，盒盖儿敞开一半，使那些小东西能够晒晒太阳。并且，要很久很久地守着，看着，怕它们爬到盒子外边，爬丢了。就好比一位母亲守在床边儿，看着婴儿在床上爬，满面洋溢母爱，一步不敢离开。唯恐一转身之际，婴儿会摔在地上似的。连雨天，母亲担心那些小生命着凉，就将茶叶盒儿放在温水中，使沙子能被温水焐暖些。它们爱吃的是白菜心儿，苦瓜、冬瓜之类，母亲便将这些蔬菜最好的部分，细细剁了，撒在盒儿内。一次不能撒多，多了，它们吃不完，腐烂在盒儿内，则必会影响“环境卫生”，有损它们的健康。它们是些很胆怯的小生命，盒子微微一动，立即缩回壳里。它们又是些天生的“居士”，更多的时候，足不出“户”，深钻在沙子里，如同专执一念打算成仙得道之人，早已将红尘看破，排除一切凡间滋扰，“猫”在深山古洞内苦苦修行。它们又是那么的羞涩，宛如大门不出二门不迈的名门闺秀。正应了那句话，真人不露相，露相不真人。偶尔潜出“闺阁”，总是缓移“莲步”，像提防好色之徒攀墙缘树偷窥芳容玉貌似的。觉得安全，则便与它们的“总角之好”在小小的“后花园”比肩而行。或一对对，隐于一隅，用细微微的触角互相爱抚、表达亲昵……

母亲日渐一日地对它们有了特殊的感情。那种感情，是与小言的心灵之倾诉和心灵之交流。而那些甘于寂寞，与世无争、与同类无争的小生命，也向母亲奉献了愉悦的观赏的乐趣。有时，我为了讨母亲的欢心，常停止写作，与母亲共同观赏……

八岁的儿子也对它们产生了浓厚的兴趣，也开始经常捧着那漂亮的小蜗牛们的“城堡”观赏。那一种观赏的眼神儿，闪烁着希望之光。都是希望之光，但与母亲观赏时的眼神儿，有着质的区别……

“奶奶，它们怎么还不长大啊？”

“快了，不是已经长大一些了么？”

“奶奶，它们能长多大呀？”

“能长到你的拳头那么大呢！”

“奶奶，你吃过蜗牛么？”

“吃？”

“我们同学就吃过，说可好吃了！”

“哦……兴许吧……”

“奶奶，我也要吃蜗牛！我要吃辣味儿蜗牛！我还要喝蜗牛汤！我同学的妈妈说，可有营养了！小孩儿常喝蜗牛汤聪明……”

“这……”

“奶奶，你答应我嘛！”

“它们现在还小哇……”

“我有耐性等它们长大了再吃它们。不，我要等它们生出小蜗牛以后再吃它们。这样我不就永远可以吃下去了么？奶奶你说是不是？”

母亲愕然。

我阻止他：“不许你存这份念头！不许你再跟奶奶说这种话！难道缺你肉吃了么？馋鬼，你是一头食肉动物哇？”

儿子眨巴眨巴眼睛，受了天大委屈似的，一副要哭的模样……

母亲便哄："好，好，等它们长大了，奶奶一定做了给你吃。"

我说："不能什么事儿都依他！由我替奶奶保护它们，看谁敢再提要吃它们！"

儿子理直气壮地说："吃猪肉、羊肉、牛肉可以，吃鸡肉可以，吃烤鸭可以，为什么吃蜗牛就不行？"

我晓之以理："我们吃的是肉……"

儿子说："我想吃的也是蜗牛肉呀，我说吃它们的壳了么？"

我说："你得明白，人自己养的东西，是舍不得弄死了吃的。这个道理，是尊重生命的道理……"

儿子顶撞我："你骗小孩儿！你尊重生命了么？上次别人送给你的蚕茧儿，活着的，还在动呢，你就给用油炸了！奶奶不吃，妈妈不吃，我也不吃，全被你一个人吃了！我看你吃得可香呢！"

我无言以对。

从此，儿子似乎更认为，首先在理论上，有极其充分的、天经地义的、无可辩驳的吃蜗牛的根据了……

从此，母亲观看那些小生命的时候，儿子肯定也凑过去观看……

先是，儿子问它们为什么还没长大，而母亲肯定地回答——它们分明已经长大了……

后来是，儿子确定地说，它们分明已经长大了。不是长大了些，而是长大了许多，而母亲总是摇头——根本就没长……

然而，不管母亲怎么想，怎么说，也不管儿子怎么想，怎么说，那些小小的生命，的的确确是天天长大着。在母亲的精心饲养下，长得很迅速。壳儿开始变黑了，变硬了。不再是些仿佛不经意地用指头轻轻一碰就易破碎的小东西了，它们的头和它们的柔软的身躯，从它们背着的“房屋”内探出时，也有形有状了，憨态可掬，很有妙趣了。它们的触角，也变粗变长了，俩俩一对儿，在盒之一隅卿卿我我、“耳鬓厮磨”之际，更显得情意缱绻，斯文百种了……

那漂亮的茶叶盒儿，对它们来说未免显得小了。

于是母亲将它们移入另一个盒子里，一个装过饼干的更漂亮的盒子。

“奶奶，它们就是长大了吧？”

“嗯，就是长大了呢……”

“奶奶，它们再长大一倍，就该吃它们了吧？”

“不行。得长到和你拳头一般儿大。你不是说要等它们生出小蜗牛之后再吃它们么？”

“奶奶，我不想等到那时候，我只吃一次，尝尝什么味儿就行了……”

母亲默不作答。

我认为有必要和儿子进行一次更郑重更严肃些的谈话。

一天，趁母亲不在家，我将儿子扯至跟前，言衷辞切，对他讲奶奶抚养爸爸、叔叔和姑姑成人，一生含辛茹苦，忍辱负重，是多么的不容易。自爷爷去世后，奶奶的一半，其实也已随着爷爷而去了。爸爸的活法又是写作，有心挤出更多的时间陪奶奶，也往往心恳而做不到。爸爸的时间，常被某些不相干的人不相干的事侵占了去，这是爸爸对奶奶十分内疚而无奈的。奶奶内心的孤独和寂寞，是爸爸虽理解也难以帮助排遣的。为此爸爸曾买过花，买过鱼。可养花养鱼，需要些专门的常识。奶奶养不好，花死了，鱼也死了。那些小小的蜗牛，奶奶倒是养得不错，而你还天天盼着吃了它们，你对么？……

儿子低下头说：“爸爸，我明白了……”

我问："你明白什么了？"

儿子说："如果我吃了蜗牛，便是吃了奶奶的那一点儿欢悦……"

我说："既然你明白了，以后再也不许对奶奶说吃不吃蜗牛的话了！"

儿子一副信誓旦旦的模样，诺诺连声。果然再不盼着吃辣味儿蜗牛、喝蜗牛汤了。甚至，再不关注那更漂亮的蜗牛们的新居了……

一天，我下班回到了家里，母亲已做好晚饭，一一摆上桌子。母亲最后端的是一盆儿汤，对儿子说："你不是要喝蜗牛汤么？我给你做了，可够喝吧！"

我愕然。

儿子也愕然。

我狠狠瞪儿子。

儿子辩白："不是我让奶奶做的！……"

母亲也说："是我自己想做给我孙子喝的……"

母亲说着，朝我使眼色……

我困惑。首先拿起小勺，舀了一勺，慢呷一口，鲜极了！但我品出，那绝不是什么蜗牛汤，而是蛤蜊汤。

我对儿子说："奶奶是为你做的，你就喝吧！"

儿子迟疑地拿起小勺，喝了起来。

我问："好喝么？"

儿子说："好喝。"

又问："奶奶对你好不好？"

儿子说："好……奶奶，等我长大了，能挣钱了，挣的钱都给你花！……"

八岁的儿子动了小孩儿的感情，眼泪吧嗒吧嗒落入汤里……

母亲欣慰地笑了……

其实母亲将那些长大了的，她认为完全能够独立生活了的蜗牛放了。放于楼下花园里的一棵老树下。那儿土质松软，潮湿，很适于它们生存。而且，老树还有一深深的树洞，大概是可供它们避寒的……

母亲依然每日将蜗牛们爱吃的菜蔬之最鲜嫩的部分，细细剁碎，撒于那棵树下……

一天，母亲喜笑颜开地对我说："我又看到它们了！"

我问："谁们呀？"

母亲说："那些蜗牛呗。都好像认识我似的，往我手上爬……"

我望着母亲，见母亲满面异彩。

那一刻，我觉得老人们心灵深处情感交流的渴望，真真地令我肃然，令我震颤，令我沉思……

而长大成人的儿子们和女儿们，做了父母的儿子们和女儿们，四十多岁五十多岁的儿子们和女儿们，我们还能够细致地经常洞察到这一点么？

冬天来了。

树叶落光了。

大地冻硬了。

母亲孑然一身地走了。

我给母亲的信中写道："妈，来年春天，我会像您一样，天天剁了细碎的蔬菜，去撒在那一棵老树下……"

那些甘于寂寞的，惯于离群索居的、羞涩的、斯文的、与世无争、与同类无争的蜗牛们啊，谁知它们是否会挨过寒冷的冬天呢？谁知它们明年春天是否会出现在那一棵老树之下呢？

它们真的会认识饲养过它们的我的老母亲么？也会认识那样一位老母亲的儿子么？

愿上帝保佑它们！

母亲播种过什么?

这些平民家庭的小儿女啊，似些孤独的羔羊，面对今天这样明天那样的政治风云，彷徨、迷惘、无奈、亲情失落不知所依。

预感竟是真的有过的。似乎父亲和母亲逝前，总是会传达给我一些心灵的讯息。

十月中旬，我和毕淑敏见过一面。她告诉我她在师大进修心理学，我便向她请教——我说今年以来，无论白天还是夜晚，无论睡着还是醒着，我眼前常有这样一幅画面移动着——在冬季，在北方小村外的雪路上，一只羊拉着一架爬犁，谨慎又从容地向村里走着。爬犁上是一桶井水，不时微少地荡出，在桶外和爬犁上结了一层晶莹的冰。爬犁后同样步态谨慎而又从容地跟随着一位少女，扎红头巾，脸蛋儿亦冻得通红，袖着双手。而漫天飘着清洌的小雪花儿……

并且，我向毕淑敏强调，此电影似的画面，绝非我从任何一本书中读到过的情节，也绝非我头脑中产生的构思片断。事实上一年多以来，尽管此画面一次比一次清晰地向我浮现，但我却从未打算将这画面用文字写出来……

毕淑敏沉吟片刻，答出一句话令我暗讶不已。

她说："你不妨问问你母亲。"

我母亲属羊。母亲的母亲也属羊。而这都是毕淑敏所不知道的。

而母亲于昏迷中入院的第二天，哈尔滨降下了入冬的第一场雪……

我的思想是相当唯物的。但受情感的左右，难免也会变得有点儿唯心起来——莫非母亲的母亲，注定了要在这一年的冬季，将她的女儿领走？我没见过外祖母。但知外祖母去世时，母亲尚是少女……

那么那一桶清澈的井水意味些什么呢？

在医院里，在母亲的病床前，以及在母亲出殡的过程中，我见到了母亲的一些干儿女。

我早知母亲有些干儿女。究竟有多少，并不很清楚。凡三十余年间，有的见过几面，有的竟不曾见过。但我清楚，在漫长的三十余年间，他们对母亲怀着很深很深的感情。

他们当年皆是我弟弟那一辈的小青年。

话说当年，指的是“上山下乡”运动开始以后。许多家庭的长子长女和次子次女，和我以及我的三弟一样，都恋恋不舍地告别了家庭和城市。城市中留下的大抵是各个家庭的小儿女，年龄在十六七岁和十八九岁之间。那个年代，这些平民家庭的小儿女啊，似些孤独的羔羊，面对今天这样明天那样的政治风云，彷徨、迷惘、无奈、亲情失落不知所依。他们中，有人当年便是丧父或失母的小儿女。

既都是平民家的小儿女，所分配的工作也就注定了不能与愿望相符。或做街头小食杂店的售货员，或做挖管道沟的临时工，或在生产环境破败的什么小厂里学徒……

某一年夏天，是知青的我回哈探家，曾去酱油厂看过我四弟的劳动情形。斯时他们几名小工友，刚刚挥板锨出完几吨酱渣，一个个只着短裤，通体大汗淋漓，坐在车间的窗台上，任穿堂凉风阵阵扑吹，唱印度电影《流浪者》中的“拉兹之歌”——我和任何人都没来往，命运啊，我的星辰，你把我引向何方引向何方……

他们心中的苦闷种种，是不愿对自己的家庭成员吐诉的。但是这些城市中的小儿女，又是多么需要一个耐心倾听他们吐诉的人啊！那倾听者，不仅应有耐心，还应有充满心间的爱心。还应在他们渴望安慰和体恤之时，善于安慰，善于劝解，并且，由衷地予以体恤……

于是，他们后来都非常信赖也不无庆幸地选择了母亲。

于是，母亲也就以她母性的本能，义不容辞地将他们庇护在自己身边。像一只母鸡展开翅膀，不管自家的小鸡抑或别人家的小鸡，只要投奔过来，便一概地遮拢翅下……

那些城市中的小儿女啊，当年他们并没有什么可回报母亲的。只不过在年节或母亲生病时，拎上一包寻常点心或两瓶廉价罐头聚于贫寒的我家看望母亲。再就是，改叫“大娘”为叫“妈”了。有时混着叫，刚叫过“大娘”，紧接着又叫“妈”。与点心和罐头相比，一声“妈”，倒显得格外的凝重了。

既被叫“妈”，母亲自然便于母性的本能而外，心生出一份油然的责任感。母亲关心他们的许多方面——在单位和领导和工友的关系；在家中是否与亲人温馨相处；怎样珍惜友情，如何处理爱情；须恪守什么样的做人原则，交友应防哪些失误；不借政治运动之机伤害他人报复他人；不可歧视那些被政治打入另册的人，等等……

母亲以她一名普通家庭妇女善良宽厚的本色，经常像叮咛自己的亲儿女一样，叮咛她的干儿女们不学坏人做坏事，要学好人做好事。

此世间亲情，竟延续了三十年之久。我曾很不以为然过，但母亲对我的不以为然也同样不以为然。她不与我争辩，以一种心理非常满足的、默默的矜持，表明她所一贯主张的做人态度。直至她去世前三天，还希望能为她的一个干女儿和一个干儿子促成一次大媒……

而他们，一个帮着四弟将母亲送入医院，一个一小时后便闻讯匆匆赶到医院，三十几个小时不曾回家，不曾离开过医院！母亲逝后，她的干儿女们都纷纷来到了弟弟家。我说——不必在家中设灵位了吧！他们说——要设。我说——不必非轮守四十八小时灵了吧！他们说——要守。这些三十年前的城市平民家庭的小儿女啊，三十年前是小徒工们，如今仍是工人们。只不过，有的“下岗”了；只不过，都做了父母了。他们都是些沉默寡言之人。我离开哈市时，仍分不清他们中几个人的名字。他们不与我多说什么，甚至根本就不主动与我说话。他们完完全全是冲他们与母亲之间那一种三十年之久的亲情，而为母亲守灵，为母亲烧纸，为母亲送丧的。三十年间，我下乡七年，上大学三年，居京二十年，我曾给予母亲的愉快时日，比他们给予的少得多。回到北京，我常默想——从今以后，我定当以胞弟胞妹视待他们和她们啊！至于我自己的几名中学挚友与母亲之间的亲情，比三十年更长久，从我初一时就开始着了。那是世间另一种亲情，心感受之，欲说还休欲说还休。

每独坐呆想，似乎有了一种答案——那时时浮现过我眼前的画面中那一桶清澈的井水，是否便意味着是人世间的一种温馨亲情呢？母亲的母亲，给予在母亲心里了。而母亲只不过从内心里荡出了一些，便获得了多么长久又多么足以感到欣慰的回报啊！这么想很唯心，但请不要责怪儿子的痴思。

愿此亲情在我们中国老百姓间代代相传。

没了它，意味着是我们普通人的人生多么大的损失啊！

母亲我爱您。

母亲安息吧……

父亲的演员生涯

父亲去世已经一个月了。

我仍为我的父亲戴着黑纱。

有几次出门前，我将黑纱摘了下来，但倏忽间，内心里涌起一种怅然若失的情感。戚戚地，我便又戴上了。我不可能永不摘下。我想。这是一种纯粹的个人情感。尽管这一种个人情感在我有不可殚言的虔意。我必得从伤绪之中解脱。也是无须别人劝慰我自己明白的。然而怀念是一种相会的形式。我们人人的情感都曾一度依赖于它……

这一个月里，又有电影或电视剧制片人员，到我家来请父亲去当群众演员。他们走后，我就独自静坐，回想起父亲当群众演员的一些微事……

一九八四年至一九八六年，父亲栖居北京的两年，曾在五六部电影和电视剧中当过群众演员。在北影院内，甚至范围缩小到我当年居住的十九号楼内，这乃是司空见惯的事。

父亲被选去当群众演员，毫无疑问地最初是由于他那十分惹人注目的胡子。父亲的胡子留得很长。长及上衣第二颗纽扣。总体银白。须梢金黄。谁见了谁都对我说：梁晓声，你老父亲的一把大胡子真帅！

父亲生前极爱惜他的胡子。兜里常揣着一柄木质小梳。闲来无事，就梳理。

记得有一次，我的儿子梁爽，天真发问：“爷爷，你睡觉的时候，胡子是在被窝里，还是在被窝外呀？”

父亲一时答不上来。

那天晚上，父亲竟至于因为他的胡子而几乎彻夜失眠。竟至于捅醒我的母亲，问自己一向睡觉的时候，胡子究竟是在被窝里还是在被窝外。无论他将胡子放在被窝里还是放在被窝外，总觉得不那么对劲……

父亲第一次当群众演员，在《泥人常传奇》剧组。导演是李文化。副导演先找了父亲。父亲说得征求我的意见。父亲大概将当群众演员这回事看得太重，以为便等于投身了艺术。所以希望我替他做主，判断他到底能不能胜任。父亲从来不做自己胜任不了之事。他一生不喜欢那种滥竽充数的人。

我替父亲拒绝了。那时群众演员的酬金才两元。我之所以拒绝不是因为酬金低，而是因为我不愿我的老父亲在摄影机前被人呼来唤去的。

李文化亲自来找我——说他这部影片的群众演员中，少了一位长胡子老头儿。

“放心，我吩咐对老人家要格外尊重，要像尊重老演员们一样还不行么？”——他这么保证。

无奈我只好违心同意。

从此，父亲便开始了他的“演员生涯”——更准确地说，是“群众演员”生涯——在他七十四岁的时候……

父亲演的尽是迎着镜头走过来或背着镜头走过去的“角色”。说那也算“角色”，是太夸大其词了。不同的服装，使我的老父亲在镜头前成为老绅士、老乞丐，摆烟摊的或挑菜行卖的……

不久，便常有人对我说：“哎呀晓声，你父亲真好。演戏认真极了！”

父亲做什么事都认真极了。

但那也算“演戏”么？

我每每的一笑置之。然而听到别人夸奖自己的父亲，内心里总是高兴的。

一次，我从办公室回家，经过北影一条街——就是那条旧北京假影街，见父亲端端地坐在台阶上。而导演们在摄影机前指手画脚地议论什么，不像再有群众场面要拍的样子。

时已中午，我走到父亲跟前，说：“爸爸，你还坐在这儿干什么呀？回家吃饭！”

父亲说：“不行。我不能离开。”

我问：“为什么？”

父亲回答：“我们导演说了——别的群众演员没事儿了，可以打发走了。但这位老人不能走，我还用得着他！”

父亲的语调中，很有一种自豪感似的。

父亲坐得很特别。那是一种正襟危坐。他身上的演员服，是一件褐色绸质长袍。他将长袍的后摆，掀起来搭在背上。而将长袍的前摆，卷起来放在膝上。他不倚墙，也不靠什么。就那样子端端地坐着，也不知已经坐了多久。分明的，他唯恐使那长袍沾了灰土或弄褶皱了……

父亲不肯离开，我只好去问导演。导演却已经把我的老父亲忘在脑后了，一个劲儿地向我道歉……中国之电影电视剧，群众演员的问题，对任何一位导演，都是很沮丧的事。往往地，需要十个群众演员，预先得组织十五六个，真开拍了，剩下一半就算不错。有些群众演员，钱一到手，人也便脚底板抹油，溜了。群众演员，在这一点上，倒可谓相当出色地演着我们现实中的些个“群众”、些个中国人。

难得有父亲这样的群众演员。我细思忖，都愿请我的老父亲当群众演员，当然并不完全因为他的胡子。那两年内，父亲睡在我的办公室。有时我因写作到深夜，常和父亲一块儿睡在办公室。有一天夜里，下起了大雨。我被雷声惊醒，翻了个身，黑暗中，恍恍地，发现父亲披着衣服坐在折叠床上吸烟。我好生奇怪，不安地询问：“爸，你怎了？为什么夜里不睡吸烟？爸你是不是有什么心事啊？”黑暗之中，但闻父亲叹了口气。许久，才听他说：“唉，我为我们导演发愁哇！他就怕这几天下雨……”

父亲不论在哪一个剧组当群众演员，都一概地称导演为“我们导演”。从这种称谓中我听得出来，他是把他自己——一个迎着镜头走过来或背着镜头走过去的群众演员，与一位导演之间联得太紧密了。或者反过来说，他是把一位导演，与一个迎着镜头走过来或背着镜头走过去的群众演员联得太紧密了。

而我认为这是荒唐的。而我认为这实实在在是很犯不上的。我嘟哝地说：“爸，你替他操这份心干吗？下雨不下雨的，与你有什么关系？睡吧睡吧！”“有你这么说话的么？”父亲教训我道，“全厂两千来人，等着这一部电影早拍完，才好发工资，发奖金！你不明白？你一点不关心？”

我佯装没听到，不吭声。

父亲刚来时，对于北影的事，常以“你们厂”如何如何而发议论，而发感慨。不知从什么时候开始，他不说“你们厂”了，只说“厂里”了。倒好像，他就是北影的一员。甚至倒好像，他就是北影的厂长……

天亮后，我起来，见父亲站在窗前发怔。我也不说什么。怕一说，使他觉得听了逆耳，惹他不高兴。后来父亲东找西找的。我问找什么。他说找雨具。他说要亲自到拍摄现场去，看看今天究竟是能拍还是不能拍。他自言自语：“雨小多了嘛！万一能拍呐？万一能拍，我们导演找不到我，我们导演岂不是要发急么？……”听他那口气。仿佛他是主角。我说：“爸，我替你打个电话，向你们剧组问问不就行了么？”父亲不语，算是默许了。于是我就到走廊去打电话。其实是给我自己打电话。回到办公室，我对父亲说：“电话打过了。你们组里今天不拍戏。”——我明知今天准拍不成。父亲火了，冲我吼：“你怎么骗我?!你明明不是给我剧组打电话！我听得清清楚楚。你当我耳聋么？”父亲他怒赳赳地就走出去了。我站在办公室窗口，见父亲在雨中大步疾行，不免羞愧。对于这样一位太认真的老父亲，我一筹莫展……父亲还在朝鲜人民共和国选景于中国的一个什么影片中担当过群众演员。当父亲穿上一身朝鲜民族服装后，别提多么地像一位朝鲜老人了。那位朝鲜导演也一直把他视为一位朝鲜老人。后来得知他不是，表示了很大的惊讶，也对父亲表示了很大的谢意，并单独同父亲合影留念。

那一天父亲特别高兴，对我说：“我们中国的古人，主张干什么事都认真。要当群众演员，咱们就认认真真地当群众演员。咱们这样的中国人，外国人能不看重你么？”

记得有天晚上，是一个星期六的晚上。我与妻子和父母一块儿包饺子。父亲擀皮儿。忽然父亲长叹一声，喃喃地说：“唉，人啊，活着活着，就老了……”

一句话，使我、妻、母亲面面相觑。母亲说：“人，谁没老的时候？老了就老了呗！”父亲说：“你不懂。”妻煮饺子时，小声对我说：“爸今天是怎么了？你问问他。一句话说得全家怪纳闷怪伤感的……”吃过晚饭，我和父亲一同去办公室休息。睡前，我试探地问：“爸，你今天又不高兴了么？”父亲说：“高兴啊。有什么不高兴的！”我说：“那么包饺子的时候叹气，还自言自语老了老了的？”父亲笑了，说：“昨天，我们导演指示——给这老爷子一句台词！连台词都让我说了，那不真算是演员了么？我那么说你听着可以么？……”我恍然大悟——原来父亲是在背台词。我就说：“爸，我的话，也许你又不爱听。其实你愿怎么说都行！反正到时候，不会让你自己配音，得找个人替你再说一遍这句话。……”父亲果然又不高兴了。父亲又以教训的口吻说：“要是都像你这种态度，那电影，能拍好吗？老百姓当然不愿意看！一句台词，光是说说的事么？脸上的模样要是不对劲，不就成了嘴里说阴，脸上作晴了么？”父亲的一番话，倒使我哑口无言。惭愧的是，我连父亲不但在其中当群众演员，而且说过一句台词的这部电影，究竟是哪个厂拍的，片名是什么，至今一无所知。我说得出片名的，仅仅三部电影——《泥人常传奇》《四世同堂》《白龙剑》。前几天，电视里重播电影《白龙剑》，妻忽指着屏幕说：“梁爽你看你爷爷！”我正在看书，目光立刻从书上移开，投向屏幕——哪里有父亲的影子……我急问：“在哪儿在哪儿？”妻说：“走过去了。”

是啊，父亲所“演”，不过就是些迎着镜头走过来或背着镜头走过去的群众角色。走得时间最长的，也不过就十几秒钟。然而父亲的确是一位极认真极投入的群众演员——与父亲“合作”过的导演们都这么说……

在我写这篇文字时，又有人打来电话——

“梁晓声？……”

“是我。”

“我们想请你父亲演个群众角色啊！……”

“这……我父亲已经去世了……”

“去世了？……对不起……”

对方的失望大大多于对方的歉意。

如今之中国人，认真做事认真做人的，实在不是太多了。如今之中国人，仿佛对一切事都没了责任感。连当着官的人，都不大肯愿意认真地当官了。

有些事，在我，也渐渐地开始不很认真了。似乎认真首先是对自己很吃亏的事。

父亲一生认真做人，认真做事。连当群众演员，也认真到可爱的程度。这大概首先与他愿意是分不开的。一个退了休的老建筑工人，忽然在摄影机前走来走去，肯定地是他的一份儿愉悦。人对自己极反感之事，想要认真也是认真不起来的。这样解释，是完全解释得通的。但是我——他的儿子，如果仅仅得出这样的解释，则证明我对自己的父亲太缺乏了解了！

我想——“认真”二字，之所以成为父亲性格的主要特点，也许更因为他是一位建筑工人。几乎一辈子都是一位建筑工人。而且是一位优秀的获得过无数次奖状的建筑工人。

一种几乎终生的行业，必然铸成一个人明显的性格特点。建筑师们，是不会将他们设计的蓝图给予建筑工人——也即那些砖瓦灰泥匠们过目的。然而哪一座伟大的宏伟建筑，不是建筑工人们一砖一瓦盖起来的呢？正是那每一砖每一瓦，日复一日，月复一月，年复一年地、十几年、几十年地，培养成了一种认认真真的责任感。一种对未来之大厦矗立的高度的可敬的责任感。他们虽然明知，他们所参与的，不过一砖一瓦之劳，却甘愿通过他们的一砖一瓦之劳，促成别人的冠环之功。

他们的认真乃因为这正是他们的愉悦！

愿我们的生活中，对他人之事的认真，并能从中油然引出自己之愉悦的品格，发扬光大起来吧！

父亲是一个普通得不能再普通的人。父亲曾是一个认真的群众演员。或者说，父亲是一个“本色”的群众演员。

以我的父亲为镜，我常不免地问我自己——在生活这大舞台上，我也是演员么？我是一个什么样的演员呢？就表演艺术而言，我崇敬性格演员。就现实中人而言，恰恰相反，我崇敬每一个“本色”的人，而十分警惕“性格演员”。

兵与母亲

麦子在北方的大地上熟了的时候，兵们复员了。

其中一个当过班长的兵，行前被单独叫到连部。连长和指导员以温和的目光望着他，交给兵一项任务——兄弟连的一位连长不幸牺牲了，他的老母亲在地方办的一所托老院里。他的任务是在复员途中，替兄弟连队顺便绕路去看望一下老人家……

兵接受了这个任务。不待开欢送会，便独自离开了连队。

兵如期来到了托老院，面对的却是他怎么也不曾料到的情况：托老院由于经营不善，濒临倒闭。前几天，有家属接走了最后几位老人，只剩下那一位连长的母亲还住着……

托老院的人对兵说："你可来了！我们托老院的房产已经卖给一家开发公司了。对方急等着开工建别墅区呢。我们因为老太太为难死了。你一来，我们的问题就解决了。你无论如何把老太太接走吧！"

兵愣了一会儿，也为难地说："我把老人家接走倒是件容易的事，可我又该把老人家往哪儿送呢？"

托老院的人说："这你不必愁，她儿媳妇还在当地农村，送到她身旁去吧！"

兵寻思了一会儿，觉得只有这么做。

在老人家住的那间房子门外，兵响亮地喊了一声："报告！"

“哪个？”——老人家的语调听来郁郁寡欢。

兵犹豫一下，这样回答：“我是一个兵。”

“是兵就不用报告了，快进来吧。当兵的都是我儿子，儿子见娘还报的什么告呢？进吧进吧！”

听得出，老人家心情急切。

托老院的人附耳对兵悄语：“老太太患了痴呆症。清楚的时候少，糊涂的时候多。这会儿说的是半清楚半糊涂的话。”

兵不由得又是一阵发愣。

“儿呀，你怎么还不进来呢？”

托老院的人又附耳对兵悄语：“老太太的双眼也基本失明了……”

兵一听心里就急了。兵怕老人家不慎摔着，顾不得再多想什么，一掌推开门迈进了屋里。

兵又大声说：“老人家，您别下床，我已经进来了！”

老人家的眼睛循声望向兵。垂在床下的一条腿，缓缓地又蜷收到床上去了。她脸一转，头一低，不理兵了……

兵一时不知如何是好。

托老院的人附耳责备兵：“你怎么能叫她老人家呢？你应该叫她娘的嘛！你要真想把老太太接走，你就得冒充是她儿子啊！我告诉你她儿子叫什么名字……”

兵竖起一只手制止道：“不用你告诉，我知道。”

“知道你还愣个什么劲儿呢？你快叫声娘试试吧！”

“娘……”兵张了几下嘴，终于轻轻地叫出了那个在连队四年不曾叫过的亲情脉脉的字。老人家没有反应。

“娘！”老人家还是没有反应。

对方悄语：“她耳朵可一点儿毛病没有。准是因为你第一声没叫

她娘，而叫她老人家，惹她不高兴了。”

“这老太太一不高兴，谁都拿她没办法。我看你今天是接不走她了，先找家旅馆住下吧！”

兵接受了建议，怀着几分惆怅，默默地退了出去……

兵在旅馆住下以后，坐立不安，反反复复地只想一件事——那就是如何才能圆满完成任务。

第二天，托老院的人到那家旅馆去找兵，服务台说，兵退房了。“退房了？”这回轮到托老院的人发愣了。“这个兵，太不像话了！”

“看上去挺实在，没想到这么油滑！连句话都不留就溜了！”

不料，第三天，兵竟又出现在他们面前，托老院的人转忧为喜。他们对兵说，情况有变化，变得对兵极为有利了。因为老太太昨天一下午都在不停地念叨：我儿子怎么露了一面就没影儿了呢？怎么不来接我回家呢？

“只要你别再叫她老人家，充当她儿子，她准会高高兴兴地跟你走！”

他们巴不得老太太立刻就在他们眼前消失。他们一边夸赞兵一边把兵往老太太房间里推……

兵进了门，又习惯地喊了一声：“报告！”

老人家的脸倏地向他转过去。老人家那双失明了的眼里，似乎顿时充满温柔的目光。

兵犹豫片刻，说：“娘，是我，您儿子。来接您回家！”

于是，坐在床上的老人家，向兵伸出了自己的双臂……

兵上前几步，单膝跪下……

老人家的双手捧住了兵的脸。接着，摸向兵的肩，兵的帽子……

“儿呀，衣肩上怎么没那章章了呢？你帽子上怎么没那五角星星了呢?”

“娘，儿复员了!”

“那，你以后就可以整天和娘在一起了?”

“对。儿以后就可以整天和娘在一起了!”

老人家便一下子将兵的头紧紧搂在她怀里了！兵的眼刹那湿了……

兵昨天已经去了百里外的农村，见到了老人家的儿媳。军嫂是个刚强的女子，正承担着丧夫的悲痛在秋收。女儿才九岁，上小学二年级。军嫂对兵说，一忙过秋收，她就会将老人家接回来。

兵当时问:“另转一家托老院行不行呢?”

军嫂说她四处联系过，本县还有另外一家托老院，但收费太高，丈夫的那笔抚恤金支付不了几年啊。转到外县的托老院去，就没法经常去看望老人家了……

军嫂说着说着，落泪了。

兵望着才三十几岁的军嫂，想到了她以后的人生。于是一个决定在心中敲定，他要替军嫂和部队将一位牺牲了的军人的老母亲赡养起来！兵骗军嫂说，他临行前，部队指示他，务必负责将老人家转到另一个省的托老院去。说那儿条件可好了，而且是部队的转业干部在那儿当院长，老人家不会受委屈。军嫂哭了，说她怎么能舍得老人家离她那么远呢?兵就婉言劝军嫂想开点儿，说若辜负了部队的妥善安排也不好啊。军嫂却说，老人家晕车。兵说:“那我用小车推她老人家!”

托老院替兵买了一辆崭新的三轮平板车。装了个美观的遮篷，做了一个分格儿的箱子，里边可以装食物、矿泉水、药，连修车的工具和气筒都替兵备齐了。

兵很感动。

老人家一坐上那辆车就笑得合不拢嘴，孩子似的嚷着：“回家喽，我要回家喽！是我当兵的儿子来接我回家的！”

兵见老人家高兴，自己也高兴，也笑。兵大声说：“娘，坐稳！咱娘儿俩上路啦！”

在托老院的人们的目送下，那辆崭新又美观的三轮平板车渐渐远去。兵将他们面临的难题解决了。兵将他自己那张实实在在憨憨厚厚的脸印在他们的记忆中了。他们从内心里祝福“母子”二人一路平安！

那辆崭新又美观的三轮平板车，在秋高气爽的季节，在斑斓似锦的北方大地上，在由北向南的几乎天天骄阳普照的公路上，如一辆观光旅游车一样，按兵心里的计程表接近着兵的家乡。

兵一路对娘讲着自己看到的景色，偶尔也“引吭高歌”。兵唱得最熟的是“九月九”：九月九，重聚首，美酒浇心头，醉倒在家门口……

路上，“娘”丢过一次：那是在与家乡相邻的一个省份的地界内发生的事。傍晚，在公路旁的一家小饭馆前，兵遇到了几个歹徒抢劫、欺辱一名妇女。兵当然没有袖手旁观。歹徒受到了兵凛然正气的震慑，跑了。但兵的后脑上挨了重重的一击，昏了过去……

兵醒来时，发现自己躺在县城的医院里。“我怎么会在这儿呢？”护士说：“你是见义勇为的英雄呀。在你昏迷不醒的时候，我们县里的领导都来看过你啦！”

“那……我娘呢？”“你娘？”“我在这儿几天了？”“没多久，才四天。”

兵一下子呆住了。兵突然哇地大哭起来。兵双手握成拳，同时擂着病床：“这可怎么好，这可怎么好，我怎么把我‘娘’丢了！都四天了，我上哪儿去找我娘呀！”

此事惊动了院长。院长问明白以后，立即向县里汇报。于是县里指示公安机关出动人员，帮助兵寻找他的“娘”。

其实四天里，“娘”没离开过公路旁那家小饭馆前。确切地说，除了下车去厕所，几乎没离开过那辆三轮平板车。饿了，就吃箱子里的面包，或几块饼干；渴了，喝几口矿泉水，或吃一个西红柿。晚上，蜷在车上睡。小饭馆的主人目睹了兵见义勇为那一幕，有心替兵关照他的“娘”。他送给老人家饭菜，老人家一口也不吃；晚上，他想请老人家睡到他屋子里去，老人家也根本不听他劝。她反反复复只说一句话：“我儿不会把我撇在这儿的！”

也幸亏头脑痴呆的老人家专执一念守在车上，否则，那车肯定会被贪财的人蹬走了。而饭馆主人唯一能尽一下心意的事，不过就是在老人家下车去厕所时，搀扶她并替她照看着车。

当兵见到“娘”四天里没洗过脸的样子，兵双臂紧紧抱住“娘”，头偎在“娘”脸前，泪如泉涌。

兵内疚地说：“娘，对不起，儿让您受委屈了。”

“娘”眉开眼笑，左手拍拍兵的背，右手摸摸兵的脸，高兴地说：“我儿叫娘好担心，我儿叫娘好担心……”

小饭馆的主人听别人悄悄议论老人头脑痴呆，认为纯粹是胡说八道，立即予以反驳：“造谣！我长这么大就没见过比她更主意铁定的老太太！不听到她儿子的声音，连冬天都会在车上过。如果她头脑痴呆，那我们都痴呆了！”

县里向兵授了一面锦旗，上绣“当兵的人”四字。

“娘”坚持让在车篷旁竖一根杆儿，将锦旗挂着。兵看得出“娘”因他这个儿子感到多么的自豪，不愿扫老人家兴，依她。她竟信不过兵，用手摸到那旗杆儿确实竖在车篷旁了，锦旗也确实挂在旗杆儿上了，才欣然地抿嘴笑了。在人们的夹道欢送之下，兵蹬着

那辆车离开了县城。

路上，“娘”问：“儿呀，旗飘着吗？”兵朗声回答：“娘，飘得像一面迎风招展的军旗啊！”

其实，兵已经将旗取下了。他觉得太招摇了。

当然，兵和“娘”也逢过刮风天，下雨天。“娘”就会格外心疼“儿子”，不许他继续赶路，一定要他找个地方避避，或干脆在路边小店住下。兵则完全顺着“娘”的意思，一次也没惹“娘”不快过。

终于有一天，兵蹬着那辆车进入了家乡的地域……在一条盘山路旁，兵刹住车，扭回头喜悦地说：“娘，咱们到家了！远处那小村子就是……”

“娘”却在车上舒服地酣睡着。秋日中午的阳光，以它一年里最后那份儿洋洋暖意，慷慨地照耀在“娘”身上，照耀在“娘”脸上。兵不禁笑了。

斯时那辆崭新的车已经变旧了。有的地方已经因被雨淋过而生锈了。美观的车篷也褪色了，蒙尘落土了。而兵的平头已经长成长发了。兵的军装，被一番番汗碱板结了，像刚刚浆过似的。兵用手抹了一把脸上的汗，觉出自己脸上长出了扎手的胡渣……

斯时兵已蹬着那辆车行程数千公里，历时近两个月了……

不久，连队收到了兵的信。信中写道：“敬爱的连长和指导员：由于特殊的情况，你们交给我的任务，我是这样完成的……”

连长看完信说：“想不到啊！”

指导员看完信说：“归根到底，是我们许多这样的兵，使我们的部队有种种理由感到光荣和骄傲呀！”

当天，复员了的兵的这封信，在全连大会上被宣读了。

一阵肃静之后，一名战士大声唱了起来：咱当兵的人，有啥不一样……于是全连战士齐唱：咱当兵的人，咱当兵的人……

他们想，数千公里以外那一名复员了的战友，也许能听到他们的歌声吧？

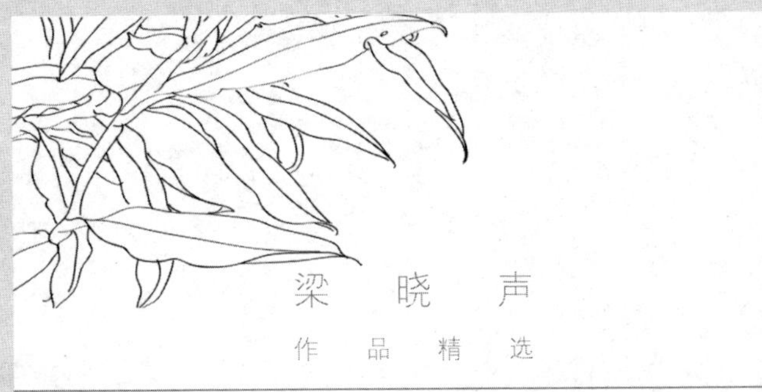

梁　晓　声

作　品　精　选

人·性

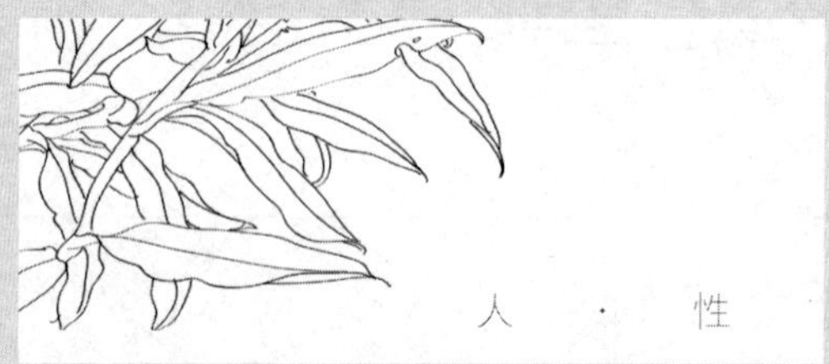
人 · 性

达丽之死

达丽是友人的女儿。是友人唯一的女儿。达丽是初中二年级的学生。是个秀气的少女，也是个文静的少女。友人原是一家大报的编辑，年长我七八岁，那么今年该是五十二三的人了。十年前我们认识的。后来渐渐断了来往。一日我乘坐出租汽车，路遇一个招手截车的男人。那是冬季的一日。风很大，天气很冷。司机跟我商量："问问他去哪儿。如果顺路，就把他捎上，行不？"我说："这么大的风，行啊！"于是司机停了车，摇下车窗问他去哪儿。他回答说去亚运村那边儿。而我回家，正好同路。不待他央求，我就开了车门……他上了车，坐我旁边了。看了我一眼，在我膝上猛拍一掌，友好惊诧地叫出我的名字。于是我不禁扭头注视他，却想不起在哪儿见过他。"唉，唉，当年，你可是以'老师'称我的啊！现在却对面不相识了……"他以批评的口吻说，显出挺感伤的样子。可我还是回忆不起来。他说出了他的姓名。我虚伪地说："是你呀？真巧！……"其实还是没想起他是谁。他将一张名片塞我手里，爽爽快快地对司机说："快开车吧，我付两份儿车钱就是了！"司机说："你们各付各的。你上车，是他同意的。你们原先认识，也不能算同路。不图多挣一张，我车上已经载客了，还停下问你去哪儿干什么……"我下车时，他不许我付车钱。说由他付了。回到家里，我细看那张名片，见他的身份是，某某文化广告公司副经理。

不知为什么，我要求自己必须回忆起这位巧逢的“老师”。我一册册地翻阅名片夹，终于又发现了一张印有他姓名的名片。那上面他的身份是报社文艺部副主任，业务级别是副编审……

晚上我给他打了一次电话——因在出租车上没能立刻认出他，尤其是在他已认出了我并说出了他自己的姓名后，居然一时还回忆不起他来，几分不好意思掺杂着几分虚伪地说了些请多原谅之类的话……

他在电话那一端哈哈笑了。仿佛在通过那一种朗朗的笑声，向我证明着他目前对自己的自信，和对自己新职业新身份的良好感觉。以及目前对自己的活法和生活现状的满足……

我问他哪一年离开报社的。

他说一九九〇年。

我问是辞职还是兼职。

他说当然是辞职。说像他这样的人，一旦想通了，决心下定了，那就破釜沉舟，开弓没有回头箭了。他明白了我的意思。他说这不安上电话了么！说房子住得也宽敞多了。公司为他在亚运村买了三室一厅……我受之无愧！——他说——因为我为公司创收三百余万，这点儿奖励是公司完全应该给的！他特别向我强调——他已经是一个有小车坐的人了。只不过那一天他吩咐司机送客人去了，所以才“打的”……“我已经两年多没有挤公共汽车和骑自行车的体验了，也两年多没‘打的’了……今天真狼狈，沾了你的光……”听他的口气，似乎还挺留恋当年那种挤公共汽车和骑自行车横穿大半个北京的体验似的。我忙说哪里哪里，说其实是我沾了他的光。我将我家里的电话号码告诉了他……以后他就常来电话，和我进行一般性的感情联络。如果说也有什么目的性，那也无非是怂恿我去听国内或港台歌星们的什么什么演唱会……

渐渐地他使我重新认识了他——看来他已经是国内专门组织歌星演唱会的“大腕”了。据他自己说，好几场火爆的演唱会，票价高得令人咂舌的演唱会，都是他策划的。

“现在策划人太多了。阿猫阿狗，往往也摇身一变成了策划人。可有名望的策划人是不多的。真的，中国应该产生超级策划人！……”

有一次他在电话里这么对我说。听得出，他以五十多岁的年龄而踌躇满志，仿佛为自己确定了后半生努力奋斗的目标——成为超级歌星演唱会策划人。仿佛他已经接近着那样的目标了。起码给我的印象是如此那样……

终于有一天他光临我家，还领来了宝贝女儿达丽。我也就是在那一天，第一次见到了那秀气的、沉静而又举止斯文的初二女学生。“叫叔叔！”一少女就略显拘谨地叫了我一声叔叔，并且腼腆地羞红了脸。而后依偎地坐在她父亲身旁，低着头翻阅一册画报。“你看我女儿怎么样？”我一时没领会他的话是什么意思，怔愣地瞧着他，不知如何回答才好。“你看我女儿形象如何？”生平第一次，有一位父亲，当着自己初中二年级的女儿的面，那么问我。我很是愕异，觉得他问得实在唐突。我看了那少女一眼，对她的父亲说：“小达丽形象很清纯嘛！将来也许能当演员呢！”

“是吗？你真的这样认为么？……”——我的话使他顿时高兴起来。他将女儿往自己身旁搂了搂，使她更亲昵地依向自己，望着我坦率地说：“其实我来，是有求于你。”

我说：“你讲，只要我能办到，绝不推诿。”他说：“我是为女儿来求你的。要不我也不带她来了。”我又看那少女一眼，沉默着，期待着。而达丽则停止了翻阅那一册画报，分明是在低着头猜测地想象我的表情反应。“我这个宝贝女儿，是我唯一的安慰。她妈七年

前去世了，我当年一门心思在工作方面，生怕评不上副编审。副编审倒是评上了，可孩子自小的学业给耽误了。当年没入上一所好小学，我对她的学习关心得又不够，现在也就只能在一所很差的中学里混着读。我不打算培养她考大学了。她自己也没这份儿心劲了。好在我这女儿形象不错，嗓子也挺好……达丽，站起来给叔叔唱支歌儿……”

于是那少女迟疑了一阵，站起来，低着头问父亲：“唱什么呀爸？”他说：“随便。觉得自己哪首唱得好，就唱哪一首。”那些日子电视里正播放台湾电视连续剧《新白娘子传奇》，那少女便轻声唱起了“千年等一回”……她唱完，瞧着她父亲，似乎在问——爸，我唱得还好么？还要再唱一首么？而她的父亲则望着我——似乎在同样地问我……我说：“达丽，你坐下吧！”她这才款款重新落座。我望着她父亲说：“唱得真是怪不错的！”其实我并不觉得唱得多么好，也听许多女孩子能唱到那种水平，虚与委蛇地应酬着罢了……她父亲说：“达丽，听到了吧？你在学习方面没了信心，也就算了。一个女孩子家，读到初中，不搞学问，不教书文化够了……”他说着，吸着了一支烟。近些年来，我虽然听到过许多抱怨文化和知识贬值的悲观言论，但还是头一次听到一位曾当过大报社编辑部副主任的父亲，当着自己女儿的面，并当着外人的面说这样的话。我暗想，副编审，在中国，也可以算是一位高级知识分子了。享受副高级知识分子待遇嘛！尽管那待遇可能不过是空头支票。尽管他已经改行当副经理了……

他又轻轻推着女儿，怂恿道：“既然叔叔给了你公正的评价，那你就再给叔叔唱一首！”那少女刚欲站起，我忙制止：“不必了不必了，你就直说你到底求我什么事吧！”

他说：“我想朝影视歌这三方面培养我的宝贝女儿。歌这方面嘛，我自己的能力绰绰有余了。影视圈里，我还不太熟。想劳你今后替达丽，当然也是替我多关注关注，操操心，如果有什么合适的角色，给推荐推荐……”

我吞吐地说：“这个……看机会吧！如果正好有合适的角色，又赶上孩子放假……”“放假不放假的不必太考虑！”他打断了我的话，“只要机会难得，还上什么学啊！”达丽这时就站了起来。她说：“爸，我先到叔叔家对面那个花园里去玩会儿行吗？”毕竟是初二的女学生。即使在父亲眼里仍是个孩子，她那自尊心肯定早已变得极其敏感了。我很是体恤她处在我和她父亲之间的窘迫。不待她父亲开口，我抢先对她实行了“放逐”。我说：“去吧去吧，那花园很美……”她迅速地瞥了我一眼，转身离去了。在那少女的一瞥之中，我破译了许多感激。那是回报给理解的感激……

房门一关上，我瞪着她的父亲，非常郑重地，以批评的口吻说：“你不该当孩子的面说那些话啊！她才初二么！我看她不是一个笨孩子。你完全可以替孩子请位家庭教师补补课嘛！离考大学还有四年呐，来得及嘛！……”

他掐灭烟蒂，又吸上了一支。吸两口，慢条斯理地说：“非要读大学的话，当然还来得及。我这女儿又不弱智。”我说：“那为什么……”他说：“为什么不给她请位家庭教师？目前现状明摆着嘛！”“请不起？”“那才几个钱，看看我吸的什么烟？‘中华’！除了‘中华’，别的烟我不吸。一个月少吸两条‘中华’，请位赋闲的教授也有人愿意！”“那究竟还有些什么别的原因呢？”“什么别的原因也没有。她偏文科。所以将来考也只能考文科。大学文科毕业生，又是个女孩子，会有什么出息？硕士又怎样？博士又怎样？博士后又怎样？当了教授又怎样？每个月最多还不是八九百一千来元么？那得学多少年，还得学八年。八年后才大学毕业啊！读得满腹经纶，学富五车，一直读到博士，那就至少得再读十二年！十二年啊！十二年后中国什么样都不知道啦！可换一种思维，替孩子选择另一种人生，兴许三年后，十五六岁，我就把她培养成一名小歌星了。哪怕三流歌星，一场演出费，就顶大学教授一年的工资了。我这个副编审，没当经理前，不才一百五十多元基本工资嘛！八年时间，一名三流歌星，玩似的也挣下七八十万了！如果唱红了呢！做一次广告够高级知识分子一辈子享受不完的啦！我为什么那么傻？非鼓励孩子走刻苦读书这一条老路？孩子累，我也累，图的什么？你倒说说究竟图的什么？我还能干几年？再干三五年，别人仍抬举，让干也干不动了。那时如果女儿正读大学，我这几年辛辛苦苦积攒下的钱，全得为她交了学费。等到她毕业，一名一无所有的大学生，或者硕士生博士生，供养一位同样一无所有了的老爸，那将会是一种多么绝望的生活？达丽她若能早出息成一名歌星，我晚年不是也跟着享享福么？我又当爸又当妈，还不就指望晚年享享女儿的福么？……”

我也吸着了一支烟。我不知再说什么好。觉得他的话，自有一番道理……

“我要从现在起，努力将我宝贝女儿培养成一个影视歌三栖明星！将来这三个行当，竞争肯定激烈，淘汰也快。所以必须朝三方面的全才去培养。又唱歌，又演电影，又演电视剧。这行受挫了，兴许在另外两行还红着……”

他说完凝视着我。

我问：“你怎么给孩子起名叫达丽？”

我是无话找话，总得说句什么。而且暗想“达丽”这个名，太像有些人给喜爱的小狗起的名字了。

“我和她妈，不都是看《钢铁是怎样炼成的》成长起来的一代人嘛！她妈怀她时，我们讨论过，如果是男孩，就叫保尔。如果是女孩，就叫保尔妻子的名。后来时代变了，我们对自己的理想主义情结，也就越来越轻蔑了。先是被别人轻蔑，后是觉得被时代轻蔑，最后是自己轻蔑自己，自己嘲弄自己。所以，女儿上小学时，我和她妈讨论，就将女儿的名字由‘丽达’改成‘达丽’了，表示一点儿对理想主义情结的背叛情绪吧！知识分子，也就这点儿能耐，就小小不言地表达点儿背叛情绪……”

我说：“原来是这样……”

他说：“终于理解我这位父亲的良苦用心了？”

我说：“理解了……”

他说：“那，肯帮忙了？……”我说：“放心，我一定像为自己的女儿操心一样，一定尽力而为……”直至我送他出家门，达丽还没回来……几个月后，我收到他提前寄来的一张票。夹在信纸内。信很短，只有几行字——说他女儿在那一次演出中，和一个什么什么少女合唱团一起，将荣幸地登台为某“天王巨星”级的香港歌星伴唱，请我无论如何要抽时间去听听。

那天晚上我已有安排，没去。我心里挺不安，觉得太辜负人家的一片诚意。对他求我的事，更加铭记不忘了。又几个月后，我替达丽抓住了一个机会。是一部三集电视剧。是一个有几十句台词的串场大群众角色。可是达丽没接那角色。据说嫌戏太短，戏也太少。我很怀疑是达丽本人不愿接，还是她父亲……他就再没来过电话……渐渐地，联络又中断了。我也就渐渐地又把他们父女俩从记忆中排挤出去了……今年春节期间，似乎是初五的晚上，我接到了一次电话。“喂，晓声么？听得出来我是谁么？”声音很低，无精打采的。我没听出来。“我是……达丽她父亲啊……”我赶紧说：“听出来了听出来了！故意说没听出来，跟您开玩笑呐……”他告诉我

达丽住院了。是破伤风。很希望有人看望看望她。他想来想去，只有请求我成全他女儿的这一种小心愿。我一向是个最好说话的人。何况对那少女，我内心里其实挺喜爱的。于是满口答应。于是第二天带了礼物到医院去看她……那是我第二次见到她。她脸色极苍白，虚弱得说不出话。一双大眼睛，也丝毫没了光彩，没了生动。她得的根本不是什么破伤风而是败血症。这么说也不对。应该说，是由破伤风引起了严重的败血症。

我看过她以后，在病房外问她的父亲——怎么会这样？

他起初不肯说。我一再逼问，才说了——达丽的班上，以达丽为核心，由十几个初二女学生，组成了一个什么“少女追星大家庭”。她是她们那个“大家庭”的“家长”。她的一个女同学，也是她们那个“大家庭”的成员之一，在一块手帕上，绣了大大小小十几颗心，寄给了香港某男歌星。结果她得到了一张他的照片。四寸的，背面有他的亲笔签名。其实究竟是不是亲笔签名，她是无从知道的。她以为是，当然便是了。于是这一张照片，成了她们“大家庭”中的无价之宝似的，引起了另外一些少女们极大的嫉妒。其中最嫉妒的是达丽。她想，她一定要从他那儿得到一件比一张照片更宝贵的东西。其实她究竟要得到什么，连她自己也不十分清楚。这痴情的少女，竟割破自己的手，滴了半小碗血，就蘸着自己的血浆，给自己的崇拜偶像写了一封血书——三四千字的一封血写情书，每一句，每一个标点，都是用他唱过的歌的歌词串联写成的。然而信寄出后，仿佛泥牛入海，空谷无音……

她的手却渐渐感染了……

“这孩子，她为什么就不对我讲呢！不就是一张歌星的照片么！十张我也能替她要来呀！为什么要这么傻呢！……”

他哭了。眼泪顺着脸腮往下淌，哭得一塌糊涂……

“破伤风引起败血症的，百分之一还不到，怎么偏偏让我的女儿摊上了呢！……”

我意识到情况严重，去找医生问，医生果然说——她到医院来得太晚了，因为不但血液，而且心肌也受到了严重的病毒感染……

她的父亲策划了一场又一场大型港台歌星演唱会，使他们一个个席卷巨款乐滋滋喜洋洋地离开大陆，为公司累计创收五六百万，也同时制造了一阵又一阵的“追星热”，直接培养了一批又一批大陆少男少女的“追星族”。

她无疑是她父亲培养得最成功的一个……

却也成了最失败的一个……

破伤风危及生命的百分之一还不到的比例，在这一种成功和这一种失败之间那么荒唐地画了一个等号……

我心中涌起极大的悲哀。为达丽这少女，也为她的父亲。我没话可安慰他……

我第三次见到达丽，已是在火葬场了。那是一个人少得不能再少的哀悼仪式。五六个成年男人，哀悼一个十四岁的少女……

她一只手放在胸前，持着某香港歌星的一张照片。是我从一册画报上剪下来的，是我以模仿的笔体在背面签上了那香港歌星的姓名。我原以为，能在她活着的时候，给她一点儿心理安慰——谁知却成了她死后的陪葬品……

五六个成年男人中，除了她父亲，除了我，再就是他公司里的人了……

哀悼仪式还没完，他们就悄悄谈论起策划下一场演唱会的事儿来……

我听一个人很有把握地说——获利一百多万似乎不成问题……

双琴祭[①]

在夏季最后的日子里，有一个人就要死了。

他是一位老制琴师，制作过许多小提琴和大提琴。演奏家们无不以用他制作的小提琴或大提琴演奏为幸，收藏家们无不以拥有他制作的小提琴或大提琴为荣。非因他制作的小提琴或大提琴多么昂贵，而因那都是音质一流的琴。

但这一座城市里却没谁曾用他制作的小提琴或大提琴演奏过——此城一直没产生一流的小提琴家或大提琴家，尽管有些少男和少女都在努力争取。

这是老制琴师感到的大遗憾。既是为他自己感到的，也是为他所热爱的城感到的。

他清楚自己就要死了。

一天傍晚，他让他的徒弟扶他坐起来。窗外有一棵茁壮的白松。他深情地望着那松，自言自语地说："多直的树啊！"接着，将深情的目光转向徒弟，用父亲般慈祥的口吻问："我唯一的徒弟呀，我是不是将我制琴的技艺，全部无私地传授给你了呢？"

那年轻人在他的病床边跪下了。他用自己的双手握住师傅的一只手，目不转睛地看着师傅说："是的呀师傅，我不知该怎样报答你

---

① 原文题目为《无琴的城》，2012年福建省高考语文题。

才好啊！”

徒弟这么说时，眼中就流下泪来了。

老制琴师欣慰地笑了。他说：“徒弟呀，我从没想过得到你的报答。”他吃力地抬起手臂，指着窗外又说：“那一棵白松，就算我留给你的纪念吧！”

徒弟一听此话便哭了。他吻着师傅的手说，“师傅呀，只要有我在，那棵树就不会倒下……”

老制琴师却说：“徒弟呀，恰恰相反，我要你在秋季里伐倒它。秋季里它的木质不含有过多的水分了，容易烘干，正可成为制琴的好木材啊！我一直有一个愿望，要用它的下段制一把大提琴，要用它的上段制一把小提琴。我的经验告诉我，这棵白松可以制作两把音质最好的琴。可是现在我已经不能实现此愿了，只有靠你来实现了。当你把琴制成，你就替我赠给我们这一座城市里最有音乐天赋的少年吧！而当这一座城市里响起小提琴与大提琴优美的合奏，那就是对我最高方式的纪念了！”

徒弟泣不成声地说：“我的师傅啊，我发誓，你一定会在天国听到小提琴与大提琴优美的合奏。而那音乐之声，正是从我们这座城市传向天国的！”

斯夜，老制琴师溘然长逝。

徒弟满怀悲痛埋葬了他。

在秋末一个阳光明媚的日子，年轻的制琴师伐倒那一棵茁壮的白松，亲自将它锯成一块块木板。的确，那真是制琴的好材料呢！纹理细密而清晰；木质又是那么的白皙坚实；可喜的硬度中具有可贵的柔度；没一处疤结；没一个蛀孔。当他将它们一一刨平，用手抚摸时，感觉像是在抚摸少女润泽的肌肤。当他以指轻弹它们，它们便发出悦耳的敲木鱼般的音响。年轻的制琴师不禁亲吻它们，就

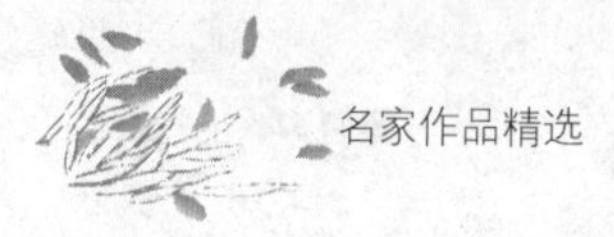

像亲吻已经做成了的小提琴或大提琴，也像亲吻所爱的女郎的脸颊。那一时刻他心中充满了对师傅的怀念和感激。他想，自己的师傅是将创造美好事物的机会留给了自己！于是他心中亦同时充满了创造美好事物的圣洁的冲动……

年轻的制琴师废寝忘食，日夜制作，对每一个环节都无比认真。仿佛不是在制琴，而是在绣一件七彩霓裳。他时时觉得，师傅的目光，正从天国充满期望地注视他……

到了冬季，在圣诞节的前夕，他终于将两把琴制成了。他没立刻宣布消息，背着两把琴，悄悄离开了他的城市。跟随师傅多年，他也认识几位称得上是大师的小提琴或大提琴演奏家，知道他们经常在另外哪些城市里演出。他要一一找到他们，请他们鉴定两把琴的音质。

赞叹！……还是赞叹！……

大师们都欲出高价买下琴，因为他们太为那两把琴的音质所折服了！尤其当两把琴一起合奏时，大提琴的琴音是那么的浑厚，深沉。急骤起来，如江河奔腾直泻，如万壑松涛撼林；倏忽轻缓，又似竹枝声咽，幽泉潺流，不绝若缕。小提琴的琴音是那么的曼妙，那么的抒情，如一个看不见的精灵，在看不见的五线谱上翩翩舞蹈。正是“弦弦掩抑声声思”“未成曲调先有情”。弓柔便如儿女私语，玉钗击磬，并伴莎萆蛰吟，櫂声咿喃；弦切则似“银瓶乍破水浆迸，铁骑突出刀枪鸣”……

但是年轻的制琴师哪肯卖了那两把琴呢！他向大师们讲述了师傅的遗愿和殷殷嘱托，大师们亦被深深感动了。他们替他请了几位杰出的指挥家帮助校弦。指挥家们的耳是音乐的鉴定器呀！那把大提琴和小提琴，经过指挥家们校弦，其音是更加优良纯正了……

年轻的制琴师带着它们，带着大师们和指挥家们由衷的祝福回到了他的城，庄重而又满怀喜悦地向人们公布了师傅的遗愿。

人人奔走相告，全城沸腾，群情激动。

百余名少男和百余名少女参加了大提琴和小提琴两组评选性质的公开演奏。德高望重的音乐专业人士们组成了评委。新闻界现场报道，一篇篇大块文章相继发于报刊。接连几天里街谈巷议，好生的热闹。这是一座不经常有新闻发生的城市。在这一座城市里一天天倍感寂寞的不是别人，是那些因职业而被叫作记者的人们。别人没有新闻也是可以照样生活，照样工作和照样爱着的，而对于那些被叫作记者的人们，天长日久没有新闻，就好比荤食者们渴望腻肉油腥了。现在，他们感觉好多了，对自己存在的价值也自信多了。而促使和鼓吹艺术家的产生是多么崇高的使命呀！

一个星期以后，评选结果终见分晓。两名少年由大提琴和小提琴两组中过关斩将，以优拔萃，成了本城的幸运少年。

年轻的制琴师将琴赠予他们时，自然少不了说些勉励的话。

于是他也成了“焦点人物”，无论躲到哪里，总会被记者们寻找到，不厌其烦地要求：“请谈几句，请谈几句……”

他只不过是一个制琴的技艺之人，口拙舌笨，其实早已没什么话好说。该说的，对两名幸运少年说过了。而且，他认为那是他替师傅说的。说是他为师傅尽着的义务。倘无此义务感，他本是什么都不想说的……

不堪滋扰的更是两名少年。

他们无时无处不被记者们追着问：“有何感想？有何感想？……”

其实他们除了觉得幸运，觉得荣耀以及人们对于他们的期望给他们造成的从未经受过的压迫，无复另有什么感想。他们甚至不知该如何应付才对。也不知究竟该隐匿到何处去，才能回到自己从前

那种能够潜心习琴的美好时光……

为了他们的前途不受负面影响，他们的父母决定将他们送到别的城市去拜师深造。

于是有商人主动资助，而商人的资助，大抵又有着讳莫如深的商业目的。

于是媒体究诘不休，而商人们闪烁其词，极力用高尚的动机掩饰他们的真正打算……

于是人们又有了茶余饭后的话题。数目不小的资助金在不少人心中搅动起了嫉妒的波澜……

于是两名少年的父母，登报声明他们并非将儿子们当摇钱树的那一种不良父母。他们真的也不是那样的父母。他们替儿子们做主接受资助，只不过是为了使儿子们无经济方面的后顾之忧。但那声明，在心生嫉妒的人们看来，难免有“此地无银三百两”的意味儿。而商人们却自然地觉得名誉受损了，登出了两名少年的父母与他们签订的合同，以正视听。于是两名少年的父母赶紧又登报声明，他们的前一份声明，不是针对高尚的商人们而发的。他们怎么会以怨报恩呢？于是媒体以通栏标题在一版上提出令两对父母难堪的质问——“那么，是针对谁的？”于是引起不少公众的愤怒——是针对我们吗？凭什么针对我们？因我们嫉妒吗？你们的儿子不就是会拉琴吗？不就是由于会拉琴获得了商人们给的一笔钱吗？有什么了不起？有什么值得嫉妒的？

媒体好不亢奋！

两名少年，却悄悄离开了那一座城。正如年轻的制琴师当初背着琴悄悄离开一样。所不同的是，年轻的制琴师当初一人背着两把琴；而两名少年现如今各背一把。年轻的制琴师当初确信自己将会带给本城的人们一个惊喜；而两名少年彼此发誓，他们以后再也不回到他们的城了！

少年面对自己生于斯长于斯的城对天发誓永不归来，这真是件令人难过的事。

当媒体从业者们寻找不到那两个少年，转而去寻找年轻的制琴师，都打算问他有何感想时，发现琴店的门上持挂着一把大锁。

年轻的制琴师也不知去向……

媒体从两把琴所引发的这一件事而能榨取的最后的话题炒作，随着两名音乐少年和年轻的制琴师从本城的消失，渐渐归于平息，归于寂灭……

十年弹指一瞬间。

人们渐渐淡忘了两名少年，更无人再提起年轻的制琴师和他的师傅老制琴师。琴店在十年的风风雨雨中颓败着，门上的锁早已锈迹斑斑……

只有两名少年各自的父母和资助着他们的商人们，一直以不同的心态挂记着他们。但也仅仅是挂记着他们，从不打听年轻的制琴师的消息……

十年后少年成长为青年。他们的音乐天赋充分显示。他们在别的城名声鹊起。他们的演奏水平一天天接近着大师们。他们也一天比一天怀念他们家乡那一座城了。但是他们都不流露这一点，更不愿向对方主动承认这一点。

十年后年轻的制琴师已不再年轻，他脸上出现了中年人的沧桑。他一直追随着当年的两名音乐少年。也可以说他一直追随着他所制作的两把琴，追随着他的师傅生前的夙愿和理想。他一直在过着流浪汉的生活。有时制作一把琴廉价而售，有时仅仅能够修琴，而更多的日子里，他只不过是在为人做小工。一个流浪汉自然是没资格恋爱的。他孑然一身，无妻无家。他仿佛陷入了一种单恋，所恋乃是他师傅生前的夙愿和理想，所恋也是他自己的夙愿和理想。

每当两名青年举行演奏会，他总是去倾听，并且总是穿得整洁一些，尽量给别人体面的印象。他有时能买得起票，更多的时候买不起票。即使能买得起票，也往往是最后一排的票。而买不起票的时候，他就只得向把门人提他师傅的名字了。他师傅的名字在某些情况下是无形的通行证，在某些情况下什么作用都不起。那么他就唯有向把门人苦苦恳求了，侥幸允许入场的条件是站在门旁，并在散场后义务打扫场地……

合奏的琴声一曲接一曲，享受音乐的人们在优美的琴声中陶醉时，隐在门幔后面的那一个人，便仰起他的脸久久地望着音乐厅装饰华美的拱顶。那时他眼中泪光闪闪，泪水顺着他的脸颊往下流。制琴师并不同时都是音乐欣赏家。他们制琴的技艺并不顺理成章地与他们欣赏音乐的水平成正比。他的感动是缘于他师傅的，也缘于他自己的夙愿和理想终于得以实现。责任感重的人最容易将自己的责任理想化。而他们一旦这样了，他们本身便往往也变成了他们的理想的一部分。此时某事对人生显得严峻起来，此时人生被对自己的理想的欣赏所异化……

然而两名一步步迈向艺术巅峰的青年却从来也没注意过他。有次他们在音乐厅的台阶上恰巧碰见他恳求把门人让他入场。把门人对他说："只要他们同意……"

他将目光望向他们时，他们脸上竟呈现出了鄙视的表情。因为他们并没能认出他来。事实上连他们也将他这个赠予他们琴的人彻底忘掉了。

那一次他竟没能入场听他们的演奏……

资助他们的商人们认为该是从他们身上获得回报的时候了。他们先向媒体介绍他们在别的城市所受到的尊敬，引起了媒体十年后重新报道他们的极大兴趣。这兴趣不无水分，报道却是热情洋溢的。有一篇报道的文字甚至是这样的：“如果我们不将我们这座城市的天才青年迎请回来，我们的后代将无法原谅我们的荒谬！”一切都是严格按照商业策划的步骤进行的。金钱足以将态度包装得特别真诚。于是有报纸呼吁组成一支“迎请队”；于是有不甘寂寞的人士毛遂自荐；于是全城许多人被发动起来，在“盼望书”上签名以表达盼望的心情……

可想而知，当两名青年面对来自家乡城的“迎请队”，聆听着妙龄女郎声情并茂地朗读“盼望书”时，他们是何等的激动又是何等的感动！他们一一与“迎请队”的成员们亲切拥抱。他们热泪盈眶地诉说十年来他们对家乡城的思念。那些话语一半是真实的，另一半是受当时气氛所影响而得的。

十年前的不愉快冰融雪化。

天才的大提琴家和小提琴家载誉而归！

首场演出无比成功！

鲜花、掌声；掌声、鲜花……

女人们爱慕的眼波……

男人们的奉承和恭维……

孩子们的崇拜……

从音乐厅到本城名流们的家庭宴会；从社交界到新闻、文艺界；演奏、签名、合影、讲话——几乎到处可见他们为商家做的广告；到处可见他们似乎卓尔不群的身影；到处可见他们矜持的，春风得意、踌躇满志的微笑……

一场演出接着一场演出——鲜花因他们而涨价了；女人们因他们而风流了；男人们以是他们的朋友或曾是他们的朋友而自豪；孩子们以获得他们的签名而幸福……

这座城市仿佛在欢度几个世纪才逢一次的什么节！

而这，既是由于人们之寂寞的心终于不再寂寞，也是由于媒体从业者们的推波助澜、大显身手……

荣誉乃是这样一种事物——当它达到或快要达到巅峰的时候它绝不会停驻在那儿，正如喷泉的水流绝不会凝止在顶尖的高度。人们对于成功者们的得意容忍到什么程度，决定着那一过程的短长。几乎每一种荣誉都有不当之点。当它像泡沫一样膨胀得太迅速，它的不当之点也便很快地凸显出来了……

有一双眼睛忧郁地望着这一切情形——已不再年轻的制琴师跟随回来了。他的样子依然像流浪汉，他依然买不起每一场演出的门票……

当两名青年的父母以他们的经纪人的身份与资助他们的商人握手言欢按合同分享利润时，某报登出了一篇千把字的化名的文章，尖酸地言之凿凿地指出——那名拉小提琴的留长发的风度翩翩的青年，其实一点儿也不配获得人们的敬意——因为他十五岁时偷窥过邻家少女洗浴……

这其实是一个卑鄙小人的谣言。

媒体能够识破是谣言，但媒体有时特别需要谣言，而且特别善于将谣言炒作为“新闻”。在商业的时代，那样一条“新闻”的价值是由其商业性来判定的。

首先提出抗议的是那名拉大提琴的青年。他发表措辞激烈的证言替他的合奏者刷洗清白，并且声明那一种攻击也是对他本人的攻击……

然而另一份报上隔日便登出了另一篇文章，指出那名拉大提琴的青年也不是什么好东西，他少年时曾受家长唆使做伪证陷害别人(这倒是真的，但他已在法庭上忏悔过了)。而且他长得多蠢呀！五短身材，脸胖得像南瓜似的，明明像面包师嘛！而且……而且他十年前从大提琴组脱颖而出，据知情者透露，乃是有评委因他父亲是市政官员的秘书而偏向于他……

两名青年及其父母们愤怒了，他们向法院控告了媒体的恶意诽谤。他们再演奏时手挽着手登台，手挽着手谢幕，以向公众显示他们的合奏关系是牢不可破的；媒体也恼羞成怒了，同仇敌忾，一场离间阴谋在悄悄酝酿……

几天后有报登出一篇文章，揭露拉小提琴的青年曾对记者说：“我们之所以一直在合奏，还不是由于他（拉大提琴的青年）根本没有离开我独奏的水平！”

文章后注明：有录音为证。这使拉小提琴的青年只有保持尴尬的沉默……

这使拉大提琴的青年单方面取消了当天晚上的演出……

这使人们纷纷在音乐厅外撕毁或燃烧门票……

几天后的几天后又有报登出一篇文章，披露拉大提琴的青年曾说过这样的话——“那个与我合奏的家伙，若把心思多放在琴上，少放在女人们身上，我们早已都是大师了！”

而且，也被录了音。不过，这倒也是事实。话是他与他的父亲从音乐厅回家的路上说的，是以玩笑的口吻说的。是被跟踪者偷偷录下音的。录音无表情，文字更无表情，于是玩笑变成了背地里的“中伤”。

结果导致拉小提琴的青年当众扇了拉大提琴的青年一记耳光，骂他“伪君子”。

这一情节使报界何等的激动哇！

那一记耳光决定了他们再不能合奏下去，却正中商人们的下怀。商人们认为，他们分开或许更好，或许各自从他们身上抽取的资助

回报更多些……

于是他们势不两立了。这个在音乐厅演奏，那个一定在广场上以更大的规模进行对抗式亮相；当有一份报吹捧这个，另一份报一定在贬低和攻击，同时吹捧那个……

他们由势不两立而反目成仇，而相互诟骂，而彼此践踏人格……

他们一旦分开各自单独演奏，水平怎么也无法与他们的合奏相比了。那是两把有“血缘亲情”的琴啊！那是两把“一母所生”的琴啊！即使在他们独奏最欢乐的琴曲时，琴声中也似乎流淌着如丝如缕的伤感。人因人性的弱点和劣点而相互叛离，琴却因它们生命的某种联系而彼此依恋。

对于他们，当然最明智的选择是再度离开那一座城市。但是他们已都不可能做此明智选择。因为，他们同时爱上了本城的一位富家小姐。先自离去者，分明也意味着情场败北……

媒体的鼻子嗅到了荷尔蒙气息。那位小姐正寂寞于闺房，巴不得做一回“墙头草”——她一会儿在报上说爱这个，一会儿又在报上说爱那个；一会儿抛出这个写给她的情书，一会儿兜售那个与她的幽会，不乏细节，私语多多……

那正是本城最寂寞的一年，没有飞机失事，没有列车“亲嘴”，没有官场丑闻，没有商战阴谋，没有抢劫、强奸、杀人放火，甚至也没有小偷小摸，没有绯闻……

寂寞呀，寂寞！

某些人心理上长期蜷伏的阴暗潜念，于难耐的寂寞中总爆发了……

那富家小姐最后在报上登了一份声明，宣布自己厌烦了爱情的三角游戏，与两名青年同道“拜拜”。随后她就嫁给了外省的一位官员……

两名青年一起陷入了可怜兮兮的丑角境地。

那拉大提琴的青年首先精神崩溃。他毁了琴，从六层楼的窗口跳下去一命呜呼……

同一时刻，拉小提琴的青年正在台上演奏着——他的琴弦全都崩断，他的琴也裂开了一道很长的缝，像一道很长的伤口……

嘘声、顿足声、喝倒彩声以及羞辱的话语代替了往日的掌声和鲜花……

他懵懂不知所措地被报幕人扯下台去……

悲剧的发生，使人心趋于冷静。

对死者的同情超过了人心对其他一切的表现。

有同情就有憎恨，有悲剧就有责任。人人都急于找出罪魁祸首，人人都暗受良心谴责，急切地要与那悲剧责任彻底划清界限。活人相对于死人无疑是优胜的。优胜者的同情是慨然的。活人一旦对死人同情起来便显得公正了。于是许多人都开始通过自己回忆死者其实是多么好的一个青年。于是那拉小提琴的青年陷于千夫所指，成了众矢之的，沦为罪魁祸首。当为拉大提琴的青年送葬的队伍从他家楼下经过后，他家所有窗子的玻璃全碎了……

沦为罪魁祸首的这青年不久被送入了精神病院。

他主要的病症是揪住人反复地问："为什么？为什么？……"

他的小提琴被典当在了寄卖店里。但是人人都视之为不祥邪物，无人问津，被店主抛于杂货仓，变成了一窝耗子安居其中的家。

冬天到了。

此城来了一批工匠，很神秘地在广场上搭起帆布高棚，说是受一个人所雇，将要在里边雕什么献给这座城。

到了高棚拆除那一天，红绸剪断，布罩滑落——呈现出了什么

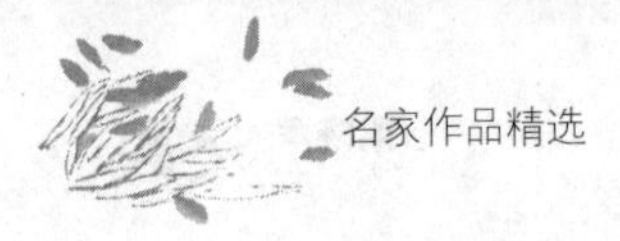

呢？是两把琴啊。一把大提琴，一把小提琴。但那也是一具十字架呀！小提琴柄搭在大提琴柄上，看上去真的更是一具十字架呀！而且，是冰雕的。在落日殷红余晖的照耀下，仿佛泛着淡淡的血色……

围观的人们无不愕然。

这时从一幢楼里冲出了一个持小提琴的少年。他分开人墙，站在那冰雕下，指着人们，以超越了年龄的一种冷峻的口吻说："你，你，还有你们！我的爸爸妈妈，你们借口想要你们明明都知道根本不存在的所谓神圣的艺术，宣泄的却是你们内心里最阴暗的情绪！结果连本已拥有的也失去了！还失去了我们的！……这将是我最后一次拉琴了！"

他说罢就运弓拉起了他的小提琴。琴声悲怆，如咽如泣。他渐渐地泪涌满眶……

接着有许许多多的少男少女都持琴从家里跑到了冰雕"十字架"下，许许多多把大提琴和小提琴合奏起来。在严寒中，他们手儿冻得通红，他们眼中闪着泪光。而在那一种壮观的合奏的琴声中，奇怪的事发生了——冰雕"十字架"竟不可思议地开始融化……

大人们望着眼前的情形无不为之肃然。

领奏的少年琴声一止，录音话筒从四面八方伸到了他面前：

"请谈谈感想！……"

"孩子，请一定谈谈感想！……"

那少年一言不发，高举起琴，狠砸在"十字架"的底座上……

顷刻间诸琴破碎，"十字架"下遍地琴片……

冰雕不可思议的融化骤然停止，水滴结成一颗颗晶莹的珠子，仿佛也是冻住的泪……

第二天这些孩子全都离家出走了。他们去向哪里，没人知道。

在春季里，那冰雕“十字架”融为水，渗入土地……

但是许多人都觉得自己心上也插着十字架了，冰的，冷冷的。

失去了那么多曾酷爱音乐的孩子的城，尤其地寂寞了。

而这一种痛失所爱的寂寞，却不再是以往用惯的方式所能消除的了……

他们至今仍在寻找他们的孩子，至今也还一个没找到……

羊皮灯罩

此刻，羊皮灯罩拎在女人手里，女人站在灯具店门外，目光温柔地望着马路对面。过街天桥离地不远横跨马路。天桥那端的台阶旁是一家小小的理发铺。理发铺隔壁，是一间更小的板房，也没悬挂什么牌匾，只在窗上贴了四个红字“加工灯罩”。窗子被过街天桥的台阶斜挡了一半，从女人所伫立的地方，其实仅可见“加工”二字。

女人望着的正是那扇窗，目光温柔且有点儿羞赧，还有点儿犹豫不决。她已经驻足相望了一会儿了。她似乎无视马路上的不息车流，耳畔似乎也听不到都市的喧杂之声。分明的，她不但在望着，内心里也在思忖着什么。

这一天是情人节。

女人另一只手拿着一枝玫瑰。

太阳在天空的位置刚刚西偏。一个难得的无风的好天气。春节使过往行人的脚步变得散漫了，样子也都那么悠闲。再过几天，就是这女人二十九岁生日了。在城市里，尤其大都市里，二十九岁的女人，倘容貌标致，倘又是大公司的职员，正充分地挥发着“白领丽人”既妩媚又成熟的魅力。

这二十九岁的来自于乡下的女人，虽算不上容貌标致，但却幸运地有着一张颇经得住端详的脸庞。那脸庞上此刻也呈现着一种乡下水土所养育的先天的妩媚，也隐书着城市生活所造就的后天的成熟。只不过她这一辈子怕是永远与“白领丽人”四字无缘了。因为她在北京这座全中国生存竞争最为激烈的大都市拼打了十余年，刚刚拼打出一小片属于自己的天地——一个雇了两名闯北京的乡下打工妹的小小包子铺。在那两名打工妹心目中，她却是成功人士，是榜样。她的业绩对她们的人生起着她自己意想不到的鼓舞作用。

她今天穿的是她平时舍不得穿的一套衣服。确切地说那是一套咖啡色的西服套装。对于一个二十九岁的女人，咖啡色是一种既不至于使她们给人以轻浮印象，也不至于看去显得老气的颜色。而黑色的弹力棉长袜，使她挺拔的两条秀腿格外引人注目。她脚上穿的是一双半高跟的靴子，脸上化着淡淡的妆。总之在北京二月这一个朗日，在知名度越来越高地影响着中国人的情人节的下午，这一个左手拎着一盏羊皮灯罩，右手拿着一枝红玫瑰，目光温柔且羞赧地望着马路对面那扇窗的，开家小小包子铺雇两名乡下打工妹的二十九岁的女人，要踏上离她不远的过街天桥“解决”一件对女人来说比男人尤其重大的事情。那件事有的人叫作“爱”，有的人叫作“婚姻”。

其实她并不犹豫什么，也对结果抱着感觉特别良好的预期。她非是一个脱离现实的女人。北京对她最有益的教诲那就是——任何时候任何情况之下，都千万别变成一个脱离现实的人而自己懵懂不悟。她那一种感觉特别良好的预期，是马路对面那扇窗内的一个男人，不，一个青年的眼睛告诉给她的。尽管她比他大五岁，她却深信他们已心心相印。那是一双怎样的眼睛啊！充满自尊，也有点忧郁。对于那样一双眼睛，爱是无须用话语表达的。

灯具店的售货员要将她买了的羊皮灯罩包起时，她说不用。

“拎到马路对面去进行艺术雕刻吧？”

她点了一下头，一时的脸色绯红。

“凡是到我们这儿买这一种羊皮灯罩的，十有六七都拎到马路对面去加工。那小伙子特有艺术水平，不愧是专科艺术院校的学生。唉，可惜了，要不哪会沦落到那种……”

她怕被售货员姑娘看出自己脸红了，拎起羊皮灯罩赶紧离开。

一男一女从那小屋走出，女人所拎和她买的是一模一样的羊皮灯罩。女人将灯罩朝向太阳擎举起来，转动着，欣赏着。男人一会儿站在女人左边，一会儿站在女人右边，一会儿又站在女人背后，也从各个角度欣赏。隔着马路，她望不到人家那羊皮灯罩上究竟刻着什么图案或字。却想象得到，对着太阳的光芒欣赏，一定会给人一种比灯光更美好的效果。艺术加工过的羊皮灯罩，内面是衬了彩纱的。或红，或粉，或紫，或绿，各色俱全，任凭选择。那男人一手搂在女人肩上，当街在女人颊上吻了一下。她想，如果他们不满意，是不会当街有那么情不自禁的举动的。于是她内心替那扇窗里的青年感到欣慰，甚而感到自豪。望着那一对男女坐入出租车，她不再思忖什么，迈着轻快的步子踏上了天桥台阶……

半年前的某日她到工商局去交税，路过马路对面那扇窗。突然的，玻璃从里边被砸碎了，吓了她一大跳，紧接着传出一个男人的叫嚷声：“你算什么东西？你怎么敢不经我们的许可给加了一个‘、’号?！你今天非得用数倍的钱赔我这灯罩不可！因为我的精神也受损失了！……”

于是很多行人停住了脚步。她也停住了脚步，但见小屋内一个衣着讲究的男人，正对一个坐在桌后的青年气势汹汹。男人身旁是一个脂粉气浓的女人，也挑眉瞪眼地煽风点火：“就是，就是，赔！至少得赔五倍的钱……”

坐在桌后的青年镇定地望着他们，语调平静而又不卑不亢地说：

“赔是可以的。赔两个灯罩的钱也是可以的。但是赔五个灯罩的钱我委实赔不起，那我这一个月就几乎一分不挣了……”

同是外乡闯北京之人，她不禁地同情起那青年来，也被那青年清秀的脸和脸上镇定的不卑不亢的神情所吸引。在北京，在她看来，许许多多男人的脸，都不同程度地存在着酒色财气浸淫和污染的痕迹，有的更因是权贵是富人而满脸傲慢和骄矜，有的则因身份卑下而连同形象也一块儿猥琐了，或因心术不正欲望邪狞而样子可恶。她的眼前大都市里的形形色色的男人形形色色的脸已极富经验，但那青年的脸是多么地清秀啊！多么地干净啊！是的，清秀又干净。她只有小学五年级文化。清秀和干净四字，是她头脑中所存有的对人的面容的最高评语。她认为她动用了那最高评语是恰如其分的。

人们渐渐地听明白了——那一对男女要求那青年在他们的羊皮灯罩上完完整整地刻下苏轼的一首什么似花非花的词，而那青年把其中一句用标点断错了。一位老者开口为青年讨公道。他说：“没错。苏轼这一首词，是和别人词的句式作的。‘恨西园、落红难缀’一句，之间自古以来就是断开的。”

那青年说：“我就是这么告诉他们的。”语调仍平静得令人肃然起敬。

那男人指着老者说：“你在这儿充的什么大瓣蒜，一边儿去。没你说话的份儿！”——他口中朝人们喷过来阵阵酒气。

老者说：“我不是大瓣蒜。我是大学里专教古典诗词的教授。教了一辈子了。”

那女人说：“我们是他的上帝！上帝跟他说话，他连站都不站起来一下！一个外地乡巴佬，凭点儿雕虫小技在北京混饭吃，还摆的什么臭架子！”

这时，理发铺里走出了理发师傅。理发师傅说：“刚才我正理着

发，离不开。”说着，他进入小屋，将挡住那青年双腿的桌子移开了。那青年的两条裤筒竟空荡荡的……

理发师傅又说：“他能站得起来吗？他每天坐这儿，是靠几位老乡轮流背来背去的！他怕没法上厕所，整天都不敢喝口水！……”在众人谴责目光的咄咄盯视之下，那一对男女无地自容，拎上灯罩悻悻而去。有人问：“给钱了吗？”青年摇头。有人说：“不该这么便宜了他们！”青年笑笑，说跟一个喝醉了的人，有什么可认真的呢？……她从此忘不掉青年那一张清秀而又干净的脸了。后来她就自己给自己制造借口，经常从那扇窗前过往。每次都会不经意似的朝屋里望上一眼……再后来，每天中午，都会有一名打工妹，替她给他送一小笼包子。她亲手包的，亲手摆屉蒸的……再再后来，她亲自送了。并且，在他的小屋里待的时间越发地长了……终于，他们以姐弟亲昵相称了……二十九岁的这一个女人，因为迟迟地还没做妻子，已经有点儿缺乏回家乡的勇气了。二十九岁的这一个女人，虽然迟迟地还没做妻子，却有过十几次性的经历了。某种情况之下是自己根本不情愿的；某种情况之下是半推半就的。前种情况之下是为了生意得以继续；后种情况是由于心灵的深度寂寞……

现在，她决定做妻子了。她不在乎他残疾，深信他也不会在乎她比他大五岁。她此刻柔情似水。踏下天桥，站在那小屋门外时，却见里边坐的已不是那青年，而是别的一个青年。

人家告诉她，他“已经不在了”。他在大学三年级时不幸患了骨癌，截去了双腿。他来到北京，就是希望减轻家里的经济负担，靠自己的能力医治自己的病，可癌症还是扩散了……

人家给了她一盏羊皮灯罩，说是他留给她的，说他“走”前，撑持着为她也刻下了那首什么似花非花的词……

二十九岁的这一个外省的乡下女人，顿时泪如泉涌……

不久，她将她的包子铺移交给两名打工妹经营，只身回到乡下去了；很快她就结婚了，嫁给了一个四十多岁的二茬光棍。在她的家乡那一农村，二十九岁快三十岁的女人，谈婚论嫁的资本是大打折扣的。一年后她生了一个男孩儿，遂又渐渐变成了农妇。刻了什么似花非花词的羊皮灯罩，从她结婚那一天起，一直挂着，却一直未亮过。那村里的人都舍不得钱交电费，电业所把电线绕过村引开去了……

那羊皮灯罩已落满灰尘。

又变成了农妇的这一个女人，与村里所有农妇不同的是，每每低吟一首什么似花非花的词。只吟那一首，也只知道世上有那么一首词。吟时，又多半是在奶着孩子。每吟首尾，即“似花还似非花，也无人惜从教坠”和“细看来，不是杨花，点点是离人泪”二句，必泪潸潸下，滴在自己乳上，滴在孩子小脸上……

“十姐妹”出走

且说那一天我在家对面的小树林散步，遇见了几个年轻的民工。其中一个拎着纸盒箱。箱四周扎了许多透气孔。见着我，拎纸盒箱的自言自语：“这么大一个北京，竟没识货的人!”仿佛自言自语，其实说给我听。那模样，那口吻，使我联想到受高衙内指使，诱林冲中计的那个卖刀人……

我问：“什么?”他们中有人答：“鸟儿……”

“什么鸟儿?”

“十姐妹……”

好悦心的鸟名——我不禁掀开纸箱盖儿一角往里瞅，但见十位“小姐”挤缩一处，十双黑晶晶的小眼睛瞪着我，胆怯而又乞怜。黄嘴边儿还没褪哪，羽毛还没长全哪，毛根间暴露着粉红的肉色，如同一群只扎肚兜儿的光身子小孩儿……

并不雅的些个小东西!

“卖?”“卖!”“多少钱?”“二十元!”“太小哇。”“这您就外行啦，养鸟儿都得从小养起。”“不好看呀，跟麻雀似的!”“毛长全就好看了，不好看能叫‘十姐妹’么?”

于是我一念顿生，成了“十姐妹”的“家长”。

最初养在一个极小的笼子里，用两个瓶盖儿喂它们水和小米。后来妻买回了一个漂亮的够大的笼子，于是它们“迁”入了新居，好比住在小破房里的中国老百姓，一步登天搬进了花园洋房。那一天“她们”显得好高兴噢，叽叽喳喳叫个不停。我们一家三口看着“她们”高兴，各自心里也高兴……

自从阳台上有了“十姐妹”，便热闹起来。“小姐”们一会儿“说”一会儿“唱”。“说”时其音细碎一片，吴侬软语似的，使我联想到一群上海姑娘聚在一起聊悄悄话儿。“唱”时反倒不那么动听了，类乎“喳”的一个单音，此长彼短，自我陶醉。没一个嗓子强点儿或可

出息为歌唱家的。于“她们”正应了那句话——“说的比唱的好听。”

那时我正写作，便不免地会有些烦，常到阳台上去冲“她们”喝唬一句。喝唬一句大概能消停五分钟。于是最后只有关上几扇门，隔断“她们”的噪音，将自己关在最里边的小屋。

安定且无忧无虑的生活，使“她们”长大得明显，羽毛日渐丰满了，一个个都出落得非麻雀可比了。秀小的头，鱼形的身，颌下和喙根两侧，以及翅膀和尾翼之间，是洁白的绒羽和翅子。若补充些想象看它们，也还算漂亮。

有天我发现“她们”争争吵吵拥拥挤挤地围住饮水罐儿，衔了水梳理羽毛。我想——哦“小姐”们是该洗次澡了。便将一个饼干盒盖注满清水，将笼底抽下，将笼子置于盒盖上，伫立一旁静观。“她们”不争不吵不拥不挤了，一只只侧着头，矜持地瞪我。我刚一转身离去，阳台上便溅水声大作。水珠竟透过纱门溅入室内。偷窥之，见“她们”洗得那个欢呢！而且相互梳洗……

于是便宠出了“她们”的娇惯毛病。每至中午，倘不为“她们”提供此项服务，阳台上一片抗议之声，不予理睬简直就不可能。“她们”是很讲“三大纪律八项注意”的。或者可以说很培养我的

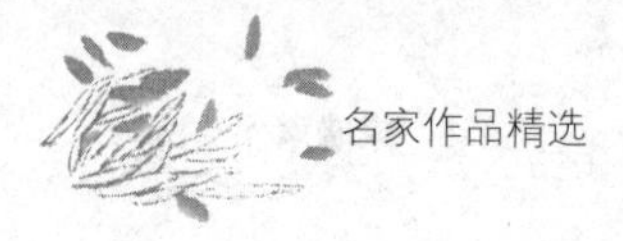

文明意识——只要我在看着，绝不下水。其实我也不稀罕看。偷窥的行为就那么一次。女人们洗澡的美妙情形我早已司空见惯了，在电影里……

原先，鸟笼放在一把椅子上的。阳台下半部是砌严的，小时候它们则只能看到一片天空，倒也都甘于做井底之蛙。有一天“她们”就以“她们”的噪音，提出了开阔视野高瞻远瞩的要求。于是中午洗过澡后，我将鸟笼挂在晾衣竿上。第一次透过阳台窗望到外面的广大世界，“她们”真是显得惊奇极了。“说”了一中午，“唱”了一中午。反反复复“唱”的，在我听来，仿佛始终是那么一句——“外面的世界很精彩……”

我听不得“她们”向我传达的那份儿幽怨，干脆启开笼门，将“她们”放飞在阳台上。不消说，从此我更得勤于打扫阳台了……

我常想起买下“她们”时的情形。不知命运如何，“她们”的那份儿胆怯好可怜的。不愁冷暖不愁饥渴了，就产生了对“居住”条件的高要求。“居住”条件大大改善了，就渐渐滋长了“贵族”习惯，每天还得洗次澡。一旦“贵族”起来了，则又开始向往自由了。给予了“她们”一个阳台的自由范围，最初的喜悦和兴奋过后，又分明地向往起“外面的世界”来……有天它们一溜儿蹲栖在窗格上，静悄悄的，都很优伤的样子，仿佛些个囚徒似的。我几经犹豫，开了一扇阳台窗。轻风和爽气扑人，“她们”都扇动起翅膀来……我说：“小姐们，请吧，我还你们自由……”“她们”一只只从敞开的窗子跳进跃出着，不停地扇翅，一会儿侧头看我，一会儿仰望天空，若有依恋之意……我又说：“想回来时就回来，这扇窗将随时为你们打开……”我也满怀着对“她们”的依恋，离开了阳台。半小时后，十只鸟儿剩下五只了。一个小时后，阳台上一只鸟儿都不见了，顿时寂静得使人悒郁……有几只鸟儿飞回来过——吃点儿食，饮点儿水，洗次澡，又飞走……从此，我在早晚散步时，总能听到“她们”的声音，传出自小树林里。我的“丫头”们的声音，我是听得出来的……

有天我发现一只鹞鹰，在附近的树林上空盘旋。我想——说不定它是被我的“丫头”们的叫声引来的，伺机加害于“她们”。于是我赶快回到家里，找了一根长长的竹竿，挂上彩布，在树林中奔来奔去，挥舞着，大叫着，直至将那蚕食弱小的枭禽驱逐遁去……

有天我发现别人家养着两只鹦鹉的笼子里，也有一只“十姐妹”。两只鹦鹉都啄“她”，啄得“她”没处藏没处躲。紧缩一隅，尾巴挤出在笼外。见了我，便在笼子里“炸”飞起来，叫个不停，其音哀婉。我想，那一定是我的“丫头”中的一只，想吃食，想饮水，或想洗澡，误入了别人家的阳台……

于是我将“她”讨回，养了几日，又放飞了……有天早晨，在公园里，我见到一个张网人，一次用粘网粘住了三只“十姐妹”。我想那也肯定是我放飞的鸟儿。我将“她们”再次买下，养了几日，也又放飞……“外面的世界很精彩，外面的世界很无奈”——在人的城市里，对鸟儿们也是这样的……

自由，在本质上，其实也是人对他人的责任感最完善的摆脱。正如我不可能也不打算每见到别人笼子里的一只“十姐妹”都买下放飞一样。在这么一种社会形态下，若同时没有法的威慑，没有宗教对心灵的影响，大多数人，就只有像我养过的“十姐妹”一样，提高防范的能力，并靠运气活着了……

有天夜里我做了一个梦——梦见老了的自己，被十个女儿围绕着，还有十个女婿侍守一旁——尽管这有悖计划生育法，而且“十

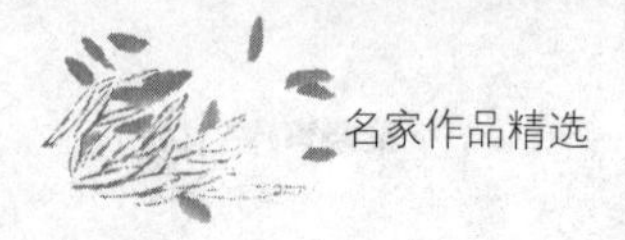

姐妹”也并非就全是“丫头”，但仍没妨碍我做了那么一个很幸福的梦……

看自行车的女人

想为那个看自行车的女人写下篇文字的念头，已萌生在我心里很久了。事实上我也一直觉得还会见到她，果而那样，我就不写她了。却再也没见到。北京太大，存自行车的地方太多，她也许又到别处做一个看自行车的女人去了。或者，又受到什么欺辱，憋屈无人可诉，便回家乡去了？总之我没再见到过她……

而我第一次见到她，是在北京一家牙科医院前边的人行道上：一个胖女人企图夺她装钱的书包，书包的带子已从她肩头滑落，搭垂在她手臂上。她双手将书包紧紧搂于胸前，以带着哭腔的声音叫嚷着："你不能这样啊，你不能这样啊，我每天挣点儿钱多不容易啊！……"

那绿色的帆布的书包，看去是新的。我想，她大约是为了她在北京找到的这一份看自行车的工作才买的。从前的年代，小学生们都背着那样的书包上学。现在，城市里的小学生早已不背那样的书包了，偶尔可见摆地摊的街头小贩还卖那样的书包，一种赖在大城市消费链上的便宜货。看自行车的女人四十余岁，身材瘦小，脸色灰黄。她穿着一套旧迷彩服，居然的，还戴着一顶也是迷彩的单帽，而足下是一双带扣襻儿的旧布鞋，没穿袜子，脚面晒得很黑。那一套迷彩服，连那一顶帽子，当然都非正规军装。地摊上也有卖的，十元钱可以都买下来。总之，她那么一种穿戴，使她的模样看去不

伦不类，怪怪的。单帽的帽舌卡得太低，压住了她的双眉。帽舌下，那看自行车的女人的两只眼睛，呈现着莫大而又无助的惊恐。

我从围观者们的议论中听明白了两个女人纠缠不休的原因：那身高马大的胖女人存上自行车离开时，忘了拿放在自行车筐里的手拎袋，匆匆地从医院里跑回来找，却不见了，丢了。她认为看自行车的外地女人应该负责任。并且，怀疑是被看自行车的外地女人藏匿了起来。

“我包里有三百元钱，还有手机，你‘丫挺’的敢说你没看见！难道我讹你不成么?！……”

胖女人理直气壮。

看自行车的女人可怜巴巴地说：“我确实就没看见嘛！我看的是自行车，你丢了包儿也不能全怪我……你还兴许丢别处了呢……”

“你再这样说我抽你！”——胖女人一用力，终于将看自行车的女人那书包夺了去，紧接着将一只手伸入包里去掏，却只不过掏出了一把零钱。五六十辆一排自行车而已，一辆收费两毛钱，那书包里钱再怎么多，也多不过十几元啊。

哐的一声，一只小搪瓷碗抛在看自行车的女人脚旁，抢夺者骑上自己的自行车，带着装有十几元零钱的别人的书包，扬长而去。我想，那与其说是经济的补偿，毋宁说更是图一种心理平衡的行为。我居京二十余年，第一次听一个北京的中年妇女口中说出“丫挺”二字。我至今对那二字的意思也不甚了了，但一直觉得，无论男女，无论年龄，口中一出此二字，其形其状，顿近痞邪。

看自行车的女人，追了几步，回头看着一排自行车，情知不能去追，也情知是追不上的，慢慢走到原地，捡起自己的小搪瓷碗，瞧着发愣。忽然，头往身旁的大树上一抵，呜呜哭了。那单帽的帽舌，压折在她的额和树干之间……

我第二次见到她，是在北京的一家书店门外。那家书店前一天在晚报上登了消息，说第二天有一批处理价的书卖。我的手，和一只女人的黑黑瘦瘦的手，不期然地伸向了同一本书——《英汉对照词典》。我一抬头，认出了对方正是那个看自行车的女人，不由得将伸出的手缩了回来。我家小阿姨莲花嘱我替她捎买一本那样的书，不知那看自行车的女人替什么人买。看自行车的女人那天没再穿那套使她的样子不伦不类的迷彩服，也没戴迷彩单帽，而穿了一身洗得干干净净的蓝布衫裤。我的手刚一缩回，她赶紧地将那一本书拿起在手中，急问卖书人多少钱。人家说二十元，她又问十五元行不行？人家说一本新的要卖四十元呢！你买不买？不买干脆放下，别人还买呢！看自行车的女人就将一种特别无奈的目光望向了我，她的手却仍不放那词典。我默默转身走了。

我听到她在背后央求地说："卖给我吧，卖给我吧，我真的就剩十五元钱了！你看，十五元六角，兜里再一分钱也没有了！我不骗你，你看，我还从你们这儿买了另外几本书哪！……"

又听卖书的人好像不情愿似的："行行行，别啰唆了，十五元六拿去吧！"

……

后来，那女人又在一家商场门前看自行车了。一次，我去那家商场买蒸锅，没有大小合适的，带着的一百元钱也就没破开。取自行车时，我没想到看自行车的人会是她，歉意地说："忘带存车的零钱了，一百元你能找得开么？"我那么说时表情挺不自然，以为她会朝不好的方面猜度我。因为一个人从商场出来，居然说自己兜里连几角零钱都没有，不大可信的。她望着我愣了愣，似乎要回忆起在哪儿见过我，又似乎仅仅是由于我的话而发愣。也不知她是否回忆起了什么，总之她一笑，很不好意思地说："那就不用给钱了，走吧走吧！"——她当时那笑，给我留下很深的印象。我们许多人，不是已被猜度惯了么？偶尔有一次竟不被明明有理由猜度我们的人所猜度，于我们自己反倒是很稀奇之事了。每每的，竟至于感激起来。我当时的心情就是那样。应该不好意思的是我，她倒那么的不好意思。仅凭此点，以我的经验判断，在牙科医院前的人行道上发生的那件事中，这外地的看自行车的女人，她是毫无疑问地被欺负了……这世界上有多少事的真相，是在众目睽睽的情况之下被掩盖甚至被颠倒了啊！这么一想，我不禁替她不平……

我第二次去那家商场买到了我要买的那种大小的蒸锅，付存车费时我说："上次欠你两毛钱，这次付给你。"我之所以如此主动，并非想要证明自己是一个多么多么诚信的人。我当时丝毫也没有这样的意识。倒是相反，认为她肯定记着我欠她两毛钱存车费的事，若由她提醒我，我会尴尬的。不料她又像上次那样愣了一愣。分明的，她既不记得我曾欠她两毛钱存车费的事了，也不记得我和她曾要买下同一本词典的事了。可也是，每天这地方有一二百人存自行车取自行车，她怎么会偏偏记得我呢？对于那个外地的看自行车的女人，这显然是一份比牙科医院门前收入多的工作。我看出她脸上有种心满意足的表情。那套迷彩服和那顶迷彩单帽，仿佛是她看自行车时的工作装，照例穿戴着。依然赤脚穿着那双旧布鞋，依然用一只绿色的帆布小书包装存车费。

"不用啊不用啊"，她又不好意思起来，硬塞还给了我两毛钱。我觉得，她特别希望给在这里存自行车的人一种良好的印象。我将装蒸锅的纸箱夹在车后座上，忍不住问了她一句："你哪儿人？"

"河南。"她的脸，竟微微红了一下；我于是想到了那是为什么，便说："我家小阿姨也是河南人。"她默默地，有些不知说什么好地笑着。“来北京多久了？”“还不到半年。”“家乡的日子怎么样呢？”“不容易过啊……再加上我儿子又上了大学……”她将大学两个字说出特别强调的意味，顿时一脸自豪。“唔？在一所什么大学？”她说出了一座我陌生的河南城市的名字。我知近年某些省份的地区级城市的师范类专科学院，也有改挂大学校牌的，就没再问什么。

我推自行车下人行道时，觉得后轮很轻。回头一看，见她的一只手替我提起着后轮呢。骑上自行车刚蹬了几下，纸箱掉了。那看自行车的女人跑了过来，从书包里掏出一截塑料绳……

北京下第一场雪后的一天晚上，北影一位退了休的老同志给我打电话，让我替他写一封表扬信寄给报社。他要表扬的，就是那个河南的看自行车的女人。他说他到那家商场去取照片，遇到熟人聊了一会儿，竟没骑自行车走回了家，拎兜也忘在自行车筐里了……

“拎兜里有几百元钱，钱倒不是我太在乎的。我一共洗了三百多张老照片啊！干了一辈子摄影，那些老照片可都是我的宝呀！吃完晚饭天黑了我才想起来，急急忙忙打的去存车那地方，你猜怎么着？就剩我那一辆自行车了！人家看自行车那女人，冷得受不了，站在商店门里，隔着门玻璃，还在看着我那辆旧自行车哪！而且，替我将我的拎兜保管在她的书包里。人心不可以没有了感动呀是不是？人对人也不可以不知感激是不是？……”

北影退了休的摄影师在电话里恳言切切。我满口应承照办照办。然而过后事一多，所诺之事竟彻底忘了。不久前我又去那家商场买东西，见看自行车的人已经换了，是一个外地的男人了。我问原先那个看自行车的女人呢？他说走了。我问为什么她走了呢？他说，还能为什么呢？那就是她不称职呗！我们外地人在北京挣这一份工作，那也是要凭竞争能力的！我心黯然，替那看自行车的女人。并且，也有几分替她那在一所默默无闻的大学里读书的儿子……我想

问她到哪里去了，张张嘴，却什么也没有再问。我不知她从农村来到城市，除了看自行车，还能干什么？如果她仍在北京的别处，或别的城市里做一个看自行车的人，我祈祝她永远也不会再碰到什么欺负她的人，比如那个抢夺了她书包的胖女人。

阳光底下，农村人，城市人，应该是平等的。弱者有时对这平等反倒显得诚惶诚恐似的，不是他们不配，而是因为这起码的平等往往太少，太少……

“老兵” 和军马

“白头心儿”救了他一命。那一次军马受惊“炸群”，他从另一匹马的背上一头掼了下去。恰巧“白头心儿”随着受惊的马群冲过来，它一口将他叼起。否则，他将毙命于万蹄之下无疑。当马群安静下来，他搂着“白头心儿”的脖子，感激地涌出了热泪……老兵其实并不老，才二十六岁。

八年前，老兵自然是新入伍的小兵。个子不高，刚刚达到体检的身高要求。国字脸，浓眉，厚唇。浓眉下一双单睑眼，目光忧郁而倔强。那种眼睛是最不善于传达心语的。忧郁而倔强乃是它们的“本色”。的确，那是一双很“本色”的眼睛。似乎除了公开它的“本色”，再就没有任何别的内容可流露了。老兵肩宽胸阔，体格看上去相当壮，是干累活儿练出来的。

他结束了身高和体重那一关，问填体检表的医生：“合格吧？”

医生头也不抬地边填边说：“体重倒是没问题，身高将够格。”

他说：“够格就是合格呗！”

医生放下笔，望着他摇摇头：“不一定吧？你和他们比比！”

别的小伙子都比他个子高。

他怔了片刻，嘟哝：“选兵又不是选跳舞的！”

医生不再说什么，低头填下一张表。

“雷锋个子也不高！”

“……”

“医生，求求你，替我增高几厘米行不？”

医生笑了：“我有什么办法替你增高哇？”

“这简单嘛！”他抽出了自己那张表，指着说，“这儿，你把‘3’改成‘8’，我不是就增高五厘米了么？”

医生说：“不行。那是弄虚作假！”便将他的表又压在其他表下了。

“为了当上兵，革命的弄虚作假那也是可以原谅的嘛！求求你了医生，求求你了！”

医生不愿再理睬他。

他竟不去下一关体检，大声发起牢骚来：“够格还不算合格，哪有这个理！部队也不来个当官的。来了，我起码还可以当面申诉申诉愿望！”

这时，另一位穿白大褂的向他转过身——他发现对方白大褂的敞领内，显露着军上衣和红领章。

他又怔了。

“为什么想当兵？”

“奔出息。”

“难道只有当兵才有出息？”

“对我，差不多就是这样。”

“当不成兵，还可以考高中，考大学嘛！”

“考上了，家里也供不起。”

“离开过家乡么？”

“到城里打过三年短工。”

“三年？三年前你才十五岁！”

“对。”

“喜爱马么？”

“马？喜爱！我家一匹马就是我从小养到大的。我对它像对我兄弟！”

那位招兵的连长凝视他良久，将他扯到一旁，悄悄对他耳语：“我给你吃颗定心丸。二十三还蹿一蹿呢！我看你到了部队上个子还能长！……”

就这样，他如愿以偿地穿上了军装，被分到了东北大地上的一处军马场。那军马场位于黑龙江与内蒙古的交界之域，广袤而苍凉。

像所有的农村新兵一样，他怀揣着一个秘密，也可以说是一个心思。那心思倘对所有人公开坦白了，所有人都会予以理解——入党、提干、留在部队，逐级晋升军阶，熬成位校官。一生尽忠于部队，既出息了自己，又荣耀了家门。但是他从没对任何人公开坦白过。人人都有的心思，就不值得谁对谁坦白了。他默默地、吃苦耐劳地、执着不移地接近着他的人生憧憬。军马场的兵也是兵。军训是照例的军营生活的内容。而驯养军马意味着“专业”。好比炮兵和坦克兵对炮和坦克的性能必须了如指掌一样。多亏他在家里养过马，了解马，爱马，所以很快就成了“专业”最出色的新兵。他知道驯养军马仅凭自己养过一匹马那点儿粗浅的经验是不行的，便托人四处买来了有关的书籍，并且天天坚持记录驯养心得。他的军训成绩也很优秀。倘爆发了战争，他随便跨上任何一匹军马，都可以立刻成为一名骁勇善战的骑兵。入伍第二年他在新兵中第一个当上了副班长，第三年入了党，第四年当上了班长。他爱军马，更爱他那一班天天为军马的健壮早起晚睡的战士。第五年他被所在部队授予“模范班长”的称号。

他那一班战士中曾有人说：“班长爱咱们像一位母亲爱儿子！”

却立即有人反对：“他爱军马才爱到那样！对咱们的感情呀，比

对军马差一大截哪！哎，你自己承认不，班长？”

正在替战士补鞋的他，笑了笑，没吱声儿。

众战士逼他做出回答。

无奈之下，他真挚地说：“其实呢，我是这么想的，我们为谁驯养军马？为骑兵部队嘛。军马是骑兵不会说话的战友。我们今天多爱军马一分，军马明天就会以忠诚多回报我们的骑兵兄弟一分。爱马也等于爱人啊！……”

于是战士们都肃然了。

有一天，他一个人躲在一处僻静的地方大哭了一场——家信中说，他家那匹马病死了。那匹马是他用在城里打工的钱买的，买时才是个小马驹子。他想，如果自己没参军，那匹马是不会病死的……

从此以后，他更爱一匹枣红军马了。它端秀的额头上，有像扑克牌中的方块似的一处白毛。他给它取了个名字叫“白头心儿”。他家那匹马的额头正中也有“白头心儿”，只不过不是枣红色，而是菊花青色的……

那时他就已经开始被视为“老兵”，尊称为“老班长”了。尽管才二十三岁多点儿，已经欢送过一批战友退伍了，可不是老兵怎么的呢！当年那一批兵中，只留下了他一个，对于后来的一批新兵而言，可不是“老班长”嘛！退伍的战友们与他分别之际，许多人哭了。和他一样来自农村的战友，对他依依不舍而又羡慕。他明白他们的心里话——“班长，就看你的了！”他对他们也同样依依不舍而又颇觉不安，仿佛自己侵占了别人的利益似的。同时，当然还感到了几分欣慰，几分自信。毕竟已经是班长了，被留下超期服役了，兴许部队将来真的能栽培自己为军官吧？

“白头心儿”救了他一命。那一次军马受惊“炸群”他从另一匹马的背上一头掼了下去。恰巧“白头心儿”随着受惊的马群冲过来，它一口将他叼起。否则，他将毙命于万蹄之下无疑。当马群安静下来，他搂着“白头心儿”的脖子，感激地涌出了热泪。由于在奔驰中还紧紧叼住他不放，“白头心儿”的嘴唇被撕豁了……

他入伍的第八年，裁军，军马场接到了解散的命令。骑兵这一兵种，因军事装备得越来越现代化，已经不太可能发挥其在以往战争中的迅猛威慑力了。大部分军马卖给了“外蒙”。一小部分优秀的选送给各边防部队了。剩下几十匹略有残疾的，被处理给形形色色的人们了。有的从此做了普普通通的劳役马；有的做了什么风景区的观娱马，供游人骑着逛景致，照相；有的被什么特技马术队买走了，“白头心儿”便在其中。

“白头心儿”被买走时他在场。那马眼望着他，四蹄后撑，任买主鞭打叱喝，岿然不动。他不忍眼见它受虐，轻轻拍着它脖子，对它耳语般地说：“‘白头心儿’啊，何苦的呢？乖乖跟人家走吧，啊？我不会忘了你的，有一天我会把你买回来，使你成为我的马的！”——分明，马听懂了他的话，马头在他肩上磨蹭了几番，生了根似的马蹄才终于迈动起来……

望着“白头心儿”被牵走，不知不觉的，泪水已淌在二十六岁的“老兵”的脸颊上。

军马场虽然解散了，但仍有诸多的后事需人料理。二十六岁的“老兵”，怀揣着一份退伍通知书，滞留了两个月。他又获得了部队授予的“模范班长”的荣誉。那是对他八年服役的最后的嘉奖。他参军后的种种的希冀，全都休止在那又宝贵又朴素的荣誉上，成了“光荣的梦想”。

他是最后离开军马场的官兵中的一个。那是一个冬日里的黄昏，他们列队肃立在已然空荡无物的营房前，而营房后不远处，是一排

排寂静的马厩。连长命令他以“老兵”的身份降下八一军旗。他明白，那也意味着是给予了他一种特殊的资格。仰望着在风中飘荡的军旗徐徐而降，他仿佛听到营房中传出了笑声和歌声，仿佛闻到从马厩发出的草料混杂着马粪那种带着一股温热似的芳香。是的，对于他这名军马场的“老兵”来说，那种特殊的气味儿的确是芳香的……

当他捧着军旗交给连长时，连长未接。

连长说：“老兵，收下这面军旗做个纪念吧！”

上级批准他们可以鸣枪告别军马场。

连长允许他们每人鸣枪的次数可以和自己入伍的年限一样。除了连长和指导员，再就是他入伍的年限长了。

但他只鸣放了七枪。

指导员说：“老兵，我替你数着呢，你还差一枪。”

他双眼噙泪回答：“指导员，我不满八年军龄，差四个月……”

他话音未落，有人哭了。

如血的夕阳沉到地平线以下了，当广袤而苍凉的大草原夜幕降临时分，他们乘军车离开了军马场。回望着在视野中越来越远越来越模糊的营房和马厩，他想——它们也将成为这大草原上光荣与梦想的遗址了。他想——他保存他“模范班长”的证书，一定要比大草原保存那遗迹更长久，更长久……

他突然拍着军车驾驶室的篷盖大喊：“停车！”

车停下了。

他喃喃地说：“我……我好像听到了‘白头心儿’的嘶叫……”

然而其实只有风声……

这提前四个月退役的“老兵”，在归乡的途中，在一个地界毗连大草原的小县城里，竟然发现了“白头心儿”。更确切地说，是那马首先发现了他。也许它并没能立刻认出他，而仅仅是因为他的一身绿军装，唤起了那军马求救的本能。他循着马嘶声望去，见“白头心儿”也正望着他，卧在一幢砖房前。马旁，一根高木杆上挂着一块牌子，牌子上写着四个醒目的大字——“吕记马肉”。“白头心儿”就拴在那木桩上。他走近它，见它那晶亮的大眼睛里分明地汪着泪。那军马以一种类人的哀怨忧伤的目光瞪视着他。

马肉店的老板告诉他，那军马在为某电影摄制组效劳过程中弄断了一条腿，看来废了，只有杀死卖肉了。

他蹲下查看了一番马腿，请求老板将“白头心儿”转卖给他。

老板出了一个数。那笔钱超过他的复员费，而老板却不肯让价。

“我白替你打工行不行？”

“多久？”

“直到这匹马能站起来了为止。”

老板认为他傻，认为那马永远也站不起来了，便爽快地答应了。

于是他从此一边打工，一边精心照料“白头心儿”。

一个月后，“白头心儿”奇迹般地站起来了。

老板被他感动了，没再收他一分钱，允许他将“白头心儿”牵走，并且，还白赠了他一副马鞍。

由于“白头心儿”，他自然没法乘火车。于是这“老兵”和曾救过他命的那一匹军马，朝行暮宿，向着他的家乡，开始了他们的“长征”……

途中，他度过了二十六岁生日。

两个月后，他老母亲看见一个胡子拉碴的，风尘仆仆的，穿一身军装的男人，牵着一匹瘦骨嶙峋的有“白头心儿”的长鬃枣红马蹒跚地来到家门前。

他激动地叫了一声：“妈！”

老母亲惊喜地认出他是她那参军八年一次也没探过家的儿子！

不是老母亲将儿子搂抱在怀里，而是儿子将瘦小的老母亲搂抱在怀里……

他惭愧地说："妈，我的复员费几乎都花光在路上了……"

他又说："妈，你看，咱们又有一匹'白头心儿'了！"

第二天清晨，他牵着"白头心儿"登上了家乡的山头，俯瞰着几处穷困得近乎败落的村子，他对"白头心儿"发誓般地说："'白头心儿'，帮我把咱们的家乡彻底变个样儿吧！"

那一时刻，二十六岁的"老兵"似乎顿悟——军队给予他的，还有比"模范班长"之荣誉重要得多的东西……

马儿安闲地吃着青草……

梁　晓　声

作　品　精　选

我·心

我 · 心

人性和它的意义

如果一个人只从纯粹自我一方面的感受去追求所谓人生的意义，并且以为唯有这样才会获得最多最大的意义，那么他或她到头来一定所得极少。

确实，我曾多次被问到——“人生有什么意义？”往往，“人生”之后还要加上“究竟”二字。

迄今为止。世上出版过许许多多解答许许多多问题的书籍，证明一直有许许多多的人思考着许许多多的问题。依我想来，在同样许许多多的“世界之最”中，“人生有什么意义”这一个问题，肯定是人的头脑中所产生的最古老、最难以简要回答明白的一个问题吧？而如此这般的一个问题，又简直可以算得上是一个“哥德巴赫猜想”或“相对论”一类的经典问题吧？

动物只有感觉；而人有感受。

动物只有思维；而人有思想。

动物的思维只局限于“现在时”；而人的思想往往由“现在时”推测向“将来时”。

我想，“人生有什么意义”这一个问题，从本质上说，是从“现在时”出发对“将来时”的一种叩问。是对自身命运的一种叩问。世界上只有人关心自身的命运问题。“命运”一词，意味着将来怎样。它绝不是一个仅仅反映“现在时”的词。

“人生有什么意义”这一个问题既与人的思想活动有关，那么我们一查人类的思想史便会发现，原来人类早在几千年以前就希望自我解答“人生有什么意义”的问题了。古今中外，解答可谓千般百种，形形色色。似乎关于这一问题，早已无须再问，也早已无须再答了。可许许多多活在“现在时”的人却还是要一问再问，仿佛根本不曾被问过，也根本不曾有谁解答过。

确实，我回答过这一问题。

每次的回答都不尽相同；每次的回答自己都不满意；有时听了的人似乎还挺满意，但是我十分清楚，最迟第二天他们又会不满意。

因为我自己也时常困惑时常迷惘，时常怀疑，并时常觉出着自己人生的索然。

我想，“人生有什么意义”这一个问题，最初肯定源于人的头脑中的恐惧意识。人一次又一次许多次地目睹从植物到动物甚而到无生命之物的由生到灭由坚到损由盛到衰由有到无，于是心生出惆怅；人一次又一次许多次地眼见同类种种的死亡情形和与亲爱之人的生离死别，于是心生出生命无常人生苦短的感伤以及对死的本能恐惧——于是“人生有什么意义”的沮丧油然产生。在古代，这体现于一种对于生命脆弱性的恐惧。“老汉活到六十八，好比路旁草一棵；过了今年秋八月，不知来年活不活。”从前，人活七十古来稀，旧戏唱本中老生们类似的念白，最能道出人的无奈之感。而古希腊的哲学家们，亦有认为人生“不过是场梦幻，生命不过是一茎芦苇”的悲观思想。

然而现代了的人类，已有较强的能力掌控生命的天然寿数了。并已有较高的理性接受生死之规律了。现代了的人类却仍往往会叩问“人生的意义”何在，归根结底还是源自于一种恐惧。这是不同于古人的一种恐惧。这是对所谓“人生质量”尝试过最初的追求而又屡遭挫折，于是竟以为终生无法实现的一种恐惧。这是几乎就要屈服于所谓“厄运”的摆布而打算听天由命时的一种恐惧。这种恐惧之中包含着理由难以获得公认而又程度很大的抱怨。是的，事情往往是这样，当谁长期不能摆脱“人生有什么意义”的纠缠时，谁也就往往真的会屈服于所谓“厄运”的摆布了；也就往往会真的听天由命了；也就往往会对人生持消极到了极点的态度。而那种情况之下，人生在谁那儿，也就往往会由“有什么意义”的疑惑，快速变成了“没有意义”的结论。

对于马，民间有种经验是——“立则好医，卧则难救”。那意思是指——马连睡觉都习惯于站着，只要它自己不放弃生存的本能意识，它总是会忍受着病痛之身顽强地站立着不肯卧倒下去；而它一旦竟病得卧倒了，证明它确实已病得不轻，也同时证明它本身生存的本能意识已被病痛大大地削弱了。而没有它本身生存本能意识的配合，良医良药也是难以治得好它的病的。所以兽医和马的主人，见马病得卧倒了，治好它的信心往往大受影响。他们要做的第一件事，又往往是用布托、绳索、带子兜住马腹，将马吊得站立起来，如同武打片中吊起那些飞檐走壁的演员们那一种做法。为什么呢？给马以信心。使马明白，它还没病到根本站立不住的地步。靠了那一种做法，真的会使马明白什么吧？我相信是能的。因为我下乡时多次亲眼看到，病马一旦靠了那一种做法站立着了，它的双眼竟往往会一下子晶亮了起来。它往往会咴咴嘶叫起来。听来那确乎有些激动的意味，有些又开始自信了的意味。

一般而言，儿童和少年不太会问“人生有什么意义”的话，他们倒是很相信人生总归是有些意义的，专等他们长大了去体会。厄运反而不容易一下子将他们从心理上压垮。因为父母和一切爱他们的人，往往会在他们不完全知情时，就默默替他们分担和承受了。

老年人也不太会问“人生有什么意义”的话。问谁呢？对晚辈怎么问得出口呢？哪怕忍辱负重了一生，老年人也不太会问谁那么一句话。信佛的，只偶尔独自一个人在内心里默默地问佛。并不希冀解答，仅仅是委屈和抱怨的一种倾诉而已。他们相信即使那么问了，佛品出了抱怨的意味，也是不会责怪他们的。反而，会理解于他们，体恤于他们。中年人是每每会问“人生有什么意义”的。相互问一句，或自说自话问自己一句。相互问时，回答显得多余。一切都似乎不言自明，于是相互获得某种心理的支持和安慰。自说自话问自己时，其实自己是完全知道着一种意义的。

上有老下有小的人生，对于大多数中年人都是有压力的人生。那压力常常使他们对人生的意义保持格外的清醒。人生的意义在他们那儿是有着另一种解释的——责任。

是的，责任即意义。是的，责任几乎成了大多数寻常百姓的中年人之人生的最大意义。对上一辈的责任、对儿女的责任、对家庭的责任，总而言之，是子女又为子女，是父母又为父母，是兄弟姐妹又为兄弟姐妹的林林总总的责任和义务，使他们必得对单位对职业也具有铭记在心的责任和义务。

在岗位和职业竞争空前激烈的今天，后一种责任和义务，是尽到前几种责任和义务的保障。这一点不需任何人提醒和教诲，中年人一向明白得很、清楚得很。中年人问或者仅仅在内心里寻思“人生有什么意义”时，事实上往往等于是在重温他们的责任课程，而不是真的有所怀疑。人只有到了中年时，才恍然大悟，原来从小盼着快快长大好好地追求和体会一番的人生的意义，除了种种的责任和义务，留给自己的，即纯粹属于自己的另外的人生的意义，实在是并不太多了。他们老了以后，甚至会继续以所尽之责任和义务尽得究竟怎样，来掂量自己的人生意义。“究竟”二字，在他们那儿，也另有标准和尺度。中年人，尤其是寻常百姓的中年人，尤其是中国之寻常百姓的中年人，其“人生的意义”，至今，如此而已，凡此而已。

“人生有什么意义”这一句话，在某些青年那儿，特别是在独生子女的小青年们那儿问出口时，含意与大多数是他们父母的中年人是根本不相同的。其含意往往是——如果我不能这样；如果我不能那样；如果我实际的人生并不像我希望的那样；如果我希望的生活并不能服务于我的人生；如果我不快乐；如果我不满足；如果我爱的人却不爱我；如果爱我的人又爱上了别人；如果我奋斗了却以失败告终；如果我大大地付出了竟没有获得丰厚的回报；如果我忍辱负重了一番却仍竹篮打水一场空；如果……如果……那么人生对于我究竟还有什么意义？

他们哪里知道啊，对于他们的是中年人的父母，尤其是寻常百姓的中年人的父母，他们往往即是父母之人生的首要的、最大的、有时几乎是全部的意义。他们若是这样的，他们是父母之人生的意义；他们若是那样的，他们是父母之人生的意义；换言之，不论他们是怎样的，他们都是父母之人生的意义；而当他们倍觉人生没有意义时，他们还是父母之人生的意义；若他们奋斗成为所谓“成功者”了，他们的父母之人生的意义，于是似乎得到一种明证了；而他们若一生平凡着呢？尽管他们一生平凡着，他们仍是父母之人生的意义。普天下之中年人，很少像青年人一样，因了儿女之人生的平凡，而倍感自己之人生的没意义。恰恰相反，他们越平凡，他们的平凡的父母，所意识到的责任便往往越大，越多……

由此我们得到一种结论，所谓“人生的意义”，它一向至少是由三部分组成的：一部分是纯粹自我的感受；一部分是爱自己和被自己所爱的人的感受；还有一部分是社会和更多有时甚至是千千万万

别人的感受。

当一个青年听到一个他渴望娶其为妻的姑娘说“我愿意”时，他由此顿觉人生饱满着一切意义了，那么这是纯粹自我的感受。

“世上只有妈妈好，有妈的孩子是块宝。”——这两句歌词，其实唱出的更是作为母亲的女人的一种人生意义。也许她自己的人生是充满苦涩的，但其绝对不可低估的人生之意义，宝贵地体现在她的孩子身上了。

爱迪生之人生的意义，体现在享受电灯、电话等等发明成果的全世界人身上；林肯之人生的意义，体现在当时美国获得解放的黑奴们身上；曼德拉的人生意义体现于南非这个国家了；而俄罗斯人民，一定会将普京之人生的意义，大书特书在他们的历史上……

如果一个人只从纯粹自我一方面的感受去追求所谓人生的意义，并且以为唯有这样才会获得最多最大的意义，那么他或她到头来一定所得极少。最多，也仅能得到三分之一罢了。但倘若一个人的人生在纯粹自我方面的意义缺少甚多，尽管其人生作为的性质是很崇高的；那么在获得尊敬的同时，必然也引起同情。比如阿拉法特，无论巴勒斯坦在他活着的时候能否实现艰难的建国之梦，他的人生之大意义对于巴勒斯坦人都是明摆在那儿的。然而，我深深地同情这一位将自己的人生完完全全民族目标化了的政治老人……

权力、财富、地位、高贵得无与伦比的生活方式，这其中任何一种都不能单一地构成人生的意义。即使合并起来加于一身，对于人生之意义而言，也还是嫌少。

这就是为什么戴安娜王妃活得不像我们常人以为的那般幸福的原因。贫穷、平凡、没有机会受到过高等教育终生从事收入低微的职业，这其中任何一种都不能单一地造成对人生意义的彻底抵消。即使合并起来也还是不能。因为哪怕命运从一个人身上夺走了人生的意义，却难以完全夺走另外一部分，就是体现在爱我们也被我们所爱的人身上的那一部分。哪怕仅仅是相依为命的爱人，或一个失去了我们就会感到悲伤万分的孩子……

而这一种人生之意义，即使卑微，对于爱我们也被我们所爱的人而言，可谓大矣！人生一切其他的意义，往往是在这一种最基本的意义上生长出来的。好比甘蔗是由它自身的某一小段生长出来的……

我心·人心

心对人而言，是最名不符实的一个脏器。从我们人类的始祖们刚刚有了所谓“思想意识”那一天起，它便开始变成个“欺世盗名”的东西，并且以讹传讹至今。当然，它的“欺世盗名”，完全是由于我们人的强加。同时我们也应该肯定，这对我们人无疑是至关重要的。其重要性相当于汽车的马达，双手都被截掉的人，可以照样活着，甚至还可能是一个长寿者。但心这个脏器一旦出了毛病，哪怕出了点儿小毛病，人就不能不对自己的健康产生大的忧患了。倘心的问题严重，人的寿命就朝不保夕了。人就会惶惶然不可终日了。

我一向百思不得其解的是——所谓“思想意识”，本属脑的功能，怎么就张冠李戴，被我们人强加给了心呢？而这一个分明的大错误，一犯就是千万年，人类似乎至今并不打算纠正。中国的西方的文化中，随处可见这一错误的泛滥。比如我们中国文人视为宝典的那一部古书《文心雕龙》，就堂而皇之地将艺术思维的功能划归给了心。比如信仰显然是存在于脑中的，而西方的信徒们做祈祷时，却偏偏要在胸前画十字。因为心在胸腔里。

伟人毛泽东曾说过这样的话——“人的正确思想是从哪里来的？是从天上掉下来的吗？不是。是头脑里固有的吗？也不是。人的正确思想，只能从实践中来……”

当年我背这一段毛泽东的语录，心里每每的产生一份儿高兴。仿佛“英雄所见略同”似的。那是我第一次从一个伟人那儿，获得到一个大错误被明明白白地予以纠正的欣慰。但是语录本儿上，白纸黑字印着的“思想”两个字，下边分别地都少不了一个“心”字。看来，有一类错误，一经被文化千万年地重复，那就只能将错就错，是永远的错误了。全世界至今都在通用这样一些不必去细想，越细想越对文化的错误难以纠正这一事实深感沮丧的字、词，比如心理、心情、心灵、心肠、心事、心地、心胸等等，并且自打有文字史以来，千百年不厌其烦地，重复不止地造出一串串病句。文化的统治力在某些方面真正是强大无比的。

心脑功能张冠李戴的错误，只有在医生那儿被纠正得最不含糊。比如你还没老，却记忆超前减退，或者思维产生了明显的障碍症状，那么分号台一定将你分到脑科。你如果终日胡思乱想，噩梦多多，那么分号台一定将你分到精神科。判断你精神方面是否出了毛病。其实精神病也是脑疾病的深层范围。把你打发到心脏专科那儿去的话，便是医院大大的失职了。

翻开历史一分析，心脑功能张冠李戴这一永远的错误，首先是与人类的灵魂遐想有关。也跟我们的祖先曾互相残食的记载有关。一个部落的人俘虏了另一个部落的人，于是如同猎到了猎物一样，兴高采烈围着火堆舞蹈狂欢。累了，就开始吃了。为着吃时的便当，自然地先须将同类们杀死。心是人体唯一滞后于生命才“死”的东西。当一个原始人从自己同类的胸腔里扒出一颗血淋淋的心，它居然还在呼呼跳动时，我们的那一个野蛮的祖先不但觉得惊愕，同时也是有几分恐惧的。于是心被想象成了所谓“灵魂”在体内的“居室”，被认为是在心彻底停止跳动之际才逸去的。“心灵”这一个词，便是从那时朦胧产生，后经文字的确定，文化的丰富沿用至

今的。

人类的文化，中国的也罢，外国的也罢，东方的也罢，西方的也罢，一向对人的心灵问题，是非常之花力气去琢磨的。一个人对另一个人的心灵琢磨不透了，往往会冲口而出这样一句话——“我真想扒出你的心（或他或她的心），看看究竟是红的还是黑的!”许多中国人和外国人都说过这句话，说时都不免恨恨地狠狠地。

但是我观察到，在中国，在今天，在现实生活中，许许多多的人，其实是最不在乎心灵的质量问题的。越来越不在乎自己的，也越来越不在乎他人的了。这一种不在乎，和我们人类文化中一向的很在乎，太在乎，越来越形成着鲜明的，有时甚至是相悖的，对立程度的反差。人们真正在乎的，只剩下了心脏的问题，也许这因为，人们仿佛越来越明白了，心灵是莫须有的，主观臆想出来的东西。而心才是自己体内的要脏，才是自己体内的实在之物吧？

的确，心灵原本是不存在的。的确，一切与所谓心灵相关与德行有关的问题，原本是属于脑的。的确，这一种张冠李戴，是一个大错误，是人类从祖先们那时候起就糊里糊涂地搞混了的。

但是，另一个不容争辩的事实乃是——人毕竟是有德行的动物啊!

人的德行毕竟是有优劣之分的啊！关于德行的观念，纵使说法万千，也毕竟是有个“质”的问题吧？

人类成熟到如今，对与人的生存有关的一切方面的要求都高级了起来。唯独对自身德行的“质”的问题，一任地降低着要求的水准。这一点尤其在当代中国呈现着不可救药的大趋势。中国文化中，对于所谓人的心灵问题，亦即对于人的德行问题，一向是喋喋不休充满教诲意味儿的。而如今的中国人，恐怕是我们这个地球上德行方面最鄙俗不堪的了。人类对于自身文化的反叛，在中国这块土地上，似乎进行得最为彻底。我们仿佛又被拎着双腿一下子扔回到千万年以前去了。扔回到和我们的原始祖先们同一文化水准的古年代去了。正如我们都知道的，在那一种古年代，所谓人类文化，其实只有两个内容——“人为财死，鸟为食亡”，和对死的恐惧。

我们的头脑中只剩下了关于一件事情的思想——金钱。已经拥有了大量金钱的人们的头脑，终日所想的还是金钱。尤其是金钱。他们对金钱的贪婪，比生存在贫困线上的我们的同胞们对金钱的渴望，还要强烈得多。他们对于死的恐惧，比我们普通人要深刻得多。

我们中国民间有一种说法——人心十窍。意思是心之十窍，各主七情六欲。当然有一窍是主贪欲的。当然这贪欲也包括对金钱的贪。所以，老百姓常说——某某心眼儿多。某某缺心眼儿。某某白长了心眼儿死不开窍。如今我们许多中国人之人心，差不多只剩下一窍了。那就是主贪欲那一窍。所贪的东西，差不多也只剩下了钱，外加上色点缀着，主着其他那些七情六欲的窍，似乎全都封塞着了。所以我前面说过，这样的人心，它又怎么能比人手的感觉更细微更细腻呢？它变成在“质”的方面很粗糙，很简陋，功能很单一的一个东西，岂不是必然的么？

我曾认识一位我一向敬着的老者。一生积攒下了一笔钱，大约有那么三四十万吧。仅有一子，已婚，当什么公司的经理，生活相当富足。可我们这位老者，却一向吝啬得出奇。正应了那句话——“瓷公鸡，铁仙鹤，玻璃耗子琉璃猫”。绝对的一毛不拔。什么“希望工程”、什么“赈灾义捐”、什么“社会道义救助”，几乎的一概充聋作哑，仿佛麻木不仁。倘需捐物，则还似乎动点儿恻隐之心。旧衣服破裤子的，也就是只能当破烂儿卖的些个弃之而不惜之类，倒也肯于“无私奉献”。但一言钱，便大摇其头，准会一叠声地道：“捐不起捐不起！我自己还常觉着手头儿钱紧不够花呐！”——这说

的是他离休以后。离休前，堂堂一位正局级享受副部级待遇的国家干部，出差途中买筒饮料喝，竟要求开发票，好回单位报销。报销理由是非常之充足的——不是因公出差，我才不买饮料喝呐！以为我愿意喝呀？对于我这个人，什么饮料也不如一杯清茶！……尽管是“一把手”，在单位的名声，也是可想而知的了。却有一点是难能可贵的，那就是根本不在乎同僚们下属们对自己如何看法。

就是这么样的一位老同志，去年患了癌症之后，自思生命不久将走到了尽头，一日用电话将我召了去，郑重地说是要请我代他拟一份遗嘱。大出我意料的是，遗嘱将遗体捐献给医科院，以做解剖之用。仰躺病榻之上的他，一句句交代得那么的从容，口吻那么的平静，表情那么的庄严。这一种境界，与他一向被别人背地里诮议的言行，真真是判若两人啊！我不禁地心生敬仰，亦不禁地满腹困惑。他看出了我有困惑，便问：“听到过别人对我的许多议论是吧？”

我点头坦率回答是的。

又问：“对我不那么容易理解了是吧？”

我又点头。

他便叹口气，说出一番道理，也是一番苦衷——“不错，我是有一笔为数不少的存款。但那既是我的，实际上又不是我的。是儿孙的。现在提倡爱心，我首先爱自己的儿孙，应该是符合人之常情的吧？一位父亲，一位祖父，怎么样才算是爱自己的儿孙呢？当然就看死后能留给他们多少钱多少财产啦。其他都是白扯。根本就体现不出爱心了。所以，我现在还活着，钱已经应该看成是儿孙们的了。我究竟有多少钱，他们是一清二楚的。我死那一天，钱比他们知道的数目还多些，那就证明就等于我对他们的爱心比他们的感觉还多些。如果少了，那就证明就等于爱心也少了。我当然希望他们觉得我对他们的爱心多些好。我到处乱捐，不是在拿自己对儿孙们的爱心随意抛洒么？我活到这岁数，早不那么傻了。再说，也等于是在侵犯儿孙们的继承权呀！至于我死后的遗体，那是没用的东西。人死万事休嘛。好比我捐过的些旧衣服破裤子。反正也不值钱了。谁爱接受了去干什么就干什么吧！还能写下个生命的崇高的句号，落下个好名声，矫正人们以前对我的种种偏见。干吗不捐？捐了对我自己，对儿孙们，都没有什么实际的损失嘛！我这都是大实话。大实话要分对象，当着我不信赖的人，我是绝不说这些大实话的……”

听罢他的“大实话”，我当时的心理感受是很难准确形容的。只有种种心理感受之一种是自己说得清楚的——那便是心理的尴尬。好比误将一名三流喜剧演员，可笑地当成了一位悲剧大师，自作多情地暗自崇拜似的。

对于我们这一位老同志，钱和身，钱才是更重要的。而身，不过是“钱外之物”，倒不那么在乎了。尤其当自己的身成了遗体后，似乎就是旧衣服破裤子了。除了换取好名声，实际上一钱不值了，更重要的留给儿孙，一钱不值的才捐给社会——这又该是多么现实，多么冷静的一副生意人的头脑里才可能产生的“大思维”啊！

那一天回到家里，我总在想这样一个问题——皆云“钱财乃身外之物”，怎么的一来，从哪一天开始，中国人仿佛都活到了另一种境界？一种“钱财之外本无物”的境界？无物到包括爱情，包括爱心，包括生前的名，死后的身，似乎还有那么一股子禅味儿。

正是从那天开始，我更加敏锐地观察生活，倍感生活中的许多方面，确实发生了，并且正在发生着翻天覆地的观念的“大革命”。

如果一个男人宣布自己是爱一个女人的——那么给她钱吧！“我爱你有多深，金钱代表我的心”……

如果做父母的证明自己是爱儿女的——那么给他们钱吧！“世上

只有金钱好，没钱的孩子像根草”……

如果哪一行哪一业要奖励哪一个人——那么给他或她奖金吧！没有奖金衬托着，奖励证书算个啥？

人心大张着它那唯一没被封塞的一窍，呼哒呼哒地喘着粗气，如同美国科幻电影中宇宙异形的活卵，只吞食钱这一种东西。吞食足了，啪啦一下，卵壳破了，跃出一头狰狞邪恶的怪物……

于是我日甚一日地觉得，与人手相比，我们的张冠李戴的错误，使人心这个我们体内的“泵”，不但越来越蒙受垢辱，而且越来越声名狼藉了。越来越变得丑陋了。当然，若将丑陋客观公正地归给脑，心是又会变得非常之可爱的。如同卡通画中画的那一颗鲜红的红桃般可爱，那么脑这个家伙，却将变得丑陋了。脑的形象本就不怎么美观。用盆扣出的一块冻豆腐似的。再经指出丑陋的本质，它就更令人厌弃了不是？

有些错误是只能将错就错的。也没有太大纠正的必要。认真纠正起来前景反而不美妙。反正我们已只能面对一个现实——心也罢，脑也罢，我们人身体中的一部分，在经过了五千多年的文化影响之后，居然并没有文明起来多少。从此我们将与它的丑陋共生共灭，并会渐渐没有了羞耻感。

心耶？脑耶？——也就都是一样的了……

论温馨

温馨是纯粹的汉语词。

近年常读到它，常听到它；自己也常写到它，常说到它。于是静默独处之时每想——温馨，它究竟意味着什么呢？

是某种情调吗？是某种氛围吗？是客观之境？抑或仅仅是主观的印象？它往往在我们内心里唤起怎样的感觉？我们为什么特别不能长期地缺少了它？

那夜失眠，倚床而坐，将台灯罩压得更低，吸一支烟，于万籁俱寂中细细筛我的人生，看有无温馨之蕊风干在我的记忆中。

从小学二三年级起，母亲便为全家的生活去离家很远的工地上班。每天早上天未亮便悄悄地起床走了，往往在将近晚上八点时才回到家里。若冬季，那时天已完全黑了。比我年龄更小的弟弟妹妹都因天黑而害怕，我便冒着寒冷到小胡同口去迎母亲。从那儿可以望到马路。一眼望过去很远很远，不见车辆，不见行人。终于有一个人影出现，矮小，然而“肥胖”。那是身穿了工地上发的过膝的很厚的棉坎肩所致。像矮小却穿了笨重铠甲的古代兵卒。断定那便是母亲。在幽蓝清冽的路灯光辉下，母亲那么快地走着。她知道小儿女们还饿着，等着她回家胡乱做口吃的呢！

于是我跑着迎上去，边叫：“妈！妈……”

如今回想起来，那远远望见的母亲的古怪身影，当时对我即是

温馨。回想之际，觉得更是了。

小学四年级暑假中的一天，跟同学们到近郊去玩，采回了一大捆狗尾草。采那么多狗尾草干什么呢？采时是并不想的。反正同学们采，自己也跟着采，还暗暗竞赛似的一定要比别的同学采得多，认为总归是收获。母亲正巧闲着，于是用那一大捆狗尾草为弟弟妹妹们编小动物。转眼编成一只狗，转眼编成一只虎，转眼编成一头牛……她的儿女们属什么，她就先编什么。之后编成了十二生肖。再之后还编了大象、狮子和仙鹤、凤凰……母亲每编成一种，我们便赞叹一阵。于是母亲一向忧愁的脸上，难得地浮现出了微笑……

如今回想起来，母亲当时的微笑，对我即是温馨。对年龄更小的弟弟妹妹们也是。那些狗尾草编的小动物，插满了我们破家的各处。到了来年，草籽干硬脱落，才不得不一一丢弃。

我小学五年级时，母亲仍上着班。但那时我已学会了做饭。从前的年代，百姓家的一顿饭极为简单，无非贴饼子和煮粥。晚饭通常只是粥。用高粱米或苞谷子煮粥，很费心费时的。怎么也得两个小时后才能煮软。我每坐在炉前，借炉口映出的一小片火光，一边提防着粥别煮煳了一边看小人书。即使厨房很黑了也不开灯，为了省几度电钱……

如今回想起来，当时炉口映出的一小片火光，对我即是温馨。回想之际，觉得更是了。

由小人书联想到了小人儿书铺。我是那儿的熟客，尤其冬日去。倘积攒了五六分钱，坐在靠近小铁炉的条凳上，从容翻阅；且可闻炉上水壶嗞嗞作响，脸被水汽润得舒服极了，鞋子被炉壁烘得暖和极了：忘了时间，忘了地点；偶一抬头，见破椅上的老大爷低头打盹儿，而外边，雪花在土窗台上积了半尺高……

如今想来，那样的夜晚，那样的时候，那样的地方，相对是少年的我便是一个温馨的所在。回想之际，觉得更是了。

上了中学的我，于一个穷困的家庭而言，几乎已是全才了。抹墙、修火炕、砌炉子，样样活儿都拿得起，干得很是在行。几乎每一年春节前，都要将个破家里里外外粉刷一遍。今年墙上滚这一种图案，明年一定换一种图案，年年不重样。冬天粉刷屋子别提有多麻烦，再怎么注意，也还是会滴得哪哪都是粉浆点子。母亲和弟弟妹妹们撑不住就打盹儿，东倒西歪全睡了。只有我一个人还在细细地擦、擦、擦……连地板都擦出清晰的木纹了。第二天一早，母亲和弟弟妹妹们醒来，看看这儿，瞅瞅那儿，一切干干净净有条不紊；看得目瞪口呆……

如今想来，温馨在母亲和弟弟妹妹眼里，在我心里。他们眼里有种感动，我心里有种快乐。仿佛，感动是火苗，快乐是劈柴，于是家里温馨重重。尽管那时还没生火，屋子挺冷……

下乡了，每次探家，总是在深夜敲门。灯下，母亲的白发是一年比一年多了。从怀里掏出积攒了三十几个月的钱无言地塞在母亲瘦小而粗糙的手里，或二百，或三百。三百的时候，当然是向知青战友们借了些的。那年月，二三百元，多大一笔钱啊！母亲将头一扭，眼泪就下来了……

如今想来，当时对于我，温馨在母亲的泪花里。为了让母亲过上不必借钱花的日子，再远的地方我都心甘情愿地去，什么苦都算不上是苦。母亲用她的泪花告诉我，她完全明白她这一个儿子的想法。我心使母亲的心温馨，母亲的泪花使我心温馨……

参加工作了，将老父亲从哈尔滨接到了北京。十四年来的一间筒子楼宿舍，里里外外被老父亲收拾得一尘不染。经常的，傍晚，我在家里写作，老父亲将儿子从托儿所接回来了。听父亲用浓重的山东口音教儿子数楼阶：“一、二、三……”所有在走廊里做饭的邻

居听了都笑，我在屋里也不由得停笔一笑。那是老父亲在替我对儿子进行学前智力开发，全部成果是使儿子能从一数到了十。

父亲常慈爱地望着自己的孙子说：“几辈人的福都让他一个人享了啊！”

其实呢，我的儿子，只不过出生在筒子楼，渐渐长大在筒子楼。

有天下午我从办公室回家取一本书，见我的父亲和我的儿子相依相偎睡在床上，我儿子的一只小手紧紧揪住我父亲的胡子（那时我父亲的胡子蓄得蛮长）——他怕自己睡着了，爷爷离开他不知到哪儿去了……

那情形给我留下极为温馨的印象；还有我老父亲教我儿子数楼阶的语调，以及他关于“福”的那一句话。

后来父亲患了癌症，而我又不能不为厂里修改一部剧本，我将一张小小的桌子从阳台搬到了父亲床边，目光稍一转移，就能看到父亲仰躺着的苍白的脸。而父亲微微一睁眼，就能看到我和他对面养了十几条美丽金鱼的大鱼缸。那是在父亲不能起床后我为父亲买的。十月的阳光照耀着我，照耀着父亲。他已知自己将不久于世，然只要我在身旁，他脸上必呈现着淡对生死的镇定和对儿子的信赖。一天下午一点多我突觉心慌极了，放下笔说：“爸，我得陪您躺一会儿。”尽管旁边有备我躺的钢丝床，我却紧挨着老父亲躺了下去。并且，本能地握住了父亲的一只手。五六分钟后，我几乎睡着了，而父亲悄然而逝……

如今想来，当年那五六分钟，乃是我一生体会到的最大的温馨。感谢上苍，它启示我那么亲密地与老父亲躺在一起，并且握着父亲的手。我一再地回忆，不记得此前也曾和父亲那么亲密地躺在一起过；更不记得此前曾在五六分钟内轻轻握着父亲的手不放过。真的感谢上苍啊，它使我们父子的诀别成了我内心里刻骨铭心的温馨……

后来我又一次将母亲接到了北京，而母亲也病着了。邻居告诉我，每天我去上班，母亲必站在阳台上，脸贴着玻璃望我，直到无法望见为止。我不信，有天在外边抬头一看，老母亲果然在那样地望我。母亲弥留之际，我企图嘴对着嘴，将她喉间的痰吸出来。母亲忽然苏醒了，以为她的儿子在吻别她。母亲她的双手，一下子紧紧搂住了我的头。搂得那么紧那么紧。于是我将脸乖乖地偎向母亲的脸，闭上眼睛，任泪水默默地流。

如今想来，当时我的心悲伤得都快要碎了。所以并没有碎，是由于有温馨粘住了啊！在我的人生中，只记得母亲那么亲爱过我一次，在她的儿子快五十岁的时候。

现在，我的儿子也已大三了。有次我在家里，无意中听到了他与他的同学的交谈："你老爸对你好吗？"

"好啊。"

"怎么好法？"

"我小时候他总给我讲故事。"

其实，儿子小时候，我并未"总给"他讲故事。只给他讲过几次，而且一向是同一个自编的没结尾的故事。也一向是同一种讲法——该睡时，关了灯，将他搂在身旁，用被子连我自己的头一起罩住，口出异声："呜……荒郊野外，好大的雪，好大的风，好黑的夜啊！冷呀！呱嗒、呱嗒……爪子落在冰上的声音……大怪兽来了，它嗅到我们的气味了，它要来吃我们了……"

儿子那时就屏息敛气，缩在我怀里一动也不敢动。幼儿园老师觉得儿子太胆小，一问方知缘故，曾郑重又严肃地批评我："你一位著名作家，原来专给儿子讲那种故事啊！"

孰料，竟在儿子那儿，变成了我对他"好"的一种记忆。于是

不禁地想，再过若干年，我彻底老了，儿子成年了，也会是一种关于父亲的温馨的回忆吗？尽管我给他的父爱委实太少，但却同一切似我的父亲们一样抱有一种奢望，那就是——将来我的儿子回忆起我时，或可叫作“温馨”的情愫多于“呜……呱嗒、呱嗒”。

某人家乔迁，新居四壁涂暖色漆料，贺者曰：“温馨。”

年轻夫妻终于拥有了自己的小家，他们最在乎的定是卧室的装修和布置，从床、沙发的样式到窗帘的花色，无不精心挑选，乃为使小小的私密环境呈现温馨。

少女终于在家庭中分配到了属于自己的房间，也许很小很小，才七八平方米，摆入了她的小床和写字桌再无回旋之地；然而几天以后你看吧，它将变得每一个角落都充满了温馨。

新房大抵总是温馨的。倘一对新人恩爱无限，别人会感到连床边的两双拖鞋都含情脉脉的；吸一下鼻子，仿佛连空气中都飘浮着温馨。反之，若同床异梦，貌合神离，那么新房的此处或彼处，总之必有一处地方的一样什么东西向他人暗示，其实反映在人眼里的温馨是假的。

在商业时代，温馨是广告语中频频出现的词汇之一。我曾见过如下广告：“饮××酒吧，它能使你的人生顿变温馨。”

我想，那大约只能是对斯文的醉君子而言，若是酒鬼又醉了，顿时感到的一定是他的人生的另一种滋味。

最令我讶然的是一则妇女卫生巾广告：“用××卫生巾，带给你难忘的温馨。”

余也愚钝，百思不得其解。

酒吧总是刻意营造温馨的。

我虽一向拒沾酒气，却也被朋友邀至过酒吧几次。朋友问：“够温馨吧？”

烛光相映，人面绰约，靡音萦绕；有情人或耳鬓厮磨，或呢哝低语。

我说："温馨。"

然内心里却半点儿体会到温馨的真感觉也没有。

我想，温馨肯定是多种多样的。除了那两条广告其意太深我无法理解，以上种种皆是温馨，也不该成为什么问题。

我想，温馨一定是有共性前提的。首先它只能存在于较小的空间。世界上的任何宫殿都不可能是温馨的，但宫殿的某一房间却会是温馨的。最天才的设计大师也不能将某展览馆搞成一处温馨的所在；而最普通的女人，仅用旧报纸、窗花和一条床单几个相框，就足以将一间草顶泥屋收拾得温馨慰人；在一辆"奔驰"车内放一排布娃娃给人的印象是怪怪的，而有次我看见一辆"奥拓"车内那样，却使我联想到了少女的房间。其次温馨它一定是同暖色调相关的一种环境。一切冷色调都会彻底改变它，而一切艳颜丽色也将使温馨不再。那时它或者转化为浪漫，或者转化为它的反面，变成了浮媚和庸俗。温馨也当然的是与光线相关的一种环境。黑暗中没有温馨，亮亮堂堂的地方也与温馨二字无缘。所以几乎可以断言，盲人难解温馨何境。而温馨所需要的那一种光，是半明半暗的，是亦遮亦显的，是总该有晕的。温馨并不直接呈现在光里，而呈现在光的晕里。故刻意追求温馨的人，就现代的人而言，对灯的形状、瓦数和灯罩，都是有极讲究的要求的。

这样看来，离不开空间大小、色彩种类、光线明暗的温馨，往往是务须加以营造的效果了。人在那样的环境里，男的还要流露多情，女的还要尽显妩媚，似乎才能圆满了温馨。若无真心那样，作秀既是难免的，也简直是必要的。否则呢，岂不枉对于那不大不小的空间，那沉醉眼球的色彩，那幽晕迷人的灯光，那使人神经为之

松弛的气氛了吗？

是的是的，我承认以上种种都是温馨，承认人性对它的需要就像我们的肉体需要性和维生素一样。

但我觉得，定有另类的一种温馨，它不是设计与布置的结果，不是刻意营造出来的。它储存在寻常人们所过的寻常的日子里，偶一闪现，转瞬即逝，溶解在寻常日子的交替中。它也许是老父亲某一时刻的目光；它也许曾浮现于老母亲变形了的嘴角；它也许是我们内心的一丝欣慰；甚至，可能与人们所追求的温馨恰恰相反，体现为某种忧郁、感伤和惆怅。

它虽溶解在日子里，却并没有消亡，而是在光阴和岁月中渐渐沉淀，等待我们不经意间又想起了它。

而当我们想起了它的时候，我们往往会对自己说——温馨吗？我知道那是什么！并且，顿感其他一概的温馨，似乎都显得没有多少意味了……

人生真相

仅仅为了生存而被自己根本不愿做的事情牢牢粘住一生的人越来越少；每一个人只要努力做好自己必须做的事情，只要自己愿意做的事情不脱离实际，终将有机会满足一下或间接满足一下自己的“愿意”。

人活着就得做事情。

古今中外，无一人活着而居然可以不做什么事情。连婴儿也不例外。吮奶便是婴儿所做的事情，不许他做他便哭闹不休，许他做了他便乖而安静。广论之，连蚊子也要做事：吸血。连蚯蚓也要做事：钻地。

一个人一生所做之事，可以从许多方面来归纳——比如善事恶事，好事坏事，雅事俗事，大事小事……

世上一切人之一生所做的事情，也可用更简单的方式加以区分，那就是无外乎——愿意做的、必须做的、不愿意做的。

古今中外，上下数千年，任何一个曾活过的人们，正活着的人们的一生，皆交叉记录着自己愿意做的事情、必须做的事情、不愿意做的事情。即将出生的人们的一生，注定了也还是如此这般。

细细想来，古今中外，一生仅做自己愿意做的事情，但凡不愿意做的事情可以一概不做的人，极少极少。大约，根本没有过吧？从前的国王皇帝们还要上朝议政呢，那不见得是他们天天都愿意做的事。

有些人却一生都在做着自己不愿意做的事情。比如他或她的职业绝不是自己愿意的，但若改变却千难万难，“难于上青天”。不说古代，不论外国，仅在中国，仅在二十几年前，这样一些终生无奈的人比比皆是。

而我们大多数人的一生，其实只不过都在整日做着自己必须做的事情。日复一日，渐渐的，我们对我们那么愿意做，曾特别向往去做的事情漠然了。甚至，再连想也不去想了。仿佛我们的头脑之中对那些曾特别向往去做的事情，从来也没产生过试图一做的欲念似的。即使那些事情做起来并不需要什么望洋兴叹的资格和资本。日复一日的，渐渐的，我们变成了一些生命流程仅仅被必须做的、杂七杂八的事情注入得满满的人。我们只祈祷我们千万别被自己不愿意做的事情粘住了。果而如祈，我们则已谢天谢地，大觉幸运了。甚至会觉得顺顺当当地过了挺好的一生。

我想，这乃是所谓人生的真相之一吧？一生仅做自己愿意做的事情，凡不愿意做的事情可以一概不做的人，我们就不必太羡慕了吧！衰老、生病、死亡，这些事任谁都是躲不过的。生病就得住院，住院就得接受治疗。治疗不仅是医生的事情，也是需要病人配合着做的事情。某些治疗的漫长阶段比某些病本身更痛苦。于是人最不愿意做的事情，一下子成了自己必须做的事情。到后来为了生命，最不愿做的事情不但变成了必须做的事情，而且变成了最愿做好的事情。倒是唯恐别人们认为自己做得不够好进而不愿意在自己的努力配合之下尽职尽责了。

我们且不说那些一生被自己不愿做的事情牢牢粘住，百般无奈的人了吧！他们也未必注定了全没他们的幸运。比如他们中有人一听做胃镜检查这件事就脸色大变，竟幸运地有一副从未疼过的胃，一生连粒胃药也没吃过。比如他们中有人一听动手术就心惊胆战，竟幸运地一生也没躺上过手术台。比如他们中有人最怕死得艰难，竟幸运地死得很安详，一点儿痛苦也没经受，忽然的就死了，或死在熟睡之中。有的死前还哼着歌洗了人生的最后一次热水澡，且换上了一套新的睡衣……

我们还是了解一下我们自己，亦即这世界上大多数人的人生真相吧！

我们必须做的事情，首先是那些意味着我们人生支点的事情。我们一旦连这些事情也不做，或做得不努力，我们的人生就失去了稳定性，甚而不能延续下去。比如我们每人总得有一份工作，总得有一份收入。于是有单位的人总得天天上班；自由职业者不能太随性，该勤奋之时就得自己要求自己孜孜不倦。这世界上极少数的人之所以是幸运的，幸运就幸运在——必须做的事情恰也同时是自己愿意做的事情。大多数人无此幸运。大多数人有了一份工作有了一份收入就已然不错。在就业机会竞争激烈的时代，纵然非是自己愿意做的事情，也得当成一种低质量的幸运来看待。即使打算摆脱，也无不掂量再三，思前虑后，犹犹豫豫。

因为对于我们大多数人而言，我们整日必须做的事情，往往不仅关乎着我们自己的人生，也关乎着种种的责任和义务。比如父母对子女的；夫妻双方的；长子长女对弟弟妹妹的……这些责任和义务，使那些我们寻常之人整日必须做的事情具有了超乎于愿意不愿意之上的性质，并随之具有了特殊的意义。这一种特殊的意义，纵然不比那些我们愿意做的事情对于我们自己更快乐，也比那些事情显得更重要，更值得。

我们做我们必须做的事情，有时恰恰是为了因而有朝一日可以无忧无虑地做我们愿意做的事情。普遍的规律也大抵如此。一些人

勤勤恳恳地做他们必须做的事情，数年如一日，甚至十几年二十几年如一日，人生终于柳暗花明，终于得以有条件去做自己愿意做的事情了。其条件当然首先是自己为自己创造的。这当然得有这样的前提——自己所愿意做的事情，自己一直惦记在心，一直向往着去做，一直并没泯灭了念头……

我们做我们必须做的事情，有时恰恰不是为了因而有朝一日可以无忧无虑地做我们愿意做的事情。我们往往已看得分明，我们愿意做的事情，并不由于我们将我们必须做的事做得多么努力做得多么无可指责而离我们近了；相反，却日复一日地，渐渐地离我们远了，成了注定与我们的人生错过的事情。不管我们一直怎样惦记在心，一直怎样向往着去做。我们却仍那么努力那么无可指责地做着我们必须做的事情。为了什么呢？为了下一代，为了下一代得以最大程度地去做他们和她们愿意做的事；为了他们和她们愿意做的事不再完全被动地与自己的人生眼睁睁错过；为了他们和她们，具有最大的人生能动性，不被那些自己根本不愿意做的事粘住，进而具有最大的人生能动性，使自己必须做的事与自己愿意做的事协调地相一致起来。起码部分地相一致起来。起码不重蹈我们自己人生的覆辙，因了整日陷于必须做的事而彻底断送了试图一做自己愿意做的事情的条件和机会。

社会是赖于上一代如此这般的牺牲精神而进步的。

下一代人也是赖于上一代人如此这般的牺牲精神而大受其益的。

有些父母为什么宁肯自己坚持着去干体力难支的繁重劳动，或退休以后也还要无怨无悔地去做一份收入极低微的工作呢？为了子女们能够接受高等教育，能够从而使子女们的人生顺利地靠近他们愿意做的事情。

“可怜天下父母心”一句话，在这一点上，实在是应该改成

“可敬天下父母心”的。而子女们倘竟不能理解此点，则实在是可悲可叹啊。

最令人同情的是这样一些人——他们终于像放下沉重的十字架一样，摆脱了自己必须做甚而不愿意做却做了几乎整整一生的事情；终于有一天长舒一口气自己对自己说——现在，我可要去做我愿意做的事情了。那事情也许只不过是回老家看看，或到某地去旅游，甚或，只不过是坐一次飞机，乘一次海船……而死神却突然来牵他或她的手了……

所以，我对出身贫寒的青年们进一言，倘有了能力，先不必只一件件去做自己愿意做的事情。要想一想，自己怎么就有了这样的能力？完全靠的自己？含辛茹苦的父母做了哪些牺牲？并且要及时地问：“爸爸妈妈，你们一生最愿意做的事情是些什么事情？咱们现在就做那样的事情！为了你们心里的那一份长久的期望！……”

我的一位当了经理的青年朋友就这样问过自己的父母，在今年的春节前——而他的父母吞吞吐吐说出来的却是，他们想离开城市重温几天小时候的农村生活。

当儿子的大为诧异：那我带着公司员工去农村玩过几次了，你们怎么不提出来呢？

父母道：我们两个老人，慢慢腾腾的，跟了去还不拖累你玩不快活呀！

当儿子的不禁默想，进而戚然。

春节期间，他坚决地回绝了一切应酬，是陪父母在京郊农村度过的……

我们憧憬的理想社会是这样的：仅仅为了生存而被自己根本不愿做的事情牢牢粘住一生的人越来越少；每一个人只要努力做好自己必须做的事情，只要自己愿意做的事情不脱离实际，终将有机会

满足一下或间接满足一下自己的“愿意”。

据我分析，大多数人愿意做的事情，其实还都是一些不失自知之明的事情。

时代毕竟进步了。

标志之一也是——活得不失自知之明的人越来越多而非越来越少了。

尽管我们大多数人依然还都在做着我们整日必须做的事情，但这些事情随着时代的进步，与我们的人生的关系已变得越来越灵活，越来越宽松，使我们开始有相对自主的时间和精力顾及我们愿意做的事情，不使成为泡影。重要的倒是，我们自己是否还像从前那么全凭必须这一种惯性活着……

我们都知道的，金钱除了不能解决生死问题，除了不能一向成功地收买法律，几乎可以解决至少可以淡化人面临的许许多多困扰。

我们大多数世人，或更具体地说——百分之九十甚至百分之九十五以上的世人，与金钱到底是一种什么样的关系呢？我的意思是在说，或者是在问，或者仅仅是在想——那种关系果真像我们人类的文化和对自身的认识经验所记录的那样，竟是贪而无足的么？

我感觉到这样的一种情况——即在我们人类的文化和对自身认识的经验中，教诲我们人类应对金钱持怎样的态度和理念，是由来久矣并且多而又多的；但分析和研究我们与金钱之关系的真相的思想成果，却很少很少。似乎我们人类与金钱的关系，仅仅是由我们应对金钱持怎样的态度来决定的。似乎只要我们接受了某种对金钱的正确的理念，金钱对我们就是无足轻重的东西了，对我们就会完全丧失吸引力了。

在我们人类与金钱的关系中，某种假设正确的理念，真的能起特别重要的作用么？果而那样，思想岂不简直万能了么？

在全世界，在人类的古代，金即是钱；即是通用币；即是永恒的财富。百锭之金往往意味着佳食锦衣，唤奴使婢的生活。所有富人的日子一旦受到威胁，首先将金物及价值接近着金的珠宝埋藏起来。所以直到现在，虽然普遍之人的日常生活早已不受金的影响，在谈论钱的时候，却仍习惯于二字合并。

在今天，在中国，“文化”已是一个泡沫化了的词。已是一个被泛谈得失去了“本身义”并被无限“引申义”了的词。不是一切有历史的事物都能顺理成章地构成一种文化。事物仅仅有历史只不过是历史悠久的事物。纵然在那悠久的历史中事物一再地演变过，其演变的过程也不足以自然而然地构成一种文化。

只有我们人类对某一事物积累了一定量的思想认识，并且传承以文字的记载，并且在大文化系统之中占据特殊的意义，某一事物才算是一种文化“化”了的事物。

这是我的个人观点。而即使此观点特别的容易引起争议，我们若以此观点来谈论金钱，并且首先从“金钱文化”说起，大约是不会错到哪里去的。

外国和中国的一切古典思想家们，有一位算一位，哪一位不曾谈论过人与金钱的关系呢？可以这么认为，自从金钱开始介入我们人类的生存形态那一天起，人类的头脑便开始产生着对于金钱的思想或曰意识形态了。它们一而再，再而三地呈现在童话、神话、民间文学、士人文学、戏剧以及后来的影视作品和大众传媒里。它们的全部的教诲，一言以蔽之，用教义最浅白的“济公活佛圣训”中的一句话来概括那就是——“死后一文带不去，一旦无常万事休”。

数千年以来，“金钱文化”对人类的这种教诲的初衷几乎不曾丝毫改变过，可谓谆谆复谆谆，用心良苦。只有在现当代的经济学理论成果中，才偶尔涉及我们人类与金钱之关系的真相，却也每几笔

带过，点到为止。

那真相我以为便是——其实我们人类之大多数对金钱所持的态度，非但不像“金钱文化”从来渲染的那么一味贪婪，细分析，简直还相当理性，相当朴素，相当有度。

奴隶追求的是自由。

诗人追求的是传世。

科学家追求的是成果。

文艺家追求的是经典。

史学家追求的是真实。

思想家追求的是影响。

政治家追求的是稳定……

而小百姓追求的只不过是丰衣足食，无病无灾，无忧无虑的小康生活罢了。倘是工人，无非希望企业兴旺，从而确保自己的收入养家度日不成问题；倘是农民，无非希望风调雨顺，亩产高一点儿，售出容易点儿；倘是小商小贩，无非希望有个长久的摊位，税种合理，不积货，薄利多销……

如此看来，大多数世人虽然每天都生活在这个由金钱所推转着的世界上，每一个日子都离不开金钱这一种东西，甚而我们的双手每天都至少点数过一次金钱，我们的心里每天都至少盘算过一次金钱，但并不因而都梦想着有朝一日成为富豪或资本家，银行账户上存着千万亿万，于是大过奢侈的生活，于是认为奢侈高贵便是幸福……

真的，细分析，我确确实实地觉得，人类之大多数对金钱所持的态度，从过去到现在甚至包括将来，其实一向是很健康的。

一直不健康的或温和一点儿说不怎么健康的，恰恰是“金钱文化”本身。这一种文化几乎每天干扰我们对这个世界的正常视听要求和愿望，似乎企图使我们彻底地变成仅此一种文化的受众，从而使其本身变成摇钱树。这一种文化的一个显著的特征那就是——当其在表现人的时候几乎永远的只有一个角度，无非人和金钱的关系，再加点性和权谋。它的模式是——“那公司那经理那女人，和那一大笔钱”。

我们大多数世人每天受着这一种文化的污染，而我们对金钱的态度却仍相当理性，相当朴素，相当有度。我简直不能不这样赞叹——大多数世人活得真是难能可贵！

再细加分析，具体的一个人，无论男女，无论有一个穷爸爸还是富爸爸，其一生皆大致可分为如下阶段：

童年——以亲情满足为最大满足的阶段。

少年——以自尊满足为最大满足的阶段。

青年——以爱情满足为最大满足的阶段。

中年前期——以事业满足为最大满足的阶段。

中年后期——以金钱满足为最大也许还是最后满足的阶段。

老年前期——以自尊满足为最大满足的阶段。

老年后期——以亲情满足为最大满足的阶段……

大多数人大抵如此，少数人不在其例。

人，尤其男人，在中年后期，往往会与金钱发生撕扯不开的纠缠关系。这乃因为——他在爱情和事业两方面，可能有一方面忽然感到是失败的，甚或两方面都感到是失败的，沮丧的。也许那是一个事实，也许仅仅是他自己误入了什么迷津；还因为中年后期的男人，是家庭责任压力最大的人生阶段，缓解那压力仅靠个人作为已觉力不从心，于是意识里生出对金钱的幻想。我们都知道的，金钱除了不能解决生死问题，除了不能一向成功地收买法律，几乎可以解决至少可以淡化人面临的许许多多困扰。但普遍而言，中年后期

的男人已具有着与其年龄相一致的理性了。他们对金钱的幻想仅仅是幻想罢了。并且，这幻想折叠在内心里，往往是不说道的。某些男人在中年后期又有事业的新篇章和爱情的新情节，则他们便也不会把金钱看得过重。

在经济发达的国家，人们的追求，包括对人生享受的追求，往往呈现着与金钱没有直接关系的现象。“金钱文化”在那些国家里也许照旧地花样翻新，但对人们的意识已经不足以构成深刻的重要的影响。我们留心一下便不难得出这样的结论——那些国家的文化的文艺的和传媒的主流内容往往是关于爱、生、死、家庭伦理和人类道德趋向以及人类大命运的。或者，纯粹是娱乐的。

因为在那些国家里，中产阶级生活已经是不难实现的。

而中产阶级，乃是一个与金钱的关系最自然，最得体，最有分寸的阶级。

在经济落后的国家，普遍的人们也反而不太产生对金钱的强烈又痛苦的幻想。因为那接近着是梦想。他们对金钱的愿望是由自己限制得很低很低的，于是金钱反而最容易成为带给他们满足的东西。

在发展中国家，特别在由经济落后国家向经济振兴国家迅速过渡的国家，其文化随之嬗变的一个显著事实那就是——“金钱文化”同步的迅速繁衍和对大文化系统的蚕食，和对人们日常生活的方方面面的几乎无孔不入的侵略式影响。人面对之，要么采取个人式的抵御姿态；要么接受它的冲击它的洗脑，最终变得有点儿像金钱崇拜者了。在这样的国家这样的时代，充斥于文化、文艺和媒体的经常的主要的内容，往往是关于金钱这一种东西的。在这样的国家这样的时代，文化和文艺往往几乎已经丧失掉了向人们讲述一个纯粹的，与金钱不发生瓜葛的爱情故事的能力。因为这样的爱情故事已不合人们的胃口，或曰已不合时宜，被认为浅薄了。于是通俗歌曲异军突起，将文化和文艺丧失了的元素吸收去变成为自身存在的养分。通俗歌曲的受众是青少年。是以对爱情的向往为向往，以对爱情的满足为满足的群体。他们沉湎于通俗歌曲为之编织的爱情帷幔中，就其潜意识而言，往往意味着不愿长大，逃避长大——因为长大后，将不得不面对金钱的左右和困扰。

在这样的国家这样的时代，贫富迅速分化，差距迅速悬殊，人对金钱的基本需求和底线一番番被刷新。相对于有些人，那底线不断地不明智地一次次攀升；相对于另一些人，那底线不断地不得已地一次次跌降。前者往往可能由于不能居住于富人区而混乱了人与金钱的关系；后者则往往可能由于连生存都无法为计而产生了人对金钱的偏狂理解。

归根结底，不是人的错，更不是时代的错，也当然不是金钱的错，而只不过是——在特殊的历史阶段，人和金钱贴紧于同一段社会通道之中了。当同时钻出以后，人和金钱两种本质上不同的东西（姑且也将人叫作东西吧），又会分开来，保持必要的距离，仅在最日常的情况之下发生最日常的“亲密接触”。

那时，大多数人就可以这样诚实又平淡地说了：金钱么？它不是唯一使我万分激动的东西；也不是唯一使我惴惴不安的东西。更不是我人生中唯一重要的东西。我必须有足够花用的金钱，而我的情况正是这样。

归根结底，爱国主义——正是由这一种人对金钱相当理性，相当朴素，相当有度，因而相当良好的感觉来决定的。

哪一个国家使它的人民与金钱的关系如此这般着了，它的人民便几乎无须被教导，自然而然地爱着他们的国了……

中年感怀

我越来越意识到，自己几乎每一天都在失去着一些东西。而所失去的东西，对任何人都是至可宝贵的。

首先是健康。

如果有人看到我于今写作时的样子，定会觉得古怪且滑稽——由于颈椎病，脖子上套着半尺宽的硬海绵颈圈，像一条挣断了链子的狗。由于腰椎病，后背扎着一尺宽的牛皮护腰带。由于颈和腰都不能弯曲，一弯曲头便晕，写作时必得保持从腰到颈的挺直姿势。仅仅靠了颈圈和护腰带，还是挺直不到头不晕的姿势，就得有夹得住稿纸的竖架相配合。小稿纸有小的竖架。大稿纸有大的竖架。大的竖架一立在桌上，占去半个桌面。不像是在写作，像是在制图。大小两个竖架，都是北京人民大学一位退了休的老师让人替她送给我的。可以调换两个倾斜度。我已经使用一年多了，却还没和她见过面。颈圈、护腰带、竖架，自从写作时依赖于这三样东西。写作之前，所做的预备，就如工厂里的技工临上车床似的了。有几次那样子去为客人开门，着实将客人吓了一跳……

于是从此失去了以前写作时的良好状态。每每回想以前，常不免地心生惆怅。看见别人不必“武装”一番再写作，也不免地心生羡慕。

朋友们都劝——快用电脑哇！

是啊，迟早有一天，我也会迫不得已地用起电脑来的。我说“迫不得已”，乃因对“笔耕”这一种似乎已经很原始的写作方式，实在地情有独钟，舍不得告别呢！汲足一笔墨水儿，摆正一摞稿纸，用早已定型了的字体，工工整整地写下题目，标下页码“1”，想着要从这个“1”开始，一页页标下去，一直标到“一百”、“五百”，乃至“一千”，那一份儿从容，那一份儿自信，那一份儿骑手跨上骏马时的感受，大概不是面对显示屏，手敲按键所能体验到的啊！

想想连这一份儿写作者的特殊的体验也终将失去了，尽管早已将买电脑的钱存着了，还是一味儿地惆怅。

健康其实是人人都在失去着的。一年年的岁数增加着，反而一年比一年活得硬朗的人，毕竟是极少数。人也是一台车床，运转便磨损。不运转着生产什么，便似废物。宁磨损着而生产什么，不似废物般的还天天进行保养，这乃是绝大多数人的活法。人到四十多岁以后，感觉到自我磨损的严重程度了，感觉到自我运转的状况大不如前了，肯定都是要心生惆怅的。

也许惆怅乃是中年人的一种特权吧？这一特权常使中年人目光忧郁。既没了青年的朝气蓬勃，也达不到老者们活得泰然自若那一种睿智的境界。于是中年人体会到了中年的尴尬。体会到了这一种无奈的尴尬的中年人，目光又怎么能不是忧郁的呢？心情又怎么能不常常陷入惆怅呢？

我和我的中年朋友们相处时，无论他们是我的作家同行抑或不是我的作家同行，每每极其敏感到他们的忧郁和他们的惆怅。也无论他们被认为是乐观的人抑或自认为是乐观的人，他们的忧郁和惆怅都是掩盖不了的。好比窗上的霜花，无论多么迷人毕竟是结在玻璃上的。太阳一出，霜花即化，玻璃就显露出来了。而那定是一块被风沙扑打得毛糙了的玻璃。他们开怀大笑时眸子深处隐藏着忧郁

和惆怅；他们踌躇满志时眸子深处隐藏着忧郁和惆怅；他们作小青年状时，眸子深处隐藏着忧郁和惆怅；他们装得什么都不在乎时，眸子深处尤其隐藏着忧郁和惆怅。他们的眸子是我的心境。两个中年男人开怀大笑一阵之后，或两个中年女人正亲亲热热地交谈着的时候，忽然的目光彼此凝视住，忽然都从对方眼里看到了那一种企图隐藏到自己的眸子后面而又没有办法做到的忧郁和惆怅，我觉得那一刻是生活中很感伤的情境之一种，比从对方发中一眼发现了一缕苍发是更令中年人感伤的。

全世界的中年人本质上都是忧郁和惆怅的。成功者也罢，落魄者也罢，在这一点上所感受到的人生况味儿，其实是大体相同的。于是中年人几乎整代整代地被吸入了一个人类思想的永恒的黑洞——人生的意义究竟何在？

中年人比青年人更勤奋地工作，更忙碌地活着，大抵因为这乃是拒绝回答甚至回避思考的唯一选择。而比青年人疏懒了，比青年人活得散漫了，又大抵是因为开始怀疑着什么了。

中年人的忧郁和惆怅，对这世界是无害的，只不过构成着人类社会一道特殊的风景线罢了。而人类社会好比是一幅大油画，本不可以没有几笔忧郁的色彩惆怅的色彩。没有，人类社会就是一个大幼儿园了。

中年人的忧郁和惆怅，衬托着少女们更加显得纯洁烂漫，衬托着少年们更加显得努力向上，衬托着青年男女们更加生动多情，衬托着老人们更加显得清心寡欲，悠然淡泊。少女们和少年们，青年们和老者们的自得其乐，归根结底是中年人们用忧郁和惆怅换来的呀！中年人为了他们，将人生况味儿的种种苦涩，都默默地吞咽了，并且尽量关严“心灵的窗户”，不愿被他们窥视到。

中年人的忧郁和惆怅，归根结底也体现着社会的某种焦虑和不安。中年人替少男少女们，替青年们，替老者们，也将社会的某种焦虑和不安，最大剂量地默默地默默地吞咽到肚子里去了。因为中年人大抵是做了父母的人，是身为长兄长姐的人，是仍身为长子长女的人，这是中年人们的一种本能，也是人类的一种本能。

中年人成熟了，又成熟又疲惫。咬紧牙关扛着社会的焦虑和不安，再吃力也只不过就是眸子里隐藏着忧郁和惆怅。

他们的忧郁和惆怅，一向都是社会的一道凝重的风景线。

谁叫他们，不，谁叫我们是中年人了呢！

梁　晓　声

作　品　精　选

自白·时代

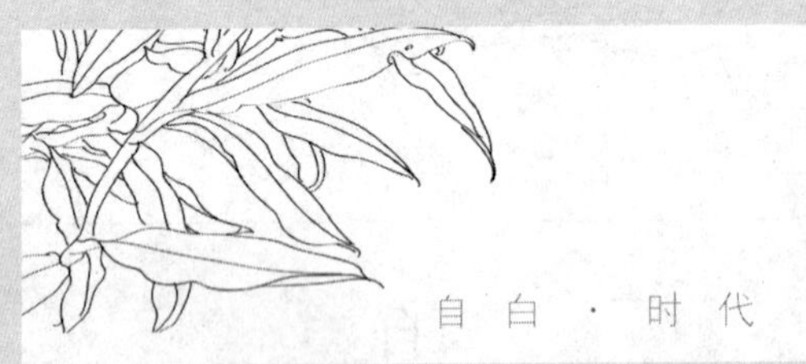

自白·时代

当今中国青年阶层分析

不差钱的“富二代”

报载，当下中国有一万余位资产在两亿以上的富豪们，“二世祖”是南方民间对他们儿女的叫法。关于他们的事情民间谈资颇多，人们常津津乐道。某些报刊亦热衷于兜售他们的种种事情，以财富带给他们的“潇洒”为主，羡慕意识流淌于字里行间。窃以为，一万多相对于十三亿几千万人口，相对于四亿几千万中国当代青年，实在是少得并没什么普遍性，并不能因为他们是某家族财富的“二世祖”，便必定具有值得传媒特别关注之意义。故应对他们本着这样一种报道原则——若他们做了对社会影响恶劣之事，谴责与批判；若他们做了对社会有益之事，予以表扬与支持。否则，可当他们并不存在。在中国，值得给予关注的群体很多，非是不报道“二世祖”们开什么名车，养什么宠物，第几次谈对象便会闲得无事可做。传媒是社会的“复眼”，过分追捧明星已够讨嫌，倘再经常无端地盯向“二世祖”们，这样的“复眼”自身毛病就大了。

由于有了以上“二世祖”的存在，所谓“富二代”的界定难免模糊。倘不包括“二世祖”们，“富二代”通常被认为是这样一些青年——家境富有，意愿实现起来非常容易，比如出国留学，比如

买车购房，比如谈婚论嫁。他们的消费现象，往往也倾向于高档甚至奢侈。和“二世祖”们一样，他们往往也拥有名车。他们的家庭资产分为有形和隐形两部分：有形的已很可观，隐形的究竟多少，他们大抵并不清楚，甚至连他们的父母也不清楚。我的一名研究生曾幽幽地对我说：“老师，人比人真是得死。我们这种学生，毕业后即使回省城谋生，房价也还是会让我们望洋兴叹。可我认识的另一类大学生，刚谈恋爱，双方父母就都出钱在北京给他们买下了三居室，而且各自一套。只要一结婚，就会给他们添辆好车。北京房价再高，人家也没有嫌高的感觉！”——那么，“另一类”或“人家”自然便是“富二代”了。

我还知道这样一件事——女孩在国外读书，忽生明星梦，非要当影视演员。于是母亲带女儿专程回国，到处托关系，终于认识了某一剧组的导演，声明只要让女儿在剧中饰一个小角色，一分钱不要，还愿意反过来给剧组几十万。导演说您女儿也不太具有成为演员的条件啊，当母亲的则说，那我也得成全我女儿，让她过把瘾啊！——那女儿，也当属“富二代”无疑了。

如此这般的“富二代”，他们的人生词典中，通常没有“差钱”二字。他们的家长尤其是父亲们，要么是中等私企老板，要么是国企高管，要么是操实权握财柄的官员。倘是官员，其家庭的隐形财富有多少，他们确乎难以了解。他们往往一边享受着“不差钱”的人生，一边将眼瞥向“二世祖”们，对后者比自己还“不差钱”的生活方式消费方式每不服气，故常在社会上弄出些与后者比赛“不差钱”的响动来。

我认为，对于父母是国企高管或实权派官员的他们，社会应予必要的关注。因为这类父母中不乏现行弊端分明的体制的最大利益获得者及最本能的捍卫者。这些身为父母的人，对于推动社会民主、公平、正义是不安且反感的。有这样的父母的“富二代”，当他们步入中年，具有优势甚至强势话语权后，是会站在一向依赖并倍觉亲密的利益集团一方，发挥本能的维护作用，还是会比较无私地超越那一利益集团，站在社会公平和正义的立场，发符合社会良知之声，就只有拭目以待了。如果期待他们成为后一种中年人，则必须从现在起，运用公平、正义之自觉的文化使他们受到人文影响。而谈到文化的人文思想影响力，依我看来，在中国，不仅对于他们是少之又少微乎其微，即使对最广大的青年而言，也是令人沮丧的。故我看未来的“富二代”的眼，总体上是忧郁的。不排除他们中会产生足以秉持社会良知的可敬人物，但估计不会太多。

在中国，如上之“富二代”的人数，大致不会少于一两千万。这还没有包括同样足以富及三代五代的文娱艺术界超级成功人士的子女。不过他们的子女人数毕竟有限，没有特别加以评说的意义。

中产阶层家庭的儿女

世界上任何一个国家，中高级知识分子家庭几乎必然是该国中产阶层不可或缺的成分，少则占三分之一，多则占一半。中国国情特殊，二十世纪八十年代以前，除少数高级知识分子，一般大学教授的生活水平虽比城市平民阶层的生活水平高些，但其实高不到哪儿去。二十世纪八十年代后，这些人家生活水平提高的幅度不可谓不大，他们成为改革开放的直接受惠群体是无可争议的事实。不论从居住条件还是收入情况看，知识分子家庭的生活水平已普遍高于工薪阶层。另一批，正有希望跻身于中产阶层。最差的一批，生活水平也早已超过所谓小康。

然而二〇〇九年以来的房价大飙升，使中产阶层生活状态顿受

威胁，他们的心理也受到重创，带有明显的挫败感。仅以我语言大学的同事为例，有人为了资助儿子结婚买房，耗尽二三十年的积蓄不说，儿子也还需贷款一百余万，沦为“房奴”，所买却只不过八九十平方米面积的住房而已。还有人，夫妻双方都是五十来岁的大学教授，从教都已二十几年，手攥着百余万存款，儿子也到了结婚年龄，眼睁睁看着房价升势迅猛，不知如何是好，只有徒唤奈何。他们的儿女，皆是当下受过高等教育的青年，有大学学历甚至是硕士、博士学历。这些青年成家立业后，原本最有可能奋斗成为中产阶层人士，但现在看来，可能性大大降低了，愿景极为遥远了。他们顺利地谋到“白领”职业是不成问题的，然“白领”终究不等于中产阶层。中产阶层也终究得有那么点儿“产”可言，起码人生到头来该有产权属于自己的一套房子。可即使婚后夫妻二人各自月薪万元，要买下一套两居室的房子，由父母代付部分购房款，也还得自己贷款一百几十万。按每年可偿还十万，亦需十几年方能还清。又，他们从参加工作到实现月薪万元，即使工资隔年一升估计至少也需十年。那么，前后加起来可就是二十几年了，他们也奔五十了。人生到了五十岁时，才终于拥有产权属于自己的两居室，尽管总算有份“物业”了，恐怕也还只是“小康人家”，而非“中产”。何况，他们自己也总是要做父母的。一旦有了儿女，那一份支出就大为可观了，那一份操心也不可等闲视之。于是，拥有产权属于自己的一套房子的目标，便离他们比遥远更遥远了。倘若双方父母中有一位甚至有两位同时或先后患了难以治疗的疾病，他们小家庭的生活状况也就可想而知了。

好在，据我了解，这样一些青年，因为终究是知识分子家庭的后代，可以“知识出身”这一良好形象为心理的盾，抵挡住贫富差距巨大的社会现实的猛烈击打。所以，他们在精神状态方面一般还是比较乐观的。他们普遍的人生主张是活在当下，抓住当下，享受当下；更在乎的是于当下是否活出了好滋味，好感觉。这一种拒瞻将来，拒想将来，多少有点儿及时行乐主义的人生态度，虽然每令父母辈摇头叹息，对他们自己却未尝不是一种明智。并且，他们大抵是当下青年中的晚婚主义者。内心潜持独身主义者，在他们中也为数不少。三分之一左右按正常年龄结婚的，打算做“丁克”一族者亦大有人在。

在中国当下青年中，他们是格外重视精神享受的。他们也青睐时尚，但追求比较精致的东西，每自标品位高雅。他们是都市文化消费的主力军，并且对文化标准的要求往往显得苛刻，有时近于尖刻。他们中一些人极有可能一生清贫，但大抵不至于潦倒，更不至于沦为“草根”或弱势。成为物质生活方面的富人对于他们既已不易，他们便似乎都想做中国之精神贵族了。事实上，他们身上既有雅皮士的特征，也确乎同时具有精神贵族的特征。

一个国家是不可以没有一些精神贵族的；绝然没有，这个国家的文化也就不值一提了。即使在非洲部落民族，也有以享受他们的文化精品为快事的“精神贵族”。

他们中有不少人将成为中国未来高品质文化的守望者。不是说这类守望者只能出在他们中间，而是说由他们之间产生更必然些，也会更多些。

城市平民阶层的儿女

出身于这个阶层的当下青年，尤其受过高等教育的他们，相当一部分内心是很凄凉悲苦的。因为他们的父母，最是一些“望子成龙”、“望女成凤”的父母，此类父母的人生大抵历经坎坷，青年时

过好生活的愿景强烈，但这愿景后来终于被社会和时代所粉碎。但愿景的碎片还保存在内心深处，并且时常也还是要发一下光的，所谓未泯，设身处地想一想确实令人心疼。中国城市平民人家的生活从前肯定比农村人家强，也是被农民所向往和羡慕的。但现在是否还比农民强，那则不一定了。现在不少的城市平民人家，往往会反过来羡慕农村富裕的农民，起码农村里那些别墅般的二三层小楼，便是他们每一看见便会自叹弗如的。但若有农民愿与他们换，他们又是肯定摇头的。他们的根已扎在城市好几代了，不论对于植物还是人，移根是冒险的，会水土不服。对于人，水土不服却又再移不回去，那痛苦就大了。

“所谓日子，过的还不是儿女的日子!”这是城市平民父母们之间常说的一句话，意指儿女是唯一的精神寄托，也是唯一过上好日子的依赖，更是使整个家庭脱胎换骨的希望。故他们与儿女的关系，很像是体育教练与运动员的关系，甚至是拳击教练与拳手的关系。在他们看来，社会正是一个大赛场，而这也基本是事实，起码目前在中国是一个毫无疑问的事实。所以他们常心事重重、表情严肃地对儿女们说：“孩子，咱家过上好生活可全靠你了。”出身于城市平民人家的青年，从小到大，有几个没听过父母那样的话呢?

可那样的话和十字架又有什么区别?话的弦外之音是——你必须考上名牌大学，只有毕业于名牌大学才能找到好工作；只有找到好工作才有机会出人头地，只有出人头地父母才能沾你的光在人前骄傲，并过上幸福又有尊严的生活；只有那样，你才算对得起父母……即使嘴上不这么说，心里也是这么想的。

于是，儿女领会了——父母是要求自己在社会这个大赛场上过五关斩六将，夺取金牌金腰带的。于是对于他们，从小学到大学都成了赛场或拳台。然而除了北京、上海，在任何省份的任何一座城市，考上大学已需终日刻苦，考上名牌大学更是谈何容易！并且，通常规律是——若要考上名牌大学，先得挤入重点小学。对于平民人家的孩子，上重点小学简直和考入名牌大学同样难，甚至比考上名牌大学还难。名牌大学仅仅以高分为王，进入重点小学却是要交赞助费的，那非平民人家所能承受得起。往往即使借钱交，也找不到门路。故背负着改换门庭之沉重十字架的平民家庭的儿女们，只有从小就将灵魂交换给中国的教育制度，变自己为善于考试的机器。但即使进了重点初中、重点高中、重点大学，终于跃过了龙门，却发现在龙门那边，自己仍不过是一条小鱼。而一迈入社会，找工作虽比普通大学的毕业生容易点儿，工资却也高不到哪儿去。本科如此，硕士博士，情况差不多也是如此，于是倍感失落……

另外一些只考上普通大学的，高考一结束就觉得对不起父母了，大学一毕业就更觉得对不起父母了。那点儿工资，月月给父母，自己花起来更是拮据。不月月给父母，不但良心上过不去，连面子上也过不去。家在本市的，只有免谈婚事，一年又一年地赖家而居。天天吃着父母的，别人不说“啃老”，实际上也等于“啃老”。家在外地的，当然不愿让父母了解到自己变成了“蜗居”的“蚁族”。和农村贫困人家的儿女们一样，他们是中国不幸的孩子，苦孩子。

我希望中国以后少争办些动辄“大手笔”地耗费几千亿的“国际形象工程”，省下钱来，更多地花在苦孩子们身上——这才是正事！

他们中考上大学者，几乎都可视为坚卓毅忍之青年。

他们中有人最易出现心理问题，倘缺乏关爱与集体温暖，每酿自杀自残的悲剧，或伤害他人的惨案。然他们总体上绝非危险一族，而是内心最郁闷、最迷惘的一族，是纠结最多、痛苦最多，苦苦挣扎且最觉寡助的一族。

他们的心，敏感多于情感，故为人处世每显冷感。对于帮助他们的人，他们心里也是怀有感激的，却又往往倍觉自尊受伤的刺痛，结果常将感激封住不露，饰以淡漠的假象。而这又每使他们给人以不近人情的印象。这种时候，他们的内心就又多了一种纠结和痛苦。比之于同情，他们更需要公平；比之于和善相待，他们更需要真诚的友谊。

谁如果与他们结下了真诚的友谊，谁的心里也就拥有了一份大信赖，他们往往会像狗忠实于主人那般忠实于那份友谊。他们那样的朋友是最难交的，居然交下了，大抵是一辈子的朋友。一般情况下，他们不会轻易或首先背叛友谊。

他们像极了于连。与于连的区别仅仅是，他们不至于有于连那么大的野心。事实上他们的人生愿望极现实，极易满足，也极寻常。但对于他们，连那样的愿望实现起来也需不寻常的机会。“给我一次机会吧！”——这是他们默默在心里不知说了多少遍的心语。但又一个问题是——此话有时真的有必要对掌握机会的人大声地说出来，而他们往往比其他同代人更多了说之前的心理负担。

他们中之坚卓毅忍者，或可成将来靠百折不挠的个人奋斗而成功的世人偶像，或可成将来足以向社会贡献人文思想力的优秀人物。

人文思想力通常与锦衣玉食者无缘。托尔斯泰、雨果们是例外，并且考察他们的人生，虽出身贵族，却不曾以锦衣玉食为荣。

农家儿女

家在农村的大学生，或已经参加工作的他们，倘若家乡居然较富，如南方那种绿水青山、环境美好且又交通方便的农村，则他们身处大都市所感受的迷惘，反而要比城市平民的青年少一些。这是因为，他们的农民父母其实对他们并无太高的要求。倘他们能在大都市里站稳脚跟，安家落户，父母自然高兴；倘他们自己觉得在大都市里难过活，要回到省城工作，父母照样高兴，照样认为他们并没有白上大学，即使他们回到了就近的县城谋到了一份工作，父母虽会感到有点儿遗憾，但不久那点儿遗憾就会过去的。

很少有农民对他们考上大学的儿女们说："咱家就指望你了，你一定要结束咱家祖祖辈辈都是农民的命运！"他们明白，那绝不是一个受过高等教育的儿女所必然能完成的家庭使命。他们供儿女读完大学，想法相对单纯：只要儿女们以后比他们生活得好，一切付出都是值得的。中国农民大多是些不求儿女回报什么的父母。他们对土地的指望和依赖甚至要比对儿女们还多一些。

故不少幸运地在较富裕的农村以及小镇小县城有家的、就读于大都市漂泊于大都市的学子和青年，心态比城市平民（或贫民）之家的学子、青年还要达观几分。因为他们的人生永远有一条退路——他们的家园。如果家庭和睦，家园的门便永远为他们敞开，家人永远欢迎他们回去。所以，即使他们在大都市里住的是集装箱——南方已有将空置的集装箱租给他们住的现象——他们往往也能咬紧牙关挺过去。他们留在大都市艰苦奋斗，甚至年复一年地漂泊在大都市，完全是他们个人心甘情愿的选择，与家庭寄托之压力没什么关系。如果他们实在打拼累了，往往会回到家园休养、调整一段时日。同样命运的城市平民或贫民人家的儿女，却断无一处"稚子就花拈蛱蝶，人家依树系秋千"，"罗汉松遮花里路，美人蕉错雨中棂"的家园可以回归。坐在那样的家门口，回忆儿时"争骑一竿竹，偷折四邻花"之往事，真的近于是在疗养。即使并没回去，想一想那样的家园，也是消累解乏的。故不论他们是就读学子、公司青年抑或打工青年，精神上总有一种达观在支撑着。是的，那只

不过是种达观，算不上是乐观。但是能够达观，也已很值得为他们高兴了。

不论一个当下青年是大学校园里的学子、大都市里的临时就业者或季节性打工者，若他们的家不但在农村，还在偏僻之地的贫穷农村，则他们的心境比之于以上一类青年，肯定截然相反。

回到那样的家园，即使是年节假期探家一次，那也是忧愁的温情有，快乐的心情无。打工青年们最终却总是要回去的。

大学毕业生回去了毫无意义——不论对他们自己，还是对他们的家庭。他们连省城和县里也难以回去，因为省城也罢，县里也罢，适合于大学毕业生的工作，根本不会有他们的份儿。而农村，通常也不会直接招聘什么大学毕业生“村干部”的。

所以，当他们用“不放弃！绝不放弃！”之类的话语表达留在大都市的决心时，大都市应该予以理解，全社会也应该予以理解。

> 这是一个最好的时代！
> 这是一个最坏的时代！

以上两句话，是狄更斯小说《双城记》的开篇语。那究竟是一个怎样的时代，此不赘述。狄氏将“好”写在前，将“坏”写在后，意味着他首先是在肯定那样一个时代。在此借用一下他的句式来说：

> 当代中国青年，他们是些令人失望的青年。
> 当代中国青年，他们是些足以令中国寄托希望的青年。

说他们令人失望，乃因以中老年人的眼看来，他们身上有太多毛病。诸毛病中，以独生子女的娇骄二气、“自我中心”的坏习性、逐娱乐鄙修养的玩世不恭最为讨嫌。

说他们足以令中国寄托希望，乃因他们是自一九四九年以后最真实地表现为人的一代，也可以说是忠顺意识之基因最少，故而是真正意义上脱胎换骨的一代。在他们眼中，世界真的是平的；在他们的思想的底里，对民主、自由、人道主义、社会公平正义的尊重和诉求，也比一九四九年以后的任何一代人都更本能和更强烈……

只不过，现在还没轮到他们充分呈现影响力，而他们一旦整体发声，十之七八都会是进步思想的认同者和光大者。

我们为什么对平凡的人生深怀恐惧

“如果在三十岁以前，最迟在三十五岁以前，我还不能使自己脱离平凡，那么我就自杀。”“可什么又是不平凡呢？”“比如所有那些成功人士。”“具体说来。”“就是，起码要有自己的房、自己的车，起码要成为有一定社会地位的人吧？还起码要有一笔数目可观的存款吧？”“要有什么样的房，要有什么样的车？在你看来，多少存款算数目可观呢？”“这，我还没认真想过……”以上，是我和一大一男生的对话。那是一所较著名的大学，我被邀讲座。对话是在五六百人之间公开进行的。我觉得，他的话代表了不少学子的人生志向。我已经忘记了我当时是怎么回答的。然此后我常思考一个人的平凡或不平凡，却是真的。按《新华字典》的解释，平凡即普通。平凡的人即平民。《新华字典》特别在括号内加注——泛指区别于贵族和特权阶层的人。做一个平凡的人真的那么令人沮丧么？倘注定一生平凡，真的毋宁35岁以前自杀么？我明白那大一男生的话只不过意味着一种“往高处走”的愿望，虽说得郑重，其实听的人倒是不必太认真的。

但我既思考了，于是觉出了我们这个社会，我们这个时代，近十年来，一直所呈现着的种种文化倾向的流弊，那就是——在中国还只不过是一个发展中国家的现阶段，在普遍之中国人还不能真正过上小康生活的情况下，中国的当代文化，未免过分“热忱”地兜售所谓“不平凡”的人生的招贴画了，这种宣扬尤其广告兜售几乎随处可见。而最终，所谓不平凡的人的人生质量，在如此这般的文化那儿，差不多又总是被归结到如下几点——住着什么样的房子，开着什么样的车子，有着多少资产，于是社会给以怎样的敬意和地位。于是，倘是男人，便娶了怎样怎样的女人……

二十世纪二三十年代的中国，也很盛行过同样性质的文化倾向，体现于男人，那时叫“五子登科”，即房子、车子、位子、票子、女子。一个男人如果都追求到了，似乎就摆脱平凡了。同样年代的西方的文化，也曾呈现过类似的文化倾向。区别乃是，在他们的文化那儿，是花边，是文化的副产品；而在我们这儿，在八九十年后的今天，却仿佛地渐成文化的主流。这一种文化理念的反复宣扬，折射着一种耐人寻味的逻辑——谁终于摆脱平凡了，谁理所当然地是当代英雄；谁依然平凡着甚至注定一生平凡，谁是狗熊。并且，每有俨然是以代表文化的文化人和思想特别“与时俱进”似的知识分子，话里话外地帮衬着造势，暗示出更其伤害平凡人的一种逻辑，那就是——一个时势造英雄的时代已然到来，多好的时代！许许多多的人不是已经争先恐后地不平凡起来了么？你居然还平凡着，你不是狗熊又是什么呢？

一点儿也不夸大其词地说，此种文化倾向，是一种文化的反动倾向。和尼采的所谓“超人哲学”的疯话一样，是漠视、甚至鄙视和辱谩平凡人之社会地位以及人生意义的文化倾向。是反众生的，是与文化的最基本社会作用相悖的，是对于社会和时代的人文成分结构具有破坏性的。

在这样的文化背景下成长起来的中国下一代，如果他们普遍认为最远三十五岁以前不能摆脱平凡便莫如死掉算了，那是毫不奇怪的。

人类社会的一个真相是，而且必然永远是牢固地将普遍的平凡的人们的社会地位确立在第一位置，不允许任何意识之形态动摇它的第一位置，更不允许它的第一位置被颠覆，这乃是古今中外的文化的不二立场，像普遍的平凡的人们的社会地位的第一位置一样神圣。当然，这里所指的，是那种极其清醒的、冷静的、客观的、实事求是的、能够在任何时代都“锁定”人类社会真相的文化，而不是那种随波逐流的、嫌贫爱富的、每被金钱的作用左右得晕头转向的文化。那种文化只不过是文化的泡沫，像制糖厂的糖浆池里泛起的糖浆沫。造假的人往往将其收集了浇在模子里，于是“生产”出以假乱真的“野蜂窝”。

文化的“野蜂窝”比街头巷尾地摊上卖的“野蜂窝”更是对人有害的东西。后者只不过使人腹泻，而前者紊乱社会的神经。

平凡的人们，那普通的人们，即古罗马阶段划分中的平民。在平民之下，只有奴隶。平民的社会地位之上，是僧侣、骑士、贵族。

但是，即使在古罗马，那个封建的强大帝国的大脑，也从未敢漠视社会地位仅仅高于奴隶的平民。作为它的最精英的思想的传播者，如苏格拉底、柏拉图、亚里士多德们，他们虽然一致不屑地视奴隶为“会说话的工具”，但却不敢轻佻地发任何怀疑平民之社会地位的言论。恰恰相反，对于平民，他们的思想中有一个一脉相承的共同点——平民是城邦的主体，平民是国家的主体。没有平民的作用，便没有罗马为强大帝国的前提。

恺撒被谋杀了，布鲁诺斯要到广场上去向平民们解释自己参与了的行为——“我爱恺撒，但更爱罗马”。

为什么呢？因为那行为若不能得到平民的理解，就不能成为正确的行为。安东尼奥顺利接替了恺撒，因为他利用了平民的不满，觉得那是他的机会。屋大维招兵募将，从安东尼奥手中夺去了摄政权，因为他调查了解到，平民将支持他。

古罗马帝国一度称雄于世，靠的是平民中蕴藏着的改朝换代的伟力。它的衰亡，也首先是由于平民抛弃了它。僧侣加上骑士加上贵族，构不成罗马帝国，因为他们的总数只不过是平民的千万分之几。

中国古代，称平凡的人们亦即普通的人们为“元元”，佛教中形容为“芸芸众生”，在文人那儿叫“苍生”，在野史中叫“百姓”，在正史中叫“人民”，而相对于宪法叫“公民”。没有平凡的亦即普通的人们的承认，任何一国的任何宪法没有任何意义。“公民”一词将因失去了平民成分而成为荒诞可笑之词。

中国古代的文化和古代的思想家们，关注着体恤“元元”们的记载举不胜举。比如《诗经·大雅·民劳》中云：“民亦劳止，汔可小康。”意思是老百姓太辛苦了，应该努力使他们过上小康的生活。比如《尚书·五子之歌》中云：“民为邦本，本固邦宁。”意思是如果不解决好“元元”们的生存现状，国将不国。而孟子干脆说：“民为贵，社稷次之，君为轻。”

而《三国志·吴书》中进一步强调：“财经民生，强赖民力，威恃民势，福由民殖，德俟民茂，义以民行。”

民者——百姓也，“芸芸”也，“苍生”也，“元元”也，平凡而普通者们是也。怎么，到了今天，在“改革开放”的中国，在民们的某些下一代那儿，不畏死，而畏“平凡”了呢？由是，我联想到了曾与一位“另类”同行的交谈。我问他是怎么走上文学道路的，答曰：“为了出人头地。哪怕只比平凡的人们不平凡那么一点点，而文学之路是我唯一的途径。”见我怔愣，又说：“在中国，当普通百姓实在太难。”屈指算来，那是十几年前的事了。十几年前，我认为，正像他说的那样，平凡的中国人平凡是平凡着，却十之七八平

凡又迷惘着。这乃是民们的某些下一代不畏死而畏平凡的症结。于是，我联想到了曾与一位美国朋友的交谈。她问我："近年到中国，一次更加比一次感觉到，你们中国人心里好像都暗怕着什么。那是什么？"我说："也许大家心里都在怕着一种平凡的东西。"她追问："究竟是什么？"我说："就是平凡之人的人生本身。"她惊讶地说："太不可理解了，我们大多数美国人可倒是都挺愿意做平凡人，过平凡的日子，走完平凡的一生的。你们中国人真的认为平凡不好到应该与可怕的东西归在一起么？"我不禁长叹了一口气。我告诉她，国情不同，放所谓平凡之人的生活质量和社会地位，不能同日而语。我说你是出身于几代的中产阶级的人，所以你所指的平凡的人，当然是中产阶级人士。中产阶级在你们那儿是多数，平民反而是少数。美国这架国家机器，一向特别在乎你们中产阶级，亦即你所言的平凡的人们的感觉。我说你们的平凡的生活，是有房有车的生活。而一个人只要有了一份稳定的工作，过上那样的生活并不特别难。居然不能，倒是不怎么平凡的现象了。而在我们中国，那是不平凡的人生的象征。对平凡的如此不同的态度，是两国的平均生活水平所决定了的。正如中国的知识化了的青年做梦都想到美国去，自己和别人以为将会追求到不平凡的人生，而实际上，即使跻身于美国的中产阶级了，也只不过是追求到了一种美国的平凡之人的人生罢了……

当时联想到了本文开篇那名学子的话，不禁替平凡着、普通着的中国人，心生出种种的悲凉。想那学子，必也出身于寒门；其父其母，必也平凡得不能再平凡，普通得不能再普通。不然，断不至于对平凡那么地惶恐。

也联想到了我十几年前伴两位老作家出访法国，通过翻译与马赛市一名 50 余岁的清洁工的交谈。

我问他算是法国的哪一种人。

他说，他自然是一个平凡得不能再平凡，普通得不能再普通的人。

我问他羡慕那些资产阶级么？

他奇怪地反问为什么。

是啊，他的奇怪一点儿也不奇怪。他有一幢带花园的漂亮的二层小房子；他有两辆车，一辆是环境部门配给他的小卡车，一辆是他自己的小卧车；他的工作性质在别人眼里并不低下，每天给城市各处的鲜花浇水和换下电线杆上那些枯萎的花来而已；他受到应有的尊敬，人们叫他“马赛的美容师”。

所以，他才既平凡着，又满足着。甚而，简直还可以说活得不无幸福感。

我也联想到了德国某市那位每周定时为市民扫烟囱的市长。不知德国究竟有几位市长兼干那一种活计，反正不止一位是肯定的了。因为有另一位同样干那一种活计的市长到过中国，还访问过我。因为他除了给市民扫烟囱，还是作家。他会几句中国话，向我耸着肩诚实地说——市长的薪水并不高，所以需要为家庭多挣一笔钱。那么说时，他一点儿也不觉得有什么不好意思。

马赛的一名清洁工，你能说他是一个不平凡的人么？德国的一位市长，你能说他极其普通么？然而在这两种人之间，平凡与不平凡的差异缩小了，模糊了。因而在所谓社会地位上，接近着实质性的平等了，因而平凡在他们那儿不怎么会成为一个困扰人心的问题。

当社会还无法满足普遍的平凡的人们的基本拥有愿望时，文化的最清醒的那一部分思想，应时时刻刻提醒着社会来关注此点，而不是反过来用所谓不平凡的人们的种种生活方式刺激前者。尤其是，当普遍的平凡的人们的人生能动性，在社会转型期受到惯力的严重甩掷，失去重心而处于茫然状态时，文化的最清醒的那一部分思想，不可错误地认为他们已经不再是地位处于社会第一位置的人们了。

无论过去、现在，还是将来，平凡而普通的人们，永远是一个国家的绝大多数人。任何一个国家存在的意义，都首先是以他们的存在为存在的先决条件的。

一半以上不平凡的人皆出自于平凡的人之间。这一点对于任何一个国家都是同样的。因而平凡的人们的心理状态，在一定程度上几乎成为不平凡的人们的心理基因。倘文化暗示平凡的人们其实是失败的人们，这的确能使某些平凡的人们通过各种方式变成较为“不平凡”的人；而从广大的心理健康的、乐观的、豁达的、平凡的人们的阶层中，也能自然而然地产生较为“不平凡”的人们。

后一种“不平凡”的人们，综合素质将比前一种“不平凡”的人们方方面面都优良许多。因为他们之所以“不平凡”起来，并非由于害怕平凡。所以他们“不平凡”起来以后，也仍会觉得自己其实很平凡。

而一个由不平凡的人们都觉得自己其实很平凡的人们组成的国家，它的前途才真的是无量的。反之，若一个国家里有太多这样的人——只不过将在别国极平凡的人生的状态，当成在本国证明自己是成功者的样板，那么这个国家是患着虚热症的。好比一个人脸色红彤彤的，不一定是健康，也可能是肝火，也可能是结核晕。

我们的文化，近年以各种方式向我们介绍了太多太多的所谓“不平凡”的人士们了，而且，最终往往的，对他们的“不平凡”的评价总是会落在他们的资产和身价上，这是一种穷怕了的国家经历的文化方面的后遗症。以至于某些呼风唤雨于一时的“不平凡”的人，转眼就变成了些行径苟且的、欺世盗名的，甚至罪状重叠的人。

一个许许多多人恐慌于平凡的社会，必层出如上的“不平凡”之人。

而文化如果不去关注和强调平凡者们第一位置的社会地位，尽管他们看去很弱，似乎已不值得文化分心费神——那么，这样的文化，也就只有忙不迭地不遗余力地去为“不平凡”起来的人们大唱赞歌了，并且在“较高级”的利益方面与他们联系在一起，于是眼睁睁不见他们之中某些人“不平凡”之可疑。

这乃是中国包括传媒在内的文化界、思想界，包括某些精英们在内的思想界的一种势利眼病……

做立体的中国人

一

二十几年前，倘有人问我——在中国，对文学以及与之紧密相关的姊妹艺术的恰如其分的鉴赏群体在哪里？我会毫不犹豫地回答：在大学。

十几年前我开始怀疑自己的这一结论。尽管那时我被邀到大学里去讲座，受欢迎的程度和二十几年前并无区别，然而我与学子们的对话内容却很是不同了——二十几年前学子们问我的是文学本身，进言之是作品本身的问题。我能感觉到他们对于作品本身的兴趣远大于对作者本身，而这是文学的幸运，也是中文教学的幸运；十几年前他们开始问我文坛的事情——比如文坛上的相互攻讦、辱骂，各种各样的官司，蜚短流长以及隐私和绯闻。广泛散布这些是某些媒体的拿手好戏。我与他们能就具体作品交流的话题已然很少。出版业和传媒帮衬着的并往往有作者亲自加盟的炒作在大学里颇获成功。某些学子们读了的，往往便是那些，而我们都清楚，那些并不见得有什么特别之处。

现在，倘有人像我十几年前那么认为，虽然我不会与之争辩什么，但我却清楚地知道那不是真相。或反过来说，对文学以及与之紧密相关的姊妹艺术的恰如其分的鉴赏群体，它未必仍在大学里。

那么，它在哪儿呢？

对文学以及与之紧密相关的姊妹艺术的恰如其分的鉴赏群体，它当然依旧存在着。正如在世界任何国家一样，在二十一世纪初，它不在任何一个相对确定的地方。它自身也是没法呈现于任何人前的。它分散在千人万人中。它的数量已大大地缩小，如使它的分散变成聚拢，乃是一件不容易的事。它是确乎存在的。而且，也许更加的纯粹了。

他们可能是这样一些人——受过高等教育，同时，在社会这一个大熔炉里，受到过人生的冶炼。文化的起码素养加上对人生、对时代的准确悟性，使他们较能够恰如其分地对文学、电影、电视剧、话剧乃至一首歌曲、一幅画或一幅摄影作品，得出确是自己的，非是人云亦云的，非是盲目从众的，又基本符合实际的结论。

当然，他们也可能由于这样那样的原因，根本没迈入过大学的门槛。那么，他们的鉴赏能力，则几乎便证明着人在文艺方面的自修能力和天赋能力了。

人在文艺方面的鉴赏能力，检验着人的综合能力。

卡特竞选美国总统获胜的当晚，卡特夫人随夫上台演讲。由于激动，她高跟鞋的后跟扭断了，卡特夫人扑倒在台上。斯时除了中国等少数几个国家（当年我们的电视机还未普及），全世界约十几亿人都在观看那一实况。

卡特夫人站起后，从容走至麦克风前说："先生们，女士们，我是为你们的竞选热忱而倾倒的。"

能在那时说出那样一句话的女性，肯定是一位具有较高的文艺鉴赏能力的女性。

迄今为止，法国历史上唯一的一位海军女中将，当年曾是文学

硕士。对于法国海军和对于那一位女中将，文学鉴赏能力高也肯定非属偶然。

丘吉尔在二战中的历史作用是举世公认的，他后来获得了诺贝尔文学奖。细想想，这二者之间的关系是深刻的。

是的，我固执地认为，对文艺的鉴赏能力，不仅仅是兴趣有无的问题。这一点在每一个人的人生中所能说明的，肯定比“兴趣”二字大得多。它不仅决定人在自己的社会位置和领域做到了什么地步，而且，决定人是怎样做的。

二

前不久我所在大学的同学们举办了一次“歌唱比赛”——二十七名学生唱了二十七首歌，只有一名才入学的女生唱了一首民歌，其他二十六名学生唱的皆是流行歌曲。而且，无一例外的是——我为你心口疼你为我伤心那一类。

我对流行歌曲其实早已抛弃偏见。我想指出的仅仅是——这一校园现象告诉了我们什么？

告诉我们——一代新人原来是在多么单一而又单薄的文化背景之下成长的。他们从小学到中学，在那一文化背景之下“自然”成长，也许从来不觉得缺乏什么。他们以相当高的考分进入大学，似乎依然仅仅亲和于那一文化背景。但，他们身上真的并不缺乏什么吗？欲使他们明白缺失的究竟是什么，已然非是易事。甚而，也许会使我这样的人令他们嫌恶吧？

到目前为止，我的学生们对我是尊敬而又真诚的。他们正开始珍惜我和他们的关系。这是我的欣慰。

三

大学里汉字书写得好的学生竟那么的少。这一普遍现象令我愕异。

在我的选修生中，汉字书写得好的男生多于女生。

从农村出来的学生，反而汉字都书写得比较好。他们中有人写得一手秀丽的字。

这是耐人寻味的。

我的同事告诉我——他甚至极为郑重地要求他的研究生在电脑打印的毕业论文上，必须将亲笔签名写得像点儿样子。

我特别喜欢我班里的男生——他们能写出在我看来相当好的诗、散文、小品文等等。

近十年来，我对大学的考察结果是——理科大学的学生对于文学的兴趣反而比较有真性情。因为他们跨出校门的择业方向是相对明确的，所以他们丰富自身的愿望也显得由衷；师范类大学的学生对文学的兴趣亦然，因为他们毕业后大多数是要做教师的。他们不用别人告诉自己也明白——将来往讲台上一站，知识储备究竟丰厚还是单薄，几堂课讲下来便在学生那儿见分晓了；对文学的兴趣特别勉强，甚而觉得成为中文系学子简直是沮丧之事的学生，反而恰恰在中文系学生中为数不少。

又，这么觉得的女生多于男生。

热爱文学的男生在中文系学生中仍大有人在。

但在女生中，往多了说，十之一二而已。是的，往多了说，十之八九，“身在曹营心在汉”，学的是中文，爱的是英文。倘大学里允许自由调系，我不知中文系面临的是怎样的一种局面。倘没有考

试的硬性前提，我不知他们有人还进入不进入中文课堂。

四

中文系学子的择业选择应该说还是相当广泛的。但归纳起来，去向最多的四个途径依次是：留校任教，做政府机关公务员，做大公司老总文秘，或是做报刊编辑、记者及电台、电视台工作者。

留校任教仍是中文系学子心向往之的，但竞争越来越激烈，而且，起码要获硕士学位资格，硕士只是一种起码资格。在竞争中处于弱势，这是中文系学子们内心都清楚的。公务员人生，属于仕途之路。他们对于仕途之路上所需要的旷日持久的耐心和其他重要因素望而却步。做大公司老总的文秘，仍是某些中文系女生所青睐的职业。但老总们选择的并不仅仅是文才，所以她们中大多数也只有暗自徒唤奈何。能进入电台、电视台工作，她们当然求之不得。但非是一般人容易进去的单位，她们对此点不无自知之明。那么，几乎只剩下了报刊编辑、记者这一种较为可能的选择了。而事实上，那也是最大量地吸纳中文毕业生的业界。但，另一个不争的事实乃是，报刊编辑、记者早已不像十几年前一样，仍是足以使人欣然而就的职业。尤其“娱记”这一职业，早已不被大学学子们看好，也早已不被他们的家长们看好。岂止不看好而已，大实话是——已经有那么点儿令他们鄙视。这乃因为，“娱记”们将这一原本还不至于令人嫌恶的职业，在近十年间，自行地搞到了有那么点儿让人鄙视的地步。尽管，他们和她们中，有人其实是很敬业很优秀的。但他们和她们要以自己的敬业和优秀改变“娱记”这一职业已然扭曲了的公众形象，又谈何容易。

这么一分析，中文学子们对择业的无所适从、彷徨和迷惘，真的是不无极现实之原因的……

五

“学中文有什么用?”

这乃是中文教学必须面对，也必须对学子们予以正面回答的问题。可以对“有什么用”作多种多样的回答，但不可以不回答。

我原以为这只不过是一个当代问题，后来一翻历史，不对了——早在二十世纪二十年代时清华学校文科班的“闻一多”们，便面临过这个问题的困扰，并被嘲笑为将来注定了悔之晚矣的人。可是若无当年的一批中文才俊，哪有后来丰富多彩的新文学及文化现象供我们今人津津受用呢?

中文对于中国的意义自不待言。

中文对于具体的每一个中国人的意义，却还没有谁很好地说一说。

学历并不等于文化的资质。没文化却几乎等于没思想的品位，情感的品位也不可能谈得上有多高。这类没思想品位也没情感品位的中国人我已见得太多，虽然他们却很可能有着较高的学历。所以我每每面对这样的局面暗自惊诧——一个有较高学历的人谈起事情来不得要领，以其昏昏，使人昏昏。他们的文化的全部资质，也就仅仅体现在说他们的专业，或时下很流行的黄色的“段子”方面了。

一个人自幼热爱文学，并准备将来从业于与文学相关的职业无怨无悔，自然也就不必向其解释“学中文有什么用”。但目前各大学中文系的学生，绝非都是这样的学子，甚而大多数不是……

六

那么他们怎么会成了中文学子呢？

因为——由于自己理科的成绩在竞争中处于劣势，而只能在高中分班时归入文科；由于在高考时自信不足，而明智地选择了中文，尽管此前的中文感性基础几近于白纸一张；由于高考的失利，被不情愿地调配到了中文系，这使他们感到屈辱。他们虽是文科考生，但原本报的志愿是英文系或“对外经济”什么的……那么，一个事实是——中文系的生源的中文潜质，是极其参差不齐的。对有的学生简直可以稍加点拨而任由自修，对有的学生却只能进行中学语文般的教学。

七

不讲文学，中文系还是个什么系？

八

中文系的教学，自身值得反省处多多。长期以来，忽视实际写作水平的提高，便是最值得反省的一点。若中文的学子读了四年中文，实际的写作水平提高很小，那么不能不承认，是中文教学的遗憾。不管他们将来的择业与写作有无关系，都是遗憾。

九

在全部的大学教育中，除了中文，还有哪一个科系的教学，能更直接地联系到人生？

中文系的教学，不应该仅仅是关于中文的“知识”的教学。中文教学理应是相对于人性的“鲜蜂王浆”。在对文学做有品位的赏析的同时，它还是相对于情感的教学，相对于心灵的教学，相对于人生理念范畴的教学。总而言之，既是一种能力的教学，也是一种关于人性质量的教学。

十

所以，中文系不仅是局限于一个系的教学。它实在是应该成为一切大学之一切科系的必修学业。

中文系当然没有必要被强调到一所大学的重点科系的程度，但中文系的教学，确乎直接关系到一所大学一批批培养的究竟是些“纸板人”还是“立体人”的事情。

我愿我们未来的中国，“纸板人”少一些，再少一些；“立体人”多一些，再多一些。我愿“纸板人”的特征不成为不良的基因传给他们的下一代。我愿“立体人”的特征在他们的下一代身上，有良好的基因体现。

这个时代的“三套车”

我这个出生在哈尔滨市的人，下乡之前没见到过真的骆驼。当年哈尔滨的动物园里没有。据说也是有过一头的，三年困难时期饿死了。我下乡之前没去过几次动物园，总之是没见到过真的骆驼。当年中国人家也没电视，便是骆驼的活动影像也没见过。

然而骆驼之于我，却并非陌生动物。当年不少男孩子喜欢收集烟盒，我也是。一名小学同学曾向我炫耀过“骆驼”牌卷烟的烟盒，实际上不是什么烟盒，而是外层的包装纸。划开胶缝，压平了的包装纸，其上印着英文。当年的我们不识得什么英文不英文的，只说成是“外国字”。当年的烟不时兴“硬包装”，再高级的烟，也无例外的是“软包装”。故严格讲，不管什么人，在中国境内能收集到的都是烟纸。烟盒是我按“硬包装时代”的现在来说的。

那“骆驼”牌卷烟的烟纸上，自然是有着一头骆驼的。但那烟纸令我们一些孩子大开眼界的其实倒还不是骆驼，而是因为“外国字”。那是我第一次见到外国的东西，竟有种被震撼的感觉。当年的孩子是没什么崇洋意识的。但依我们想来，那肯定是在中国极为稀少的烟纸。物以稀为贵。对于喜欢收集烟纸的我们，是珍品啊！有的孩子愿用数张“中华”“牡丹”“凤凰”等当年也特高级的卷烟的烟纸来换，遭断然拒绝。于是在我们看来，那烟纸更加宝贵。

“文革”中，那男孩的父亲自杀了。正是由于“骆驼”牌的烟纸祸起萧墙。他的一位堂兄在国外，还算是较富的人。逢年过节，每给他寄点儿东西，包裹里常有几盒“骆驼”烟。“造反派”据此认定他里通外国无疑……而那男孩的母亲为了表明与他父亲划清界限，连他也遗弃了，将他送到了奶奶家，自己不久改嫁。

故我当年一看到“骆驼”二字，或一联想到骆驼，心底便生出替我那少年朋友的悲哀来。

后来我下乡，上大学，在十年左右的时间里，竟再没见到“骆驼”二字，也没再联想到它。

落户北京的第一年，带同事的孩子去了一次动物园，我才见到了真的骆驼，数匹，有卧着的，有站着的，极安静极闲适的样子，像是有驼峰的巨大的羊。肥倒是挺肥的，却分明被养懒了，未必仍具有在烈日炎炎之下不饮不食还能够长途跋涉的毅忍精神和耐力了。那一见之下，我对“沙漠之舟”残余的敬意和神秘感荡然无存。

后来我到新疆出差，乘吉普车行于荒野时，又见到了骆驼。秋末冬初时节，当地气候已冷，吉普车从戈壁地带驶近沙漠地带。夕阳西下，大如轮，红似血，特圆特圆地浮在地平线上。

陪行者忽然指着窗外大声说：“看，看，野骆驼！”

于是吉普车停住，包括我在内的车上的每一个人都朝窗外望。外边风势猛，没人推开窗。三匹骆驼屹立风中，也从十几米外望着我们。它们颈下的毛很长，如美髯，在风中飘扬。峰也很挺，不像我在动物园里见到的同类，峰向一边软塌塌地歪着。但皆瘦，都昂着头，姿态镇定，使我觉得眼神里有种高傲劲儿，介于牛马和狮虎之间的一种眼神。事实上人是很难从骆驼眼中捕捉到眼神的。我竟有那种自以为是的感觉，大约是由于它们镇定自若的姿势给予我那么一种印象罢了。

我问它们为什么不怕车？

有人回答说这条公路上运输车辆不断，它们见惯了。

我又问这儿骆驼草都没一棵，它们为什么会出现在离公路这么近的地方呢？

有人说它们是在寻找道班房，如果寻找到了，养路工会给它们水喝。

我说骆驼也不能只喝水呀，它们还需要吃东西啊！新疆的冬天非常寒冷，肚子里不缺食的牛羊都往往会被冻死，它们找到几丛骆驼草实属不易，岂不是也会冻死吗？

有人说：当然啦！

有人说：骆驼天生是苦命的，野骆驼比家骆驼的命还苦，被家养反倒是它们的福分，起码有吃有喝。

还有人说：这三头骆驼也未必便是名副其实的野骆驼，很可能曾是家骆驼。主人养它们，原本是靠它们驮运货物来谋生的。自从汽车运输普及了，骆驼的用途渐渐过时，主人继续养它们就赔钱了，得不偿失，反而成负担了。可又不忍干脆杀了它们吃它们的肉，于是骑到离家远的地方，趁它们不注意，搭上汽车走了，便将它们抛弃了，使它们由家骆驼变成了野骆驼。而骆驼的记忆力是很强的，是完全可以回到主人家的。但骆驼又像人一样，是有自尊心的。它们能意识到自己被抛弃了，所以宁肯渴死饿死冻死，也不会重返主人的家园。但它们对人毕竟养成了一种信任心，即使成了野骆驼，见了人还是挺亲的……

果然，三头骆驼向吉普车走来。

最终有人说："咱们车上没水没吃的，别让它们空欢喜一场！"

我们的车便开走了。

那一次在野外近距离见到了骆驼以后，我才真的对它们心怀敬意了，主要因它们的自尊心。动物而有自尊心，虽为动物，在人看来，便也担得起“高贵”二字了。

后来我从一本书中读到一小段关于骆驼的文字——有时它们的脾气竟也大得很，往往是由于倍感屈辱。那时它们的脾气比所谓“牛脾气”大多了，连主人也会十分害怕。有经验的主人便赶紧脱下一件衣服扔给它们，任它们践踏任它们咬。待它们发泄够了，主人拍拍它们，抚摸它们，给它们喝的吃的，它们便又服服帖帖的了。

毕竟，在它们的意识中，习惯于主人是它们自身不可分割的一部分。

不久前，我在内蒙古的一处景点骑到了一头骆驼背上。那景点养有一百几十头骆驼，专供游人骑着过把瘾。但须一头连一头，连成一长串，集体行动。我觉有东西拱我的肩，勉强侧身一看，见是我后边的骆驼翻着肥唇，张大着嘴。它的牙比马的牙大多了。我怕它咬我，可又无奈。我骑的骆驼夹在前后两匹骆驼之间，拴在一起，想躲也躲不开它。倘它一口咬住我的肩或后颈，那我的下场就惨啦。我只得尽量向前俯身，但无济于事。骆驼的脖子那么长，它的嘴仍能轻而易举地拱到我。有几次，我感觉到它柔软的唇贴在了我的脖梗上，甚至感觉到它那排坚硬的大牙也碰着我的脖梗了。倏忽间我于害怕中明白——它是渴了，它要喝水。而我，一手扶鞍，另一只手举着一瓶还没拧开盖的饮料。既明白了，我当然是乐意给它喝的。可驼队正行进在波浪般起伏的沙地间，我不敢放开扶鞍的手，如果掉下去会被后边的骆驼踩着的。就算我能拧开瓶盖，也还是没法将饮料倒进它嘴里啊，那我得有好骑手在马背上扭身的本领，我没那种本领。我也不敢将饮料瓶扔在沙地上由它自己叼起来，倘它连塑料瓶也嚼碎了咽下去，我怕锐利的塑料片会划伤它的胃肠。真是怕极了，也无奈到家了。

它却不拱我了。我背后竟响起了喘息之声。那骆驼的喘息，类人的喘息，如同负重的老汉紧跟在我身后，又累又渴，希望我给“他”喝一口水。而我明明手拿一瓶水，却偏不给“他”喝上一口。

我做不到的呀！

我盼着驼队转眼走到终点，那我就可以拧开瓶盖，恭恭敬敬地将一瓶饮料全倒入它口中了。可驼队刚行走不久，离终点还远呢！我一向以为，牛啦、马啦、骡啦、驴啦，包括驼和象，它们不论干多么劳累的活都是不会喘息的。那一天那一时刻我才终于知道我以前是大错特错了。

既然骆驼累了是会喘息的，那么一切受我们人所役使的牲畜或动物肯定也会的，只不过我以前从未听到过罢了。举着一瓶饮料的我，心里又内疚又难受。那骆驼不但喘息，而且还咳嗽了，一种类人的咳嗽，又渴又累的一个老汉似的咳嗽。我生平第一次听到骆驼的咳嗽声……一到终点，我双脚刚一着地，立刻拧开瓶盖要使那头骆驼喝到饮料。偏巧这时管骆驼队的小伙子走来，阻止了我。因为我手中拿的不是一瓶矿泉水，而是一瓶葡萄汁。我急躁地问：“为什么非得是矿泉水？葡萄汁怎么了？怎么啦?!”小伙子讷讷地说，他也不太清楚为什么，总之饲养骆驼的人强调过不许给骆驼喝果汁型饮料。我问他这头骆驼为什么又喘又咳嗽的。他说它老了，说是旅游点买一整群骆驼时白“搭给”的。我说它既然老了，那就让它养老吧，还非指望这么一头老骆驼每天挣一份钱啊？

小伙子说你不懂，骆驼它是恋群的。如果驼群每天集体行动，单将它关在圈里，不让它跟随，它会自卑，它会郁闷的。而它一旦那样了，不久就容易病倒的……

我无话可说，无话可问了。老驼尚未卧下，一动不动地站在原处，瞪着双眼睇视我，说不清望的究竟是我，还是我手中的饮料。

我经不住它那种望，转身便走。

我们几个人中，还有著名编剧王兴东。我将自己听到那老驼的喘息和咳嗽的感受，以及那小伙子的话讲给他听，他说他骑的骆驼就在那头老驼后边，他也听到了。

不料他还说："梁晓声，那会儿我恨死你了！"

我惊诧。

他谴责道："不就一瓶饮料吗？你怎么就舍不得给它喝？"

我便解释那是因为我当时根本做不到的。何况我有严重的颈椎病，扭身对我是件困难的事。他愣了愣，又自责道："是我骑在它身上就好了，是我骑在它身上就好了！我多次骑过马，你当时做不到的，我能做到……"我顿时觉他可爱起来。暗想，这个王兴东，我今后当引为朋友。几个月过去了，我耳畔仍每每听到那头老驼的喘息和咳嗽，眼前也每每浮现它睇视我的样子。

由那老驼，我竟还每每联想到中国许许多多被"啃老"的老父亲老母亲们。他们之被"啃老"，通常也是儿女们的无奈。但，儿女们手中那瓶"亲情饮料"，儿女们是否也想到了那正是老父老母们巴望饮上一口的呢？而在日常生活中，那是比在驼背上扭身容易做到的啊！

天地间，倘没有一概的动物，自远古时代便唯有人类。我想，那么人类在情感和思维方面肯定还蒙昧着呢？万物皆可开悟于人啊！

我看我们这一代

我写《这是一片神奇的土地》和《今夜有暴风雪》的时候，我看我们这一代是真诚的一代；我写《雪城》上部的时候，我看我们这一代是坚毅的一代；我写《雪城》下部的时候，我看我们这一代——注定了将是很痛苦的一代……

一代的真诚，若受时代之摆布，必归于时代的某种宗教情绪方面去。而宗教情绪的极致便是崇拜意识的狂热顶峰，接下来便会发展向崇拜的“反动”——被污染的真诚嬗变为狼藉破碎的理想主义的残骸……

失落了的热忱恰如泼在地上的水——可能结成冰，却无法再收起。

但是由水到冰并不见得是绝对令人沮丧的。大洋之上的冰山和江河之上的冰排，也是一种非常的景观。

冰源于水却浮于水之上，冰之运动赖于水然而并不任由水之涡旋。

冰不止意味着零下四度至零下二百七十度……

冰还意味着独立的立体……

一代人的坚毅，必是艰难时代所铸造。当时代从艰难中挣扎出来，它挣扎的痕迹便留在了一代人身上。每一个时代都赋予那一时代的青年人以不同的徽章。我们这一代已不再是青年。我们的徽章已经褪新。戴着这样的徽章的一代中年人，对于个人命运、时代命运乃至人类命运的坎坷，无疑会表现出令人钦佩的镇定……

他们对于任何大动荡不再至于张皇失措……

痛苦，是各类各样的，是最自我的体会。倘议一代人之痛苦，很难一言以蔽之。我看我们这一代人，就大多数来说，是太定型的一代人了。我们改变自己的可能性已经很小。而时代维护自己原本形象的可能性也已经很小。时代的烙印像种在我们身上的牛痘。我们又似时代种在它自己身上的牛痘。时代剜剔不掉我们。我们甩脱不开时代。本质上难变的我们，与各方各面迅变着的时代之间，将弥漫开来互不信任互不适应互难调和云翳。是追随这个过分任性的时代，往自己身上涂抹流行色？抑或像战士固守最后的堡垒一样，与这时代拉开更大的距离摆开对峙的姿态？哪一种选择都未必会是情愿的……

我们这一代人的痛苦其实也不过就是我们这一代人的尴尬。

这一种尴尬将伴随这一代人走完人生之途程。可能愈在将来其尴尬愈甚。

一个时代在意识形态和观念方面究竟可以负载多少？这个问题和一个无限的空间究竟可以充盈多少空气属于同样的问题。但中国的情况刚好相反。中国曾经是一个封闭的国家。中国的情况曾经就是这样。然而中国今天的情况已经根本不是这样。封闭局面打开了，却仿佛只开了一扇门——由绝对的封闭变成相对的封闭。从那扇打开了的门拥进来了文明资本主义、野蛮资本主义所属的意识形态和价值观念。它们互相抗衡，同时一齐受到顽强抵御——对于我们这个时代，这样的负载已经够沉重的了！意识形态方面的较量使当代空前浮躁。在浮躁大时代意识形态的构架中，原本占据主导地位的观念，即共产主义和社会主义思想体系，受到了挑战。

是否太悲观了点呢？也许……

进一步指出的是——我们这一代，正是受共产主义思想和社会主义思想，以及一切与之相适应的观念教化成的一代。

但是，正是这一代人，在他们的思想中，保留下了最为可贵的成分——那便是对国家的责任感，对民族的忧患意识，对人民的命运的关心。也正是在这一点上，我很爱我们这一代人。因为我们这一代人思想中所保留下的，乃是任何一个公民都不可缺少的品格。

我们这一代人习惯了在对与不对之间进行判断，并且直至目前仍习惯于此。

我们的下一代人却总是在利于己或者不利于己之间进行判断，并且将这种判断过程越来越简化。

当然，这是寻常岁月两代人之间的区别，并且是总体上的区别。

非常岁月却不仅两代人，几代人都有可能走在一起。

非常岁月绝不是对代，而是对具体的每一个人的检阅。

非常岁月人人都有可能超越代沟，人人都是“那一个”人或“某一个”人。

所以非常岁月才作用于历史非常这意义。

古罗马有位圣者，一天他将手臂伸出窗外，恰巧有只衔草的母雀飞来，竟落在他的手臂上筑巢，继而生蛋，继而孵蛋……

圣者当然是大慈大悲的啰，于是他想啊，若将手臂缩回，那雀儿就有倾巢之灾。即便不至于倾巢吧，雀儿惊去，将开始形成的些个小生命，不就永无啄壳而出之日了么？……

人类的最高文明不就应该尊重生命么？于是圣者立意不动，不吃亦不喝，经月余，小雀孵出，随老雀飞走，而圣者站在窗前死去……以此事为例，我们的前辈大约会谆谆教导我们：看，这便是善的榜样。这便是善的楷模。好好学习吧，你们！我们也许会对这种诲人不倦的教导逆反的。因为我们这一代呵，总是处在被教导的地位！但我们中的大多数，尽管逆反，也仍是会学习的。

我们的思考逻辑大约会是这样一个过程——那果真是善么？按照我们所受的传统教育来判断，那无疑是善的。那么前辈们的教导便是正确不误的。那么我们怎么可以不学习这样的榜样和楷模呢？

如果我们学习不了，我们就会惭愧。我们就会内疚。我们就会虔诚地谴责我们自己——境界是多么的低下啊！我们这一代人总受一种塑造自己趋于完美的意识所纠缠！而完美不要说根本就不存在，连真善美与假丑恶的概念，有时也混淆不清。

我们的无限的尴尬正在于此。产生这尴尬的精神、心理、思想、观念之难言苦衷正在于此。我们不会模仿我们的前辈。因为我们曾经自感没有前辈们那份儿进行教化的信心、热忱和义务。而最主要的是我们曾经自感没有那份儿热忱和义务。我们普遍地已悟到了一代人必有一代人的活法，而这是由时代所决定的。哪一代人头顶上的“天”都不会塌下来。

我们活得不轻松。我们已相信使每一个人都活得轻松才是“天之正道”……还谈古罗马那位圣者的例子。这个例子对于我们这代人会提供怎样的经验呢？也许他们会这么说吧——嘿，傻帽儿哎！他们中之精英，则会从价值观念的高度来进行批判——那么所谓“圣者”，在他们看来，即使不是可笑的，也是迂腐的。

站在窗前的时候，万勿将手臂伸出窗外——他们会从中吸取这样一条教训，并且把这样一条教训传授给他们的孩子。

“可是……如果我已把手臂伸出了窗外，已有那么一只雀儿落在了我的手臂上，我该怎么办呢？……”

倘他们的孩子发出这样的诘问，他们也许会非常干脆地回答：“那就把手臂缩回来啊！别学那个傻帽圣者，他活该！你把手臂缩回

来了，那雀儿活该！但是不许你把手臂伸到窗外去！一次也不许！看到你那样，瞧我不揍你！……”

我们这一代会就此例如何教导我们的孩子们？我不说出，我们自己去想象吧！

这是两代人之间的原则性方面的分野么？也许算是。也许不是。就算是，从观念上，谁能判断哪一选择更正确呢？我们这一代人，以他们自己的判断力为最正确。并且相当自信。一点儿也不怀疑自己。我们这一代人，即使做出按照我们的观念是正确的判断之外，也是缺少自信的。

可以说我们这一代人对自己常常是充满自信的。

可以说我们这一代人对自己常常是充满怀疑的。

而我们这一代人，可能对自己满意，可能对自己不满意。可能自信，也可能沮丧。但他们大抵不会怀疑自己。他们宁肯怀疑世界，怀疑人类，怀疑人生，怀疑社会，怀疑一切现存的观念基础，却很少怀疑自己。

有一次，我在一所大学讲座，有同学递条子，问对我影响最大的毛泽东的论文是哪几篇？

我想了想，回答他们——是“老三篇”。是《纪念白求恩》《愚公移山》《为人民服务》。

他们问为什么？

我坦率地说——也许这三篇文章充满了感召力。试想想，《为人民服务》，赞美无私无欲；《纪念白求恩》，赞美奉献之精神；《愚公移山》，赞美意志……

近读一篇文章，作者叙述了一个故事：

“行将就木的人们因为找不到牧师，感到灵魂无处安置。于是天天捧着自己的灵魂，乞求上边派一个牧师来安置他们痛苦的灵魂。

一个月后，牧师终于来了，但小镇上的居民却对牧师说‘没有牧师安置我们的灵魂，我们虽然生活在地狱里，但感到没有人管制我们的灵魂是非常轻松的……’”

我与子龙在武钢讲时，我谈到这个故事——因为它就写在我的《雪城》下部中。

我看我们这一代，太习惯于将我们的灵魂交付给谁或干什么了。这是我对自己的醒悟了的一点儿遗憾，也是我对我们这代人带有批判性的一点儿遗憾。

其实我们的灵魂首先应属于我们自己。它的主宰不应是别人而正应是我们自己。没有比自己做自己灵魂的主宰最正当也是最必须的了！

我们是时代的活化石。我们是独特的一代。无论评价我们好或不好，独特本身，便是不容被忽视也不容被轻视的。

而首先是，重要的是，我们这一代人不要轻视和嘲笑我们自己。我们这一代人也不要欣赏我们自己。我们没有任何轻视和嘲笑自己的理由或根据。我们也没有任何欣赏我们自己的理由或根据。

我们就独特地生活着存在着吧！不必和别人一样。也不必任性地和别人太不一样。

在独特之中，我们这一代的每一个人，都有与别人同样的权利生活得更宽松些。万勿放弃这一权利——生命对人毕竟只有一次……

一位地税员的自白

在列车上，他与我对面铺。车开不久，我们聊了起来。

他是某省某地级市的一名地税征收员，五十余岁了，戴眼镜，健谈。若他自己不说是地税征收员，我以为他是中学教师，且是教数学的。因他手拿纸笔，聊前在认真演算一本杂志上的数学题。

他说他从小学起数学就好，中学和高中一向是班里的数学尖子生，物理化学的成绩也不错，但语文成绩却挺差劲儿，最令他头疼的是作文。当年若不是语文分数拖了后腿，他说他肯定能考上名牌大学，而非是本省一所普通高校。那么，现在他就不至于还是一名老地税征收员了。

他说当年他们那座城市的人，根本不将税务征收员当成政府部门的工作人员看待。他说当年在他们那儿，市委和市政府紧挨着，各部、委、局、办，不是和市委在同一座楼里办公，就是和市政府在同一座楼里办公。国税、地税两个单位却另在别处，合用一座很旧的小楼。而前者们才受尊敬，往往被另眼相看。至于出入他们那座小楼的人，被叫作“挎包包收钱的”。有不少人甚至分不清公检法制服与税务员制服的区别。某时自己被误认为是公检法的人，心里那份儿感觉怪舒服的。

“从二十世纪八十年代到现在，有一种社会现象的变化你也肯定没太注意。当年和小商小贩冲突的还不是城管人员，而是我们收税员。个体经营合法，我们南方的农民，呼啦一下就涌入了大小城市，卖各种各样的农副产品。中国农民太迫切地想要挣点儿现钱呀！当年每天能在城里挣十来元钱，那就足以令他们谢天谢地了。当年城里人也特欢迎他们，因为可以买到便宜的、新鲜的、以前买不到的东西了。当年我们南方农村并不多么普遍地使用化肥，因为当年农民负担重，觉得化肥贵，非万不得已，那是舍不得花钱买化肥的。所以当年农药对农产品的污染还不是个大问题。城里人买的，基本上也是农民们日常吃的，所以城里人买得放心，吃得放心。不像现在，农民们自己吃的是一小块地里长的，卖给城里人吃的是另一大块地里长的。当年城里下岗的、待业的，见农民到城里来摆摊都能挣到点儿钱，便也加入了小商小贩的大军。城里一些人，头脑自然比农民活络，有的一两年就成了万元户，骑着摩托背着秤了。当年一些中小城市的官们乐了，有更多的税可收了呀！至于弄脏了街道，那算什么呀，雇些人勤扫扫得了呗！官们不太在乎，市民们也不太计较。那时我们比现在忙！哪里有摆摊的，哪里有我们。自由市场上更是少不了我们的身影。带上发票一沓，四面八方收税。现在的城管是撵小商小贩们走，当年我们不撵他们，我们只伸手要钱。领导下达了指标，完不成任务还行？小商小贩们挣点儿钱不容易，觉得收多了他们当然不高兴。还没挣几元钱呢，你还伸手要钱，当然更不高兴。冲突常常就是这么发生的。但我们收税的很辛苦呀！我们那个区一级税务所，当年只有两辆公用自行车，归领导们骑。我们收税员，要么骑家里的自行车，要么靠两条腿匆匆忙忙地从这儿转移到那儿。当年我们收的是现钱，每人发一个双层书包，收到了钱就往书包里塞。一层装发票，一层装钱。回到所里，财会人员按你撕去了多少发票算你该收回多少钱。钱不够，那你得补上。你撕发票时不经意，多撕了一两张，那是你倒霉，要怨怨自己，也得补

上。大家将书包里的钱往各自的桌面上一倒时，别人收的都挺多，唯独你自己收的少，证明工作能力不强啊，脸上不光彩呀！在这种压力的促使之下，你明天能不挣回点儿面子？这一挣面子，明天和小商小贩就可能发生冲突了。他恼火你不体恤他，你还恼火他不体恤你呢！结果呢，可能就都动了手了。甚至，还可能动了刀了。那时收税员不够用，各所都扩编。没有正式名额便招临时的，临时的经验不足，或素质差，经常就和小商小贩打起来了。一打起来，市民们向着的是他们。因为在市民眼里，他们明显的是弱者。何况，他们是就近满足市民日常生活需求的人……”

我问当年收现钱是否容易产生贪污行为。

他说也容易，也不容易。当年也仅是对小商小贩们收现钱，总不能指望他们主动把钱交到所里去吧？辛辛苦苦挣 5 元交 1 元，挣十元交三元，那得多高的觉悟啊！要求他们有那么高的觉悟不实际，也不应该呀！我们背着书包走到他们跟前去收，不是也体现着工作的主动性吗？说贪污不容易，是因为有发票联数限制着。说也容易，是因为即使规定了一处摊位只收两元，你可以说他卖的是鸡鸭鱼蛋肉，不同于卖蔬菜的，获利高，理应多收几元。如果对方是老实巴交的人，听你振振有词地一说，认了，多收那几元不就是你的了吗？但也有那较真的，打听清楚了收税一律按摊位面积算，于是揭发了你，你的贪污行为不就暴露了么？当年他那个所里，有一名同事就用以上方法，每天贪污十来元，积少成多，两年多里贪污了六七千元，结果东窗事发，不但被开除了公职，还被判了刑。

“当年我大学毕业后成了收税员，心里特郁闷，我们所长就经常从思想上帮助我。他曾经对我讲，当年，中国代表团出席联合国大会时，在国外处处抠门得很，谁都不给住地服务员小费，光用英语多说谢谢。联合国大会还没结束，中国人的抠门已在住地服务员中出了名，哪儿像现在……”

我猜到了他心里怎么想的，明知故问：“哪儿又不像现在了呢？”

他盯着我看了几秒钟，狡黠地一笑：“你是北京人，你知道的比我多，别只我自己说起来没完！聊天嘛，你也说给我听听啊！”

我装糊涂，反问说什么呀。

他就又滔滔不绝地说起来：“现在咱们先富起来的一部分中国人，出国前肯定不止往卡里打两万美元吧？他们买一个高级的包儿不是都几万美元吗？和刚改革开放那时候比，只比美元的话，不是可以说富可敌国了吗？那是人家自己的钱，爱在哪儿花在哪儿花，姑且不论。单说那些公款出国的，大小是个官儿，哪一拨儿不住最高级的地方？更有的，多宰人的外国饭店也非去吃一餐！多贵的外国酒也开几瓶！反正是公款，不享受白不享受。还都有说辞——不享受丢祖国的脸！真他妈不是人话！不过那么造也造不了多少钱，是吧？最令干我们这一行的人心疼的是，搞一个什么伟大建筑，就非得请外国佬设计不可！人家有言在先，说那可贵呀！咱们那些出国招标的人却说，不谈钱的问题，钱根本就不是个问题！听听，是人话吗？那花的可都是我们辛辛苦苦收上来的人民的血汗钱！即使表面看问题，我们也收缴了一些大老板的税，可说到底，就血汗二字而言，税钱上沾的还是干活儿的同胞的血汗。老板们挣钱只费心机，不流血汗……”

我说标志性建筑请不请外国设计师往往也不是政府决定得了的。

他说总而言之，他觉得中国某类人一穷就酸，一富就奢侈。奢侈也是一种淫，淫金钱。某些官员热衷于搞政绩工程，动辄扬言，搞就搞全国最大的、世界一流的，全不顾许许多多百姓的生活水平还处在世界三流四流末流国家的水平，所以说是一富就奢，就淫……

“一九八六年，我们所长退休前出事了，被一家餐馆的老板举报有索贿行为。那家餐馆不算大，才二十几套餐桌。我们所长一向对他挺关照，他的税额是我们所长定的，定得偏低。这一点我们心中有数，但高低也就不过每月差个一两千元的事儿。我们所长暗中答应他，以后也不会提高他的税额。可那一年，上边下达的税额指标又增加了，全所完成指标太有压力了，所长就亲笔调高了他的纳税额。但事先没顾上和他打招呼，结果他翻脸了，揭发信写到了市纪委，说我们所长儿子结婚时，向他借过一万元钱，三年多了还没还，分明是企图赖着不还。幸亏有借据证明是借，法院没按索贿来判。否则，我们所长就惨了。但那也搞得我们所长名誉扫地，提前几个月就退休了……”

他说那件事对他影响很深。那一年他们那一座小城市还是县级市，每到春节，县委县政府慰问退休老干部，正科级的人也在慰问名单上的。在县城，谁熬到正科级那也是很不容易的。可所长退休后，像是臭豆腐了，县委县政府的团拜车从不在他家门前停。连因为贪污受贿一百多万判了刑保外就医的一位副县长还经常有人背地里去看望呢，可除了所里的人，所长这个人似乎早死了，不存在了，被一切与他共事过的人彻底忘了。

“知道干我们这行的挺怕什么吗？怕老领导退休了或高升了，派来一个新的头儿。二〇〇〇年后，全中国的 GDP 每年以百分之八到百分之十的速度增长着，最高也不过百分之十二、百分之十三，可上级下达的征税指标却一年比一年高，少则百分之十五，多则高到百分之二十，有一年高到百分之三十！老领导没太大上进心了，也有经验了，一般不会要求我们超额完成上级下达的指标。可新来的头儿不同，年轻的必有上进心。新官上任三把火嘛，能力、政绩都要通过超额完成指标来证明、来体现嘛！本年度超额了，上边就会认为还有潜力，于是下一年在超额的基础上再提高指标。指标得由我们收税员去完成啊，我们就等于被逼上前线，得与纳税商户们刺刀见红了。我们老所长退休后，新来的就是那么一个急赤白脸一心往上爬的主儿，大家终于全都被压力压得苦不堪言，心头冒火了，就抓住他的一件作风问题搞个沸沸扬扬，强烈要求上级把他调走了。接着来的一位头儿就很受我们欢迎。大家也努力工作了，还是没完成上级的指标怎么办呢？他从不跟我们下边犯叽歪，亲自出马，多说好话，央求某些大税户提前将下一年的税交上来几个月的，寅吃卯粮，下一年再说下一年的。要是超额了呢，也不上缴，压住预留在明年的税金里。下一年头几个月不征或少征税，商家们也念我们的好，再逢不得不寅吃卯粮的情况，商家们还愿意帮我们一把。他很有思想，常跟我们说，咱们收地税的，在咱们这么一个一百来万人的城市，没什么大公司大老板，面对的主要是中小商家，绝不能征税把他们征瘦了，征垮了。他老早就有藏富于民于地方的意识了。他还打过一个比方，说即使将这些中小商户当成绵羊，那也还是以使他们大起来肥起来为好，那样才能可持续地为国家从他们身上剪下毛来，才是真的替国家作长远的考虑。你认为我们的所长怎么样……”

我说：“是位好所长。”

他说：“也快退休了。”——很忧愁的样子。

我犹豫再三，最终还是忍不住问：“你是二十世纪八十年代的大学生，当年算是高学历，参加工作时间也这么长了，怎么就没熬个一官半职呢？”

他半苦涩半欣慰地笑道：“快了。上级跟我谈过了，我们所长一退，确定我接他的班。我错过了一次机会，要不十年前就当上了。刚才我不是说过，我们老所长退了以后派来一个急着往上爬的主儿

吗？那时我的收税范围内有一处砖厂。新所长要求当年务必超额，说砖厂的税额定低了，指示我提高。还说厂子有避税嫌疑，得一并调查清楚。砖厂属于生产企业；税额是根据销售单征收的，有什么高低呢？那砖厂用自己生产的砖盖了一处仓库，还盖了两排工人宿舍，这样的一批砖该不该收税，国家那时没有具体的规定，所以我就没有收税的依据嘛。我拖着没照他的指示去办。硬收能不能收上来呢？估计也能。归根结底，企业怕我们，而不是反过来。但硬收那一定收得人家心里别扭，不服啊。还有一个原因，就是我必须为砖厂的工人们考虑。那时都十月份了，那些工人都是农民。砖厂老板心里一窝火，也许就拖欠工人们的工资，给他们打白条，那他们就不能带着钱回家过年了。我这么考虑也对吧……”

“对。”

我心里开始对他起敬意了。

他说他一拖，就将所长拖来气了。有一天所长没鼻子没脸地当众训他，他一拍桌子与所长大吵起来。他说他当时也知道，自己快被提拔为副所长了。结果那一吵，副所长没当成。

我问：“后悔不？”

他说：“有什么可后悔的呀！不就是副科级嘛，一半芝麻粒似的个官儿！吵了还痛快了呢！谁图一时痛快就得付出相应的代价，这叫事理，这点儿事理我是懂得的。当年不后悔，如今更看得开了。神马不是浮云？都是浮云！该来的好事儿，谁都挡不住。像是就要落在自己头上，最终落在别人头上了，那是别人的造化，是自己的机缘还没真的到来。比如现在，要直接提我当所长了，我一个劲儿声明自己能力不行。可上级说，你行！有什么不行的？考察来考察去，没人说你不行，非你莫属了……”

他笑了，满脸呈现大自信。

而我，由衷地说了几句祝贺的话。不仅对他起敬意，还觉得他特可爱了。有时，我们对别人的第一感觉是可爱，以后才渐觉可敬。这个过程往往很长。往往，别人在我们心目中的印象始终是可爱，至于可敬，猫在哪儿似的就是不出现。而另外一些时候，我们对别人的第一感觉如果是可敬，那么也许他的三言两语，一个小动作，或一种表情，忽然地就会使我们觉得一个人也可爱了。

我对他的感觉便是如此。

由可爱到可敬，似铁树开花；由可敬到可爱，却似华丽转身。

“身为税收员，我这人也不是惯于送顺水人情，不讲原则。以前税收制度和条例都不太严，确实存在送顺水人情的空间。现在不同了，严多了，谁想送那也不太容易送成，除非互相勾结，以身试法。大的问题上，我比谁都讲原则，谁想阻挡都不行。我碰到过这么一件事——前年，一个搞房地产的老板，盖好了一幢楼，我耐心等着他把楼卖完好收税。不料有天他说，他不卖楼了，他要将楼作为股份，与别人合伙搞什么会所。以物代资与别人合伙搞项目，这当然是合法的，不属于销售，当然也就不必纳税了。我一听就明白了，他是在搞鬼。他说会所开张后需要服务员，你有什么三亲六戚尽管介绍来吧。你介绍的人我保证不会亏待了。我又明白了，这是在拉拢我呀！我说谢了，我的三亲六戚不劳您费心了。二百几十万的税呢！想逃避就那么简简单单地让你心想事成了？美得你！跟我来这套？那我就替国家盯死你了！半年后，他又对我说合作不愉快，他已经撤股了。入股时是一幢楼，撤股时是现金转账。

“行，算你高，这是合伙人之间两相情愿的事，我也干涉不着。但别当我是傻瓜，我没闲着呀，我暗中调查过了，那合伙人是他小舅子，是个影子合伙人，真实身份是某县的县委办公室主任！在职公务员不得以任何方式经商，这是党纪！你小舅子犯了党纪了，你

们的合伙不合法！税的事儿以后再说，先罚！重罚！那么多人说情，我一律不给面子。一份报告打到市纪委，纪委一调查，情况属实，把他小舅子给撤职了。什么会所，不存在了。你贷款了，卖不卖？卖我就照章收税！不卖你就扛着贷款利息！你拖得起，我也等得起……”

他说时，杂志卷在手中，一下下拍向小茶案。

看来，他这人脾气还不小。

我说了我的这一种感觉。

他却否认，说他基本上是个没脾气的人。不论在家里还是在单位，一向讲和谐。偶尔露峥嵘，兴许一两年才露一次。但那通常是三五分钟的事，脾气来得快，消得也快。消就是消了，绝不久搁在心里。

“以后当所长了，更不能轻易发脾气了。当领导要有领导的涵养，是吧？我认为，有一种中国现象很值得注意，那就是，在中国，当法官的，往往摇身一变成律师了。当官的，往往退休以后成私企顾问了。如今呢，税务师所也顺势而生，渐成雨后春笋了。又往往呢，老税务员、税务干部，退休后被税务所聘去当高级税务师、当顾问了。好的一面是，有他们这种高级的专业的人士顾着问着，能增强企业和商家的纳税意识，我们省心了。不好的一面是，他们要是出高级的点子专教企业和商家怎么样钻税法的空子‘合理避税’，那我们的工作难度以后就大了，收税像是棋逢对手的赛事了。你认为哪种可能大些？”

我沉吟半晌，老实承认，自己所知有限，实在是不敢妄下断言。

他将脸转向了窗外，自言自语：“唉，中国特色，中国特色，许多事，要特色到哪一天为止呢？”

这时，列车为了抢回在始发站误点的时间，分明提速了。

梁 晓 声
作 品 精 选

文·言

文 · 言

美是不可颠覆的

许多人认为，各个民族，在各个不同的历史阶段，或不同的时代，有不同的美的标准，以及美的观念，美的追求。

这一点基本上被证明是正确的。

于是进而有许多人认为，时代肯定有改变美的标准的强大力度。因而同样具有改变人之审美观及对美的追求的力度。这一点却是不正确的。事实上时代没有这种力度。事实上像蜜蜂在近七千年间一直以营造标准的六边形为巢一样，人类的心灵自从产生了感受美的意识以来，美的事物在人类的观念中，几乎从未被改变过。

我的意思是——无论任何一个民族，无论它在任何历史阶段或任何时代，它都根本不会陷入这样的误区——将美的事物判断为不美的，甚至丑的；或反过来，将丑的事物，判断为不丑的，甚至美的。

是的，可以毫无疑义地说，人类根本就不曾犯过如此荒唐的错误。此结论之可靠，如同任何一只海龟出生以后，根本就没有犯过朝与海洋相反的方向爬过去的错误一样。

就总体而言，人类心灵感受美的事物的优良倾向，或曰上帝所赋予的宝贵的本能，又仿佛镜子反射光线的物质性能一样永恒地延续着。只要镜子确实是镜子，只要光线一旦照耀到它。

果真如此么？

有人或许将举到《聊斋志异》中那篇著名的小说《罗刹海市》进行辩论了。此篇的主人公马骥，商贾之子。“美丰姿，少倜傥，喜歌舞。”并且，“辄从梨园子弟，以锦帕缠头。美如好女，因复有‘俊人’之号”。正是如此这般的一位“帅哥”，厌学而“从人浮海，为飘风引去，数昼夜至一都会”。于是便抵达了所谓的“罗刹岛国”。以马骥的眼看来，“其人皆奇丑”。而罗刹国人“见马至，以为妖，群哗而走”。

美和丑，在罗刹国内，标准确乎完全颠倒了。不但颠倒了，而且竟以颠倒了的美丑标准，划分人的社会等级。“其美之极者，为上卿；次任民社；下焉者，以邀贵人宠，故得鼎烹以养妻子。”也就是说，第三等人，如能有幸获得权贵的役纳，还是可以混到一份差事的。至于马骥所见到的那些“奇丑”者，竟因个个丑得不够，被逐出社会，于是形成了一个贱民部落。

丑得不够便是“美”得不达标，有碍观瞻。那么，“美之极者”们又是怎样的容貌呢，以被当地人视为“妖”的马骥的眼看来，不过个个面目狰狞罢了。

我敢断定，在中国的乃至世界的文学史中，《罗刹海市》大约是唯一的一篇以美丑之颠倒为思想心得的小说。

便是这一篇小说，也不但不是否定了我前边开篇立论的观点，而恰恰是补充了我的观点。

因为——被视为“妖”的马骥，一旦游戏之“以煤涂面”，竟也顿时“美”了起来，遂被引荐于大臣，引荐于宰相，引荐于王的宝殿前。而当“马即起舞，亦效白锦缠头，作靡靡之音”时——“王大悦”。不但大悦，且“即日拜下大夫。时与私宴，恩宠殊异”。以至于引起官僚们的忌妒，以至于自心忐忑不安，以至于明智地“上疏乞休致”。而王“不许”。“又告休沐，乃给三月假”。

分析一下王的心理，是非常有趣的。以被贱民们视为“妖”的马骥的容貌，社会等级该在贱民们之下。怎么仅仅以煤涂面，便“时与私宴，恩宠殊异”了呢？想必在王的眼里，美丑是另有标准的吧？

王是否也牛头马面呢？小说中只字未提。或是。那么在他的国里，以丑为美，以牛头马面，五官狰狞的为极美，自是理所当然的了。或者竟非牛头马面，甚至不丑。那么可以猜测，在他的国里，美丑标准的颠倒，也许是出于统治的需要。是对他那一帮个个牛头马面的公卿大臣们的权威妥协也未可知。

但无论怎样的原因，在王的国里，美丑是一种被颠倒的标准；在王的眼里心里，美丑的标准未必不是正常的。他只不过装糊涂罢了。

否则，为什么他那么喜赏马骥之歌舞呢？为什么会情不自禁地赞曰“异哉！声如凤鸣龙啸，从未曾闻”呢？

王的“大悦”，盖因此耳！

结论：美可能在某一地方，某一时期，某一情况之下被局部地歪曲，但根本不可能被彻底否定。

如马骥，煤可黑其面，但其歌之美犹可征服王！

结论：美可在社会舆论的导向之下遭排斥，但它在人心里的尺度根本不可能被彻底颠覆。

如王，上殿可视一帮牛头马面而司空见惯；回宫可听恢诡噪耳之音而习以为常，但只要一闻骥的妙曼清唱，神不能不为之爽，心不能不为之畅，感观不能不达到享受的美境。

有人或许还会举到非洲土著部落的人们以对比强烈的色彩涂面为“美”；以圈圈银环箍颈乃至于颈长足尺为美，来指证美的客观标准的不可靠，以及美的主观标准的何等易变，何等荒唐，何等匪夷

所思……

其实这一直是相当严重的误解。

在某些土著部落中，女性一般是不涂面的。少女尤其不涂面。被认为尚未成年的少年一般也不涂面。几乎一向只有成年男人才涂面。而又几乎一向是在即将投入战斗的前夕。少年一旦开始涂面，他就从此被视为战士了。成年人一旦开始涂面，则意味着他势必又出生入死一番的严峻时刻到了。涂面实非萌发于爱美之心，乃战事的讯号，乃战士的身份标志，乃肩负责任和义务决一死战的意志的传达。当然，在举行特殊的庆典时，女性甚至包括少女，往往也和男性们一样涂面狂欢。但那也与爱美之心无关，仅反映对某种仪式的虔诚。正如文明社会的男女在参加丧礼时佩戴黑纱和白花不是为了美观一样。至于以银环箍颈，实乃炫耀财富的方式。对于男人，女人是财富的理想载体。亘古如兹。颈长足尺，导致病态畸形，实乃炫耀的代价，而非追求美的结果。或者说主要不是由于追求美的结果。这与文明社会里的当代女子割双眼皮儿而不幸眼睑发炎落疤，隆胸丰乳而不幸硅中毒是不能同日而语的。

但中国历史上女子们的被迫缠足却是应该另当别论的。这的的确确是与美的话题相关的病态社会现象。严格说来，我觉得，这甚至应该被认为是桩极其重大的历史事件。此事件一经发生，其对中国女子美与不美的恶劣的负面影响，历时五代七八百年之久。以至于新中国成立以后，我这个年龄的中国人，还每每看见过小脚女人。

近当代的政治思想家们、社会学家们、民俗学家们，皆以他们的学者身份义愤疾恶如仇地对缠足现象进行过批判。

却很少听到或读到美学家们就此病态社会现象的深刻言论。

而我认为，这的确也是一个美学现象。的确也是一个中国美学思想史中应该予以评说的既严重又恶劣的事件。此事件所包含的涉及中国人审美意识和态度的内容是极其丰富的。比如历史上中国男人对女人的审美意识和态度，女人们在这一点上对自身的审美意识和态度，一个缠足的大家闺秀与一个“天足”的农妇在此一点上意识和态度的区别，以及为什么？以及是她们的丈夫、父亲们的男人的意识和态度，以及是她们的母亲的女人的意识和态度，以及她们在嫁前相互比“美”莲足时的意识和心态，以及她们在婚后其实并不情愿被丈夫发现毫无“包装”的赤裸的蹄形小脚的畸怪真相的意识和心态，以及她们垂暮老矣之时，因畸足越来越行动不便情况之下的意识和心态……凡此种种，我认为，无不与男人对女人，女人对自身的审美意识和心态发生粘连紧密而又杂乱的思想关系，观念关系，畸形的性炫耀与畸形的性窥秘关系……

但是，让我们且住。这一切我们先都不要去管它。

让我们还是来回到我们思想的问题上——即一双女人的被摧残得筋骨畸形的所谓“莲足”，真的比一双女人的“天足”美么？

无论男人还是女人，如果自身对美的感觉不发生错乱，回答显然会是否定的。

可怎么在中国这个文明古国，在占世界人口几分之一的人类成员中，在近千年的漫长历史中，集体地一直沉湎于对女性的美的错乱感觉呢？以至于到了清朝，梁启超及按察史董遵宪曾联名在任职的当地发布公告劝止而不能止；以至于太平军克城踞县之后，罚劳役企图禁绝陋习而不能禁；以至于慈禧老太太从对江山社稷的忧患出发，下达懿旨劝禁也不能立竿见影；以至于身为直隶总督的袁世凯亲作“劝不缠足文”更是无济于事；以至于到了民国时期，则竟要靠罚款的方式来扼制蔓延了——而得银日八九十万两，年三万万两。足见在中国人的头脑中——钱是可以被罚的，女人的脚却是不能不缠的。“毒螫千年，波靡四域，肢体因而脆弱，民气以之凋残，儿使天下有识者伤心，贻后世无穷之唾骂。”

这样的布告词，实不可不谓振聋发聩、痛心疾首。然无几个中国男人听得入耳，也无几个中国女人响应号召。爱捧小脚的中国男人依然故我。小脚的中国女人们依然感觉良好，并打定主意要把此种病态的良好感觉“传”给女儿们……

中国人倘曾以这样的狂热爱科学，争平等，促民主，那多好啊！不是说美的标准肯定是客观的而非主观的么？不是说任何民族，在任何一个时代和任何一种情况之下，都根本不可能颠覆它么？那中国近千年的缠足现象又该作何解释呢？首先，历史告诉我们——这现象始于帝王。皇上的个人喜好，哪怕是舐痂之癖，一旦由隐私而公开，则似乎便顿时具有了趣味的高贵性，意识的光荣性，等级的权威性。于是皇亲国戚们纷纷效仿；于是公卿大臣们趋之若鹜；于是巨商富贾紧步后尘——于是在整个权贵阶层蔚然成风……

在古代，权贵阶层的喜好，以及许多侧面的生活方式，一向是由很不怎么高贵的活载体播染向民间的。那就是——娼妓。先是名娼美妓才有资格。随即这种资格将被普遍的娼妓所瓜分。无论在古代的中国，还是在古埃及、古希腊、古罗马，规律大抵如此。

娼妓的喜好首先熏醉的必将是一部分被称之为文人的男人。这也几乎是一条世界性的规律。在古代，全世界的一部分被称之为文人的男人，往往皆是青楼常客，花街浪子。于是，由于他们的介入，由于他们也喜好起来，社会陋俗的现象，便必然地“文化”化了。

陋俗一旦“文化”化，力量就强大无比了。庶民百姓，或逆反权贵，或抵抗严律，但是在“文化”面前，往往只有举手乖乖投降的份儿。

康熙时代一人之下，万人之上，权倾朝野的鳌拜便是“金莲”崇拜者；乾隆皇帝本身即是；巨商胡雪岩也是；大诗人苏东坡是；

才子唐伯虎是；作“不缠足文”的袁世凯阳奉阴违背地里更是……

《西厢记》中赞美“金莲”；《聊斋》中的赞美也不逊色；诗中“莲”、词中“莲”、美文中“莲”，乃至民歌童谣中亦“莲”；唱中“莲”、画中“莲”、书中“莲”，乃至字谜中“莲”、酒令中也“莲”……

更有甚者，南方北方，此地彼域，争相举办“赛莲”盛会——有权的以令倡导，有钱的出资赞助，公子王孙前往逐色，达官贵人光临览美，才子“采风”，文人作赋……

连农夫娶妻也要先知道女人脚大脚小，连儿童的憧憬中，也流露出对小脚美女的爱慕，连乡间也流传《十恨大脚歌》，连帝都也时可听到嘲讽“大脚女”的童谣……

在如此强大、如此全方位，“地毯式”的文化进击、文化轰炸，或曰文化“妙作”之下，何人对女性正常的审美意识和心态，又能定力极强，始终不变呢？何人又能自信，非是自己不正常，而是别人都变态了呢？即使被人认为主见甚深的李鸿章，也每因自己的母亲是“天足”老太而讳若隐私，更何况一般小民了……

结论：某一恶劣现象，可能在相当漫长的历史时期内畅行无阻，世代袭传，成为鄙陋遗风，迷乱人们心灵中的审美尺度。但却只能部分地扭曲之，而绝对不可能整体地颠覆之。正如缠足的习俗虽可在漫长的历史时期内将女人的脚改变为“莲”，却不可能以同样的方式扭曲任何一个具体的女人的身躯，而依然夸张地予以赞美。并且，迷乱人们心灵中的审美尺度的条件，一向总是伴随着王权（或礼教势力、宗法势力）的支持和怂恿；伴随着颓废文化的推波助澜；伴随着富贵阶层糜烂的趣味；伴随着普遍民众的愚昧。还要给被扭曲的审美对象以一定的意识损失以补偿——比如相对于女人被摧残的双足而言，鼓励刻意心思，盛饰纤足，一袜一履，穷工极丽。尤以豪门女子、青楼女子、礼教世家女子为甚。用今天的说法，就是以外“包装”的精致，掩饰畸形的怪异真相。还要给被扭曲的审美对象以一定的精神满足，而这一点通常是最善于推波助澜的颓废文化胜任愉快的。

有了以上诸条件，鄙陋习俗对人们心灵中审美尺度的扭曲，便往往大功告成。

但，这一种扭曲，永远只能是部分的侵害。

世间一切美的事物，都具有极易受到侵害的一面。但也同时具有不可能被总体颠覆形象的基本素质。

比如戴安娜，媒介去年将她捧高得如爱心女神，今年又贬她为“不过一个毁誉参半的、行为不检点的女人”。但，却无法使她是一个有魅力的女人这一点受到彻底颠覆。

某些事物本身原本就是美的，那么无论怎样的习俗都不能使它们显得不美。正如无论怎样的习俗，都不能使尖头肿颈者在大多数世人眼里看来是美的。

美女绝非某一个男子眼里的美女。通常她必然几乎是一切男子眼里的美女。他人的贬评不能使她不美。但她自身的内在缺陷——比如嫉妒、虚荣、无知、贪婪，却足以使她外在的、人人公认的客观美点大打折扣。

美景绝非某一个世人眼里的美景，通常它必然几乎是一切世人眼里的美景。

丑的也是。

视觉永远是敏感的，真实可靠的，比审美的观点审美的思想更难以欺骗的。

美的不同种类是无穷尽的。

丑的也将继续繁衍丑的现象，永远不会从地球上消亡干净。

但我们人类的视觉永远不会将它们混淆。因为它们各有天生不可能被混淆的客观性。

这客观性是我们人类的心灵与造物之间可能达成的一致性的前提和保证。

正是在这一前提和保证之下，对于古希腊人古埃及人是美的那些雕塑，是雄伟的那些建筑，对于今天的我们依然是美的。正是在这一前提和保证之下，我们所处的这个时代一切美的事物，假设能够通过“时间隧道”移至我们的远古祖先们面前，大约也必引起他们对于美的赏悦和好奇。正如几乎一切古代的工艺品，今天引起我们的赏悦和好奇一样……

美是大地脸庞上的笑靥。因此需要有眼睛，以便看到它；需要有情绪，以便感觉到它。

我们只能怀着虔诚感激造物赐我们以眼睛和心灵。以为自己便是这世界的中心便是上帝，以为我不存在一切的美亦消亡，以为世上原本没有客观的美丑之分，美丑盖由一己的好恶来界定——这一种想法既不但是狂妄自大的，也是可笑至极的。

我知道关于美究竟是客观的还是主观的这一哲学与美学之争至今可追溯到千年以前，但我坚定不移地接受前者的观点，相信美首先是客观的存在。

据我想来，道理是那么的简单——有许多美好的事物我没观赏到过，许多人都没观赏到过，但另外许多人可能正观赏着，可能正被那一种美感动着。

在我死掉以后，这世界上美的事物将依然美着。

时代和历史的演进改变着许多事物的性质，包括思想和观念。

但似乎唯有美的性质是不会改变的。改变的只是它的形式。它的性质既不但是客观的，而且是永恒的。它的形式只能被摧毁。它的性质不能被颠覆。

正如一只美的瓶破碎了，我们必惋惜地指着说：“它曾是一只多美的瓶啊！”

倘某一天人类消亡了——一只鸟儿在某一早晨睁开它的睡眼，阳光明媚，风微露莹，空气清新，花儿莜紫翻红，草树深绿浅绿，那么它一定会开始悦耳地鸣叫吧？

它是否是在因自然的美而歌唱呢？

它望见草地上一只小鹿在活泼奔跃——那小鹿是否也是在因自然的美而愉快呢？

灵豚逐浪，巨鲸拍涛——谁敢断言它们那一时刻的激动，不是因为感受到了那一时刻大海的壮美呢？

美是不可颠覆的。

七千年后的蜜蜂仍在营造着七千年前那么标准的六边形。七千年前那些美的标准和尺度，剔除病态的、迷乱的部分——几乎仍在我们今天的生活中是标准和尺度……

羞于说真话

无奈在非说假话不可的情况下，就我想来，也还是以不完美的假话稍正经些。

一生没说过假话的人肯定是没有的。故我认为尽量说真话，争取多说真话，少说假话，也就算好品质了。何况我们有时说假话，目的在于息事宁人。有时真话的破坏性，是大于假话的。这个道理我们都很明白。但如果人人习惯于说假话，则生活必就真假不分了。然而我却越来越感到说真话之难。并且说假话的时候越来越多。

仿佛现实非要把我教唆成一个“说假话的孩子”不可。

说真话之难，难在你明明知道说假话是一大缺点，却因这一大缺点对你起到铠甲的作用，便常常宽恕自己了。只要你的假话不造成殃及别人的后果，说得又挺有分寸，人们非但不轻蔑你，反而会抱着充分理解充分体谅的态度对待你。因此你不但说了假话，连羞耻感也跟着丧失了。于是你很难改正说假话的缺点，甚至渐渐麻木了改正它的愿望。最终像某些人一样，渐渐习惯了说假话。你须不断告诫自己或被别人告诫的，倒是说假话的技巧如何。说真话还是说假话的选择倒变得毫无意义了似的。

记得我小的时候，家母对我的第一训导就是——不许撒谎。因为撒谎，我挨过母亲的耳光。因为撒谎，母亲曾威逼着我，去请求受我骗的人原谅，并自己消除谎话的影响。

“文革”中，我学会了撒谎。倒也没什么人什么势力直接压迫我撒谎，更主要的是由于撒谎和虔诚连在了一起。说学会了也不太恰当，因为没人教，就算无师自通吧。

有一天我和同学中的好朋友从学校走在回家的路上，谈起了“林副统帅与毛主席井冈山会师”。

我说：“是朱德嘛！怎么成林副统帅了？咱们小学六年级的历史书上，明明写的是朱德对不对？”——因朱总司令已上了“百丑图”。我们提到他时，都将“总司令”三字省略了，直呼其名。

同学说：“那是被颠倒的历史。被颠倒的历史现在重新颠倒过来嘛！”我说：“那也不对呀，林彪当时才是连长呀！”同学说：“那也是被颠倒的历史，现在也应该重新颠倒过来嘛！”我说：“当年咱们又不在红军的队伍中，咱们怎么能知道那真是被颠倒的历史呢？”

同学说：“当年咱们又不在红军的队伍中，咱们怎么能知道那不是被颠倒的历史呢？咱们左右都是不知道，将来再颠倒一次，也不关咱们的事儿！”

正是从那一天始，我和我的那一位同学，将撒谎和虔诚分开了。难免继续说谎话，但已没了虔诚。前几年，有位外国朋友，问我在“文革”中说假话时有何感想。

我回答：“明明在说假话而不得不说，我便这样安慰自己——反正人一辈子总要说些假话，赶上了亿万群众轰轰烈烈都说假话的年代，把一辈子可能说的假话，一块儿都在这个年代里说了罢！这个年代一过去，重新做人，不再说假话就是了。”

外国朋友又问：“那么梁先生从粉碎‘四人帮’以后，再没说过假话了？”问得我不由一怔。犹豫片刻，我说出一个字是：“不……”我因自己没有失掉一次说真话的机会，对自己又满意又悲哀。外国朋友流露出肃然起敬、钦佩之至的表情。我赶紧说：“我说

‘不’的意思，是我没有做到不说假话。”我想，如果我不解释，我说的这一个字的真话，实际上岂不又成了假话么？外国朋友也不由一怔。她问：“那又是因为什么？”我说：“一方面，我感到并不是所有的地方都已经有了一个维护真话的良好环境。另一方面，大概要归咎于我们有说假话的后遗症。”

她问：“报纸、广播，不少宣传手段，不是都曾被调动起来，提倡、鼓励和表扬说真话么？”

我说：“这恰恰证明假话之泛滥是多严重啊。倘若说真话须郑重地提倡、鼓励和表扬，细想想，不是有点儿可悲么？”

她问：“妨碍说真话的根源，主要是政治吧？”

我说：“那倒不尽然。在党内，将说真话，作为对党员的最基本要求一提再提，足见共产党还是多么希望她的党员们都说真话的。我不是党员，但对此确信不疑。而我感到，社会上，似乎弥漫着将说假话变成一种社会风情的怡然之风。”她不懂“怡然”二字何意。我请她想象小孩子玩“到底谁骗谁”这一种纸牌游戏获胜时的扬扬自得。

她说：“梁先生，可是据我所知，你被认为是一个坚持说真话的人啊！”

我说：“我当然坚持说真话。坚持并不是一个轻松的词。况且我常常坚持不住。在上下级关系方面，在社交方面，在工作责任感方面，在一心想要做好某件事的时候，在根本不想做某件事的时候，在不少方面，不少因素迫使你就范，不得不放弃说真话的原则，改变初衷，而说假话。常常是，哪些时候哪些方面有困难有问题，你说了假话，困难和问题就迎刃而解了。你说了真话，困难就更是困难，问题就更是问题了。我说过多少假话只有我自己最清楚。我仅仅在某些时候某些场合说过一些真话，人们就已经觉得我有值得尊重的一面，可见说真话在我们的生命中到了必须认真提倡的程度。”

她注视着我，似能理解，亦似不太能理解。

……

后来，我和一位友人又讨论起说真话的问题。是的，我们是当成一个问题来讨论的，而且讨论得挺严肃。

我又回忆起我小时候因为撒谎，使得母亲怎样伤心哭泣，以至于怎样打了我一记耳光，和对我进行过的撒谎可耻的教诲……

我讲到我的已经七十多岁的老母亲，如今怎样仍把我当成一个小孩子似的，耳提面命，谆谆告诫我：“傻儿子，你究竟为什么非说真话不可呢？该说假话你不说假话，你岂不是不见棺材不落泪，不碰南墙不回头么？你已经四十出头的人了，还让妈为你操心到多大岁数呢？”

友人默想良久，严肃而又认真地说：“你母亲是对的。”

我问：“你是说我母亲从前对，还是说我母亲现在对？”

他说：“你母亲从前对，现在也对。”

我糊涂至极。

他诲人不倦地说：“撒谎是可耻的，这毋庸置疑，所以我说你母亲从前是对的。但说假话并不等于就是撒谎，甚至，和撒谎有本质的区别。”

这一点，我的确没思索过。

我一向简单地认为，撒谎——说假话——乃是同性质的可耻行径，好比柑和橙是同一种东西。于是我洗耳恭听。于是友人娓娓道来：“撒谎，目的在于骗人。在于使人上当而后快，是行为。行为。听明白了么？撒谎之后果必然造成他人的损失，起码是情绪或情感损失。更严重的，造成他人利益损失。所以正派人是不应该撒谎的。而说假话，不过心口不一而已。心口不一不是严格意义上的行为概念。通常情况之下体现为态度问题。一个人对于任何一件事，有表明自己真态度的权利，也有说假话的权利。听明白了，说假话是人的权利之一。假话是否使对方信以为真，以及在多大程度上影响了对方，责任完全在对方。因为任何人都有不相信假话的权利。谁叫你相信的呢？举一例子，我们小学都学过《狼来了》一篇课文，那个撒谎的孩子之所以应该谴责，不可取，是因为他以主动性的行为，诱使众多的人上当受骗。如果你一个同事告诉你，他在西单商场买了一件价格便宜的上衣，并用花言巧语怂恿你去买，你果然去了，没有那种上衣出售，或虽有，价格并不便宜，是谓撒谎，很可恶。但是，说假话的人之所以说假话，往往是被动的选择，通常情况是这样的——一个人指着一个茶杯问你——造型美观么？你认为不。但你看出了对方在暗示你必须回答美观极了，于是你以假话相告。你又何必因说了假话而内疚呢？如果对方具有问你的权利，你连保持沉默的权利也没有，而对方又问得声色俱厉，带有警告的意味，你更何必因说了假话而内疚呢？如果对方信了你的话，那么对方只配相信假话。如果对方根本不信你的假话，却满意于你说假话，分明是很乐意地把假话当真话听，可悲的是对方。应该感到羞耻的也是对方。对应该感到羞耻而不感到羞耻的人，你犯得着跟他说真话么？老弟，你看问题的方法，带有极大的片面性。你只看到人们在生活中说假话的一面，似乎没有看到生活中有多少人喜欢听假话。早已习惯于把假话当作真话听。他们以很高的技巧，暗示人们说种种假话，鼓励人们说种种假话，怂恿人们说种种假话，甚至维护种种假话。他们乐于生活在假话造成的氛围之中。他们反感说真话的人，因为真话常使他们觉得煞风景，觉得逆耳。一万个人或更多的人心口不一他们根本不在乎。他们要的是一致的假话而轻蔑一致的人心。正是这样一些人的存在，使说假话变成了似乎可爱的现象。

所以，与其惩罚说假话的人，莫如制裁爱听假话的人。因为少了一个爱听假话的人的同时，也许就少了一批爱说假话的人。人们变得不以说假话为耻，首先是由于有些人变得以听假话为荣啊！另外，老弟，因为咱俩是朋友，我向你提几个问题，你坦率回答我……”

我似乎茅塞顿开，有所省悟，又似乎更加糊涂，如坠云雾中，只说：“请讲，请讲。”

“你说真话时，是不是感觉到一种人的尊严？”

我说是的。

“当别人都说假话时，你偏想说真话，以说真话而与众不同，并且换取尊重，这是不是一种潜意识方面的自我表现欲在作祟呢？”

我从未分析过自己说真话时的潜意识，倒是常常分析自己说假话时的潜意识。尽管我似乎觉得“作祟”二字亵渎人说真话时自然、正常而又正派的冲动，但也同时尊重潜意识之科学理论。犹豫了一下，我点了点头。

“难道出风头就比说假话好到哪里去么？”

“强词夺理！”我终于按捺不住内心的气愤了。

友人自然是不屑与我斗气的。友人嘛。

他笑曰：“瞧你瞧你。也听不得真话不是？一听真话也羞也恼也要跳不是？能听得进真话并不是舒服的事哩，是一种特殊的，有时甚至非强制而不能自觉的训练啊！”

一番话，倒真把我说得虽恼羞而又不好意思成怒了。友人谈锋甚利，其言自是，又道：“你不要以为别人不说真话，便一定是怎样的观风使舵。其实，不屑于而已。与人家的不屑于相比，你自己每每足令大智若愚者扼腕叹憨罢了！”

友人辞去，我陷入前所未有的困惑。

后来，我又向几个惯常说假话，却又能与我推二三层心至腹外之腹的人请教。

皆答曰：

懒得说真话。

何必说真话？

说真话，图什么？

我相信他们对我说的话句句是真话。所谓酒后吐真言。为了这样一些真话，我奉献出了几瓶真的而不是假的好酒。还有佐酒菜。从此，我观察到，假话是可以说得很虔诚，很真实，很潇洒，很诙谐，很郑重，很严肃，很正确，很令人感动，很精彩，很精辟的。从此，每当我产生说真话的冲动，竟有几分羞于说真话的腼腆，在意识——当然潜意识中作梗了！

后来我做过一个梦：我因十二条大罪被判十二年徒刑。我望着法官们的面孔，觉得他们一个个似曾相识。我看出他们明知所有大罪都是无中生有，但他们一个个以假话把它说成是真的。他们那些假话同样说得水平很高，包容了我从生活中观察到的一切形式完美的假话之最……

我忍无可忍咆哮公堂大喝一声——可耻！于是我醒了。我愿人人都做我做过的这个梦。那么人人都将不难明白，仅仅为了自己，也断不该欣赏假话，将说假话的现象，营造成生活中氤氲一片的景致。无奈在非说假话不可的情况之下，就我想来，也还是以不完美的假话稍正经些。不完美的假话仍保留着几分可矫正为真话的余地啊！

百年文化的表情

千年之交，回眸凝睇，看中国百余年文化云涌星驰，时有新思想的闪电，撕裂旧意识的阴霾；亦有文人之呐喊，儒士之捐躯；有诗作檄文，有歌成战鼓；有鲁迅勇猛所掷的投枪，有闻一多喋血点燃的《红烛》；有《新青年》上下求索强国之道，有“新文化运动”势不两立的摧枯拉朽……

俱往矣！

历史的尘埃落定，前人的身影已远，在时代递进的褶皱里，百余年文化积淀下了怎样的质量？又向我们呈现着怎样的“表情”？

弱国文化的“表情”，怎能不是愁郁的？怎能不是悲怆的？怎能不是凄楚的？

弱国文人的文化姿态，怎能不迷惘？怎能不《彷徨》？怎能不以其卓越的清醒，而求难得之“糊涂”？怎能不以习惯了的温声细语，而拼作斗士般的仰天长啸？

当忧国之心屡遭挫创，当同类的头被砍太多，文人的遁隐，也就是自然而然的了。

倘我们的目光透过百年，向历史的更深远处回望过去，那么遁隐的选择，几乎也是中国古代文人的“时尚”了。

那么我们就不能不谈《聊斋志异》了。蒲松龄作古已近三百年；《聊斋志异》成书面世二百四十余年。所以要越过百年先论此书，实在因为它是我最喜欢的文言名著之一。也因近百年中国文化的扉页上，分明染着蒲松龄那个朝代的种种混杂气息。

蒲公笔下的花精狐魅，鬼女仙姬，几乎皆我少年时梦中所恋。

《聊斋志异》是出世的。

蒲松龄的出世是由于文人对自己身处当世的嫌恶。他对当世的嫌恶又由于他仕途的失意。倘他仕途顺遂，富贵命达，我们今人也许——就无《聊斋》可读了。

《聊斋》又是入世的，而且入得很深。

蒲松龄背对他所嫌恶的当世，用四百九十余篇小说，为自己营造了一个较适合他那一类文人之心灵得以归宿的“拟幻现世”。美而善的妖女们所爱者，几乎无一不是他那一类文人。自从他开始写《聊斋》，他几乎一生浸在他的精怪故事里，几乎一生都在与他笔下那些美而善的妖女眷爱着。

但毕竟的，他背后便是他们嫌恶的当世，所以那当世的污浊，漫过他的肩头，淹向着他的写案——故《聊斋》中除了那些男人们梦魂萦绕的花精狐魅，还有《促织》《梦狼》《席方平》中的当世丑类。

《聊斋》乃中国古代文化“表情”中亦冷亦温的“表情”。他以冷漠对待他所处的当世；他将温爱给予他笔下那些花狐鬼魅……

《水浒》乃中国百年文化前页中最为激烈的“表情”。由于它的激烈，自然被朝廷所不容，列为禁书。它虽产生于元末明初，所写虽是宋代的反民英雄，但其影响似乎在清末更大，预示着“山雨欲来风满楼”……

而《红楼梦》，撇开缠绵悱恻的爱情故事的主线，读后确给人一种盛极至衰的挽亡感。

此外还有《儒林外史》《官场现形记》《二十年目睹之怪现状》

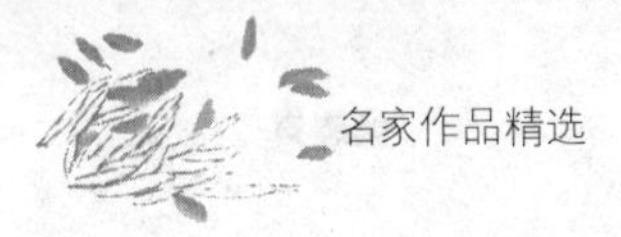

《老残游记》《孽海花》——构成着百年文化前页的谴责“表情”。

《金瓶梅》是中国百年文化前页中最难一言评定的一种“表情”。如果说它毕竟还有着反映当世现实的重要意义，那么其后所产生的不计其数的所谓“艳情小说”，散布于百年文化的前页中，给人，具体说给我一种文化在沦落中麻木媚笑的“表情”印象……

百年文化扉页的“表情”是极其严肃的。

那是一个中国近代史上出政治思想家的历史时期。在这扉页上最后一个伟大的名字是孙中山。这个名字虽然写在那扉页的最后一行，但比之前列的那些政治思想家们都值得纪念。因为他不仅思想，而且实践，而且几乎成功。

于是中国百年文化之“表情”，其后不但保持着严肃，并在相当一个时期内是凝重的。

于是才会有“五四”，才会有“新文化运动”。

“新文化运动”是中国百年文化“表情”中相当激动相当振奋相当自信的一种“表情”。

鲁迅的作家“表情”在那一种文化“表情”中是个性最为突出的。《狂人日记》振聋发聩；“彷徨”的精神苦闷跃然纸上；《阿Q正传》和《坟》，乃是长啸般的“呐喊”之后，冷眼所见的深刻……

“白话文”的主张，当然该算是“新文化运动”中的一个事件。倘我生逢那一时代，我也会为“白话文”推波助澜的。但我不太会是特别激烈的一分子，因为我也那么地欣赏文言文的魅力。

“国防文学”和“大众文学”之争论，无疑是近代文学史上没有结论的话题。倘我生逢斯年，定大迷惘，不知该支持鲁迅，还是该追随“四条汉子”。

这大约是近代文学史上最没什么必要也没什么实际意义的争

论吧？

“内耗”每每也发生在优秀的知识分子们之间。

但是于革命的文学、救国的文学、大众的文学而外，竟也确乎另有一批作家，孜孜于另一种文学，对大文化进行着另一种软性的影响——比如林语堂（他是我近年来开始喜欢的）、徐志摩、周作人、张爱玲……

他们的文学，仿佛中国现代文学“表情”中最超然的一种“表情”。

甚至，还可以算上朱自清。

从前我这一代人，具体说我，每以困惑不解的眼光看他们的文学。怎么在国家糟到那种地步的情况之下还会有心情写他们那一种闲情逸致的文学？

现在我终于有些明白——文学和文化，乃是有它们自己的“性情”的，当然也就会有它们自己自然而然的“表情”流露。表面看起来，作家和文化人，似乎是文学和文化的“主人”，或曰“上帝”。其实，规律的真相也许恰恰相反。也许——作家们和文化人们，只不过是文学和文化的“打工仔”。只不过有的是“临时工”，有的是“合同工”，有的是“终生聘用”者。文学和文化的“天性”中，原有愉悦人心，仅供赏析消遣的一面。而且，是特别“本色”的一面。倘有一方平安，文学和文化的“天性”便在那里施展。

这么一想，也就不难理解林语堂在他们处的那个时代与鲁迅相反的超然了；也就不会非得将徐志摩清脆流利的诗与柔石《为奴隶的母亲》对立起来看而对徐氏不屑了；也就不必非在朱自清和闻一多之间确定哪一个更有资格入史了。当然，闻一多和他的《红烛》更令我感动，更令我肃然。

历史消弭着时代烟霭，剩下的仅是能够剩下的小说、诗、散文、

随笔——都将聚拢在文学和文化的总“表情”中……

繁荣在延安的文学和文化，是中国自有史以来，气息最特别的文学和文化，也是百年文化“表情”中最纯真烂漫的“表情”——因为它当时和一个最新最新的大理想连在一起。它的天真烂漫是百年内前所未有的。说它天真，是由于它目的单一；说它烂漫，是由于它充满乐观……

中华人民共和国成立后，前十七年的文学和文化“表情”是“好孩子”式的。偶有“调皮相”，但一遭眼色，顿时中规中矩。

“文革”中的文学和文化“表情”是面具式的。是百年文化中最做作最无真诚可言的最讨厌的一种“表情”。

“新时期文学”的“表情”是格外深沉的。那是一种真深沉。它在深沉中思考国家，还没开始自觉地思考关于自己的种种问题……

八十年代后期的文学和文化“表情”是躁动的，因为中国处在躁动的阶段……

九十年代前五年的文化“表情”是“问题少年”式的。它的“表情”意味着——“你”有千条妙计，“我”有一定之规……

九十年代后五年的文化“表情”是一种“自我放纵”乐在其中的“表情”。“问题少年”已成独立性很强的“青年”。它不再信崇什么。它越来越不甘再被拘束，它渴望在“自我放纵”中走自己的路。这一种“自我放纵”有急功近利的“表情”特点，也每有急赤白脸的“表情”特点，还似乎越来越玩世不恭……

据我想来，在以后的三五年中，中国当代文学和文化，将会在“自我放纵”的过程中渐渐“性情”稳定。归根结底，当代人不愿长期地接受喧嚣浮躁的文学和文化局面。

归根结底，文学和文化的主流品质，要由一定数量一定质量的创作来默默支撑，而非靠一阵阵的热闹及其他……

情形好比是这样的——百年文化如一支巨大的“礼花”，它由于受潮气所侵而不能至空一喷，射出满天灿烂，花团似锦；但其断断续续喷出的光彩，毕竟辉辉烁烁照亮过历史，炫耀过我们今人的眼目。而我们今人是这“礼花”的最后的“内容”……

我们的努力喷射恰处人类的千年之交。

当文学和文化已经接近着自由的境况，相对自由了的文学和文化还会奉献什么？又该是怎样的一种“表情”？什么是我们自己该对自己要求的质量？

新千年中的新百年，正期待着回答……

论教育的诗性

当我们在反省我们自己的中小学教育方法时，我想说，我们或许正是在丧失着教育事业针对于小学生们的诗性内涵。

一向觉得，“教育”二字，乃具诗性的词。它使人联想到另外一些具有诗性的词——信仰、理想、爱、人道、文明、知识等等。它使人最直接联想到的词是——母校、学生时代、师恩、同窗。还有一个词是“同桌”——温馨得有点儿妙曼，牵扯着情谊融融的回忆。

学校是教育事业的实体。学生将自己毕业的学校称为母校，其终生的感念，由一个“母”字表达得淋漓尽致。学生与教育这一特殊事业之间的诗性关系，无须赘言。

没有学生时代的人生是严重缺失的人生，正如没有爱的人生一样。

“师道尊严”强调的主要非是教师的个人尊严问题，而是教育之“道”，亦即教育的理念问题。全人类的教育理念从前都未免褊狭，“尊严”二字是基本内容。此二字相对于教育之“道”，也包含着古典的庄重的诗性。虽然褊狭。人类现代教育的理念十分开放，学校不再仅仅是推动个人通向功成名就的“管道”，实际上已是关乎到一个民族、一个国家乃至全人类文明前景的摇篮……

于是教育的诗性变得广大了。“教育”二字，令我们视而目肃，读而声庄，书而神端，谈而切切复切切。因为它与一概人的人生关系太紧密啊。一个生命就是一次空前绝后的奇迹。父母的精血决定了生命的先天质量。生命演变为人生的始末，教育引导着人生的后天历程。对于每一个具体的人，左右其人生轨迹的因素尽管多种多样，然而凝聚住其人生元气不散的却几乎只有一件事情，那就是教育的作用和恩泽。

因为教育与社会的关系太紧密啊。

一个绝大多数人渴望享受到起码教育的愿望遭剥夺的社会，分明的是一个被关在文明之门外边的社会。在那样的社会里，极少数人的幸运，除了给极少数人的人生带来成就和光荣，很难也同时照亮绝大多数人精神的暗夜。

教育是文明社会的太阳。

因为教育与时代的关系太紧密啊。

爱迪生为人类提供了电灯。他改变了一个时代。但是发电照明的科学原理一经被写入教育的课本里，在一切有那样的课本被用于教学而电线根本拉不到的地方，千千万万的人心里便首先也有一盏教育的“电灯”亮着了……

全世界被纪念的军事家是很多的，战争却被人类更理智地防止着；全世界被纪念的教育家是不多的，教育事业却被人类更虔诚地重视了。

少年和青年们谈起文学家、文艺家难免是羡慕的，谈起科学家难免是崇拜的，谈起外交家、政治家难免是钦佩的，谈起企业家难免是雄心勃勃的——但是谈起教育家，则往往是油然而生敬意的了(如果他们也了解某几位教育家的生平的话)。因为有一个事实他们必定肯于默认——世界上有些人是在富有了以后致力于教育的，却几乎没有因致力于教育而富有的人。他们正从后者们鞠躬尽瘁所致力的事业中，获得人生的最宝贵的益处……

教育家和教育工作者们是体现教育诗性的优美的诗句。

而教育的诗性体现着人类诸关系之中最为特殊也最为别致的一种关系——师生关系的典雅和亲近。

所以中国古代有“一日为师，终身为父”的箴言，所以中国古代将拜师的礼数列为“大礼”。这当然是封建色彩太浓的现象，我觉得反而损害了师生关系的典雅和亲近。

那么，让我们来分析一下，上学这件事，对于一个学龄儿童，究竟意味着些什么吧！

记得我报名上小学那一天，哥哥反复教我 10 以内的加减法，因为那将证明我智力的健全与否。母亲则帮我换上了一身干干净净的衣服，并一再替我将头发梳整齐。我从哥哥和母亲的表情得出一种印象：上学对我很重要。我从别的孩子们的脸上得出另一种印象：我们以后将不再是个普通的孩子……

报完名回家的路上，忽听背后有一个清脆的声音高叫我的“大名”——也就是我出生后注册在户口本上的姓名。回头看，见是邻院的女孩儿。她的母亲和我的母亲要好，我和她稔熟至极，也经常互相怄气。此前我的“大名”从没被人高叫过，更没被一个稔熟的女孩儿在路上高叫过。而她叫我的小名早已使我听惯了。

我愕然地瞪着她，几乎有点儿恓惶起来。

她眨着眼问我：“怎么，叫你的学名你还不高兴呀？以后你也不许叫我小名了啊！”

又说：“你再欺负我，我就不告诉你妈了，要告诉老师了！”

一个人出生以后注册在户口本上的名字，只有当他或她上学以后才渐被公开化。对于孩子们而言，小学校是社会向他们开放的第一处“人生操场”，班级是他们人生的第一个“单位”。人与教育的诗性关系，或一开始就得到发扬光大，或一开始就被教育与人的急功近利的不当做法歪曲了。

儿童从入学那一天起，一天天改变了“自我”的许多方面。他或她有了一些新的人物关系：老师、同学、同桌。有了一些新的意识：班级或学校的荣誉、互相关心和帮助、尊敬师长以及被一视同仁平等对待的愿望等等。有了一些新的对自己的要求：反复用橡皮擦去写在作业本上的第一个字，横看竖看总觉得自己还能写得更好。甚至不惜撕去已写满了字的一页，直至一字字一行行写到自己满意为止……

第一个“五”分；集体朗读课文；课间操；第一次值日……几乎所有的小学生，都怀着本能般的热忱进入了学生的角色。

那一种热忱是具有诗性的，是主动而又美好的。是在学校这一教育事业的实体环境培养之下萌生的。如果他或她某天早晨跨入校门走向班级，一路遇到三位甚至更多位老师，定会一次次郑重其事地驻足、行礼、问好。如果他或她已经是少先队员，那么定会不厌其烦地高举起手臂行标准的队礼。怎么会烦遇到的老师太多了呢，因为那在他或她何尝不是一种愉快呢！

当我们中国人在以颇为怀疑的眼光审视西方某些国家里实行的对小学生的“快乐教育”时，我们内心里暗想的是——那不成了幼儿园的继续了吗？

其实不然。

据我想来，他们或许正是在以符合自己国家国情的方式，努力体现着教育事业之针对于小学生的诗性吸引力。

当我们在反省我们自己的中小学教育方法时，我想说，我们或许正是在丧失着教育事业针对于小学生们的诗性内涵。

当我们全社会都开始检讨我们的中小学生所面临的学业压力已成甸甸重负时，依我看来，真正值得我们悲哀的乃是——中小学教

育事业的诗性质量，缘何竟似乎变成了枷锁？

将一代又一代儿童和少年培养成一代又一代出色的人，这样的事业怎么可能不是具有诤性的事业呢？

问题不在于“快乐教育”或其他教育方式孰是孰非，各国有各国的国情。别国的教育方式，哪怕在别国已被奉为经验的方式，照搬到中国来实行，那结果也很可能南辕北辙。问题更应该在于，我们中国人自己的头脑中，是否有必要进行这样的思考：如果我们承认教育之对于学生，尤其对于中小学生确乎是具有诗性的事业，那么我们怎样在中小学校保持并发扬光大其诗性的特征？

儿童和少年到了学龄，只要他们所在的地方有学校，不管那是一所多么不像样子的学校；只要他们周围有些孩子天天去上学，不管是多数还是少数，他们都会产生自己也要上学的强烈愿望。

这一愿望之对于儿童和少年，其实并不一概地与家长所灌输的什么“学而优则仕”或自己暗立的什么“鸿鹄之志”相关。事实上即使在城市里，绝大多数家长也并不经常向独生子女灌输那些，绝大多数的学龄儿童也断然不会早熟到人生目标那么明确的程度。

它主要体现着人性对美好事物的最初的趋之若渴。

在孩子的眼里，别的孩子背着书包单独或结伴去上学的身影是美好的；学校里传出的琅琅读书声是美好的；即使同样是在放牛，别的孩子骑在牛背上看书的姿态也是美好的……

这一流露着羡慕的愿望本身亦是具有诗性的。因为羡慕别的孩子的书包，和羡慕别的孩子的新衣服是那么不同的两种羡慕。

这一点，在许多文学作品甚至自传作品中有着生动的描写。一旦自己也终于能去上学了，即或没有书包，即或课本是旧的破损的，即或用来写字的只不过是半截铅笔，即或书包是从母亲的某件没法穿了的衣服上剪下的一片布做成的，终于能去上学了的孩子，内心里依然是那么激动……

这也不是非要和别的孩子一样的“从众心理”。

因为，情形很可能是这样的，当这个曾强烈地羡慕别人能去上学的孩子向学校走去的时候，他也许招致另外更多的不能去上学的孩子们巴巴的羡慕目光的追随。斯时，后者们才是“众”……

我曾到过很偏远的一个山区小学。那学校自然令人替老师和孩子们寒心。黑板是抹在墙上的水泥刷了墨，桌椅是歪歪斜斜的带树皮的木板钉成的，孩子们的午饭是每人自家里装去的一捧米合在一起煮的粥，就饭的菜是半盆盐水泡葱叶。我受委托去向那一所小学捐赠一批书和文具。每个孩子分到书和文具的同时还分到一块橡皮。他们竟没见过城市里卖的那种颜色花花绿绿的橡皮，以为是糖块儿，几乎全都往嘴里塞……

我问他们上学好不好？

他们说好。说还有什么事儿比上学好呢？

问上学怎么好呢？

都说识字呀，能成有文化的人啊。

问有没有志向考大学呢？

皆摇头。有的说读到小学毕业就得帮家里干活儿了，有的以庆幸的口吻说爸爸妈妈答应了供自己读到初中毕业。至于识字以外的事，那些孩子们根本连想也没想过……

解海龙所摄的、成为“希望工程”宣传明星的那个有着一双大大的黑眼睛的小女孩儿，凝聚在她眸子里的愿望是什么呢？是有朝一日能跨入名牌大学的校门吗？是有朝一日戴上博士帽吗？是出国留学吗？是终成人上人吗？

我很怀疑她能想到那么多那么远。

我觉得她那双大大的黑眼睛所巴望的，也许只不过是一间教室，一块老师在上面写满了粉笔字的黑板，一套属于她的课桌椅——而她能坐在教室里并且不必想父母会因交不起学费而发愁，自己也不必因买不起课本文具而愀然……

总而言之我的意思是，恰恰在那些被叫作穷乡僻壤的地方，在那些期待着“希望工程”资助教育事业的地方，在简陋甚至破败的教室里，我曾深深地感受到儿童和少年无比眷恋着教育的那一种简直可以用“粘连”二字来形容的、“糯”得想分也分不开的关系。

那是儿童和少年与教育的一种诗性关系啊！我在某些穷困农村的黄土宅墙上，曾见过用石灰水刷写的这样的标语：“再穷也不能穷了教育；再苦也不能苦了孩子！”它是农民和教育的一种诗性关系啊！有点儿豪言壮语的意味儿。然而体现在穷困农村的黄土宅墙上，令人联想多多，看了眼湿。

我的眼并不专善于从贫愁形态中发现什么“美感”，我还未矫揉造作到如此地步。我所看见的，只不过使我在反观我们城市里的孩子与教育，具体说是与学校的关系时，偶尔想点儿问题。

究竟为什么，恰恰是我们可以坐在宽敞明亮的教室里，而且根本不被“学费”二字困扰的孩子，对上学这件事，对学校这一处为使他们成才而安排周到的地方，往往表现出相当逆反的心理呢？

这一种逆反的心理，不是每每由学生与教育的关系，与学校的关系，迁延至学生与老师与家长的关系中了吗？

不错，全社会都看到了中小学生几乎成了学习的奴隶，猜到了他们失乐的心理，看到了他们的书包太大太重，看到了他们伏在桌上的时间太长久了……

于是全社会都恻隐了。于是采取对他们“减负”的措施。但又究竟为什么，动机如此良好的愿望，反而在不少家长们内心里被束之高阁，仿佛你有千条妙计，我有一定之规呢？但又究竟为什么，

“减负”了的学生，有的却并不肯“自己解放自己”，有的依然小小年纪就满心怀的迷惘与惆怅呢？如果他们的沉重并不主要来自于书包本身的压力，那么又来自什么呢？一名北京市的初二学生在寄给我的信中写道：

> 我邻家的哥哥姐姐们，大学毕业一年多了，还没找到工作，可都是正牌大学毕业的呀！我十分的努力，将来也只不过能考上一般大学。我凭什么，指望自己将来找到一份普普通通的工作竟会比他们容易呢？如果难得多，考上了又怎么样？学校扩招并不等于社会工作也同时扩招呀！可考不上大学，我的人生出路又在哪里呢？爸爸妈妈经常背着我嘀咕这些，以为我听不到。其实，我早就从现实中看到了呀！一般大学毕业生们的出路在何方呢？谁能给我指出一个乐观的前景呢？我现在经常失眠，总想这些，越想越理不出个头绪来……

倘这名初二女生的信多多少少有一点儿代表性的话，那么是否有根据认为——我们的相当一批孩子，从小既被沉重的书包压着，其实也被某种沉重的心事压着。那心事本不该属于他们的年纪，但却不幸地过早地滋扰着困惑着他们了……他们也累在心里，只不过不愿明说。

我们的孩子们的状态可能是这样的：一、爱学习，并且从小学三四年级起，就将学习与人生挂起钩来，树立了明确的学习目标的；二、在家长经常的耳提面命之下，懂了学习与人生的密切关系的；三、有“资格”不想、也不必怎样努力，反正自己的人生早已由父母负责铺排顺了的；四、厌学也没“资格”，却仍不好好学习，无论家长和老师怎样替自己着急都没用的；五、明白了学习与人生的密

切关系，虽也孜孜努力，却仍对考上大学没把握的。

对第一种孩子不存在什么学习负担过重的问题，倒是需要家长关心地劝他们也应适当放松；对第二种孩子，家长就不但应有关心，还应有体恤之心了。不能使孩子感到，他或她小小的年纪已然被推上了人生的“拳击场”，并且断然没有了别种选择……

前两种孩子中的大多数，一般都能考上大学。他们和他们的家长，无论社会在主张什么，总是“按既定方针”办的。

对第三类孩子，社会和学校并不负什么特别的责任。“减负”或“超载”也都与他们无关。甚至，只要他们不构成某种社会负面现象，社会和学校完全可以将他们置于关注之外，谈论之外，操心之外。

第四类孩子每与青少年社会问题有涉。他们的问题并不完全意味着教育的问题，也并非“中国特色”，几乎每个国家都有此类青少年存在。他们应是一个值得关注的问题，却也不必大惊小怪。

第五类孩子最堪怜。

从他们身上折射出的，其实更是教育背后凸现的人口众多、就业危机问题。无论家长还是学校，有义务经常开导他们，使他们比较地能相信——我们的国家还在发展着。这发展过程中，国家捕捉到的一切机遇，其实都在有益的方面决定着他们将来的人生保障……

我们为数不少的孩子，确乎过早地“成熟”了。

本来，就中小学生而言，他们与学校亦即教育事业的关系，应该相对单纯一些才好。“识字，成为有文化的人。”——就是单纯。在这样一种儿童和少年与教育事业的相对单纯的关系中，教育体现着事业的诗性；孩子体验着求知的诗性；学校成为有诗性的地方。学校和教室的简陋不能彻底抵消诗性。教师和家长对学生之学业要求，也不至于彻底抵消诗性。

但是，倘学校对于孩子成了这样的地方——当他们才小学三四年级的时候，教师和家长就双方面联合起来使他们接受如此意识：如果你不名列前茅，那么你肯定考不上一所好中学，自然也考不上一所好高中，更考不上名牌大学，于是毕业后绝无择业的资本，于是平庸的人生在等着你；而你若连大学都考不上，那么你几乎完蛋了。等着瞧吧，你连甘愿过普通人生的前提都谈不上了。街头那个摆摊的人或扛着四十斤的桶上数层楼给邻家送纯净水的人，就是以后的你……

这差不多是符合逻辑的，差不多是现实，同时，也差不多是某些敏感的孩子的悲哀。

这一点比他们的书包更沉。

这一点，一旦被他们过早地承认了，“减负”不能减去他们心中的阴霾。

于是教育事业对于孩子们所具有的诗性，便几乎荡然无存了。

最后我想说——如果某一天，教师和家长都可以这样对中小学生讲——你们中谁考不上大学也没什么。瞧瞧你们周围，没考上大学的人不少啊！没考上大学就过普通的人生吧，普通的人生也是不错的人生啊！……

倘这也差不多是一种逻辑，一种现实，那么，我们就有理由根本不谈什么“减负”不“减负”的话题了。

中小学教育的诗性，就会自然而然地复归于学校了。当然，这样一天的到来，是比“减负”难上百倍的事。我却极愿为我们中国的中小学生祈祷这样一天的尽早到来！

在西线的列车上

二〇〇五年十一月，我应邀与中国作家协会的几位领导，前往甘肃天水参加一次民间举办的文化活动。但我和他们乘的不是同一车次——家附近就有代理售票处，购票方便。于是我单独踏上了由北京西站始发的，晚上八点多开往西部的列车……

我已经很少乘长途列车了。

二十世纪八十年代初，我曾是前北京电影制片厂组稿组的一名编辑。陕西、甘肃、新疆都在我的组稿范围。所以那两三年内，我每年都是要乘坐几次西线的列车的；那时中国西部的农村人口，乘坐过列车的人还是很少的。成千上万西部农村人口向中国其他省份流动的现象还没出现。那时的中国，还是一个按地理区域相对凝固的中国。西部的农民如果要到外省去“讨生活”，大抵靠的还是他们的双脚。正如西部的一种民歌——“走西口”。

八十年代初曾有一篇口碑极佳的短篇小说《麦客》：描写当年因天灾收获自家土地上的劳动成果的希望已成泡影的西部农民们，为了挣点儿钱将日子继续过下去，成群结队越省跨界，去往中原和南方帮别的省份的农民收割庄稼的经历。在西部蛮荒的山岭之间，在原本没有路而后来被一代一代走西口的中国农民们的脚踩出的蜿蜒的野路上，他们的身影连绵不绝，越聚越多，终于形成一支浩荡的不见首尾的队伍。他们甚至连行李也不带，很可能有的人的家里根本就没有什么可供他带走的行李。除了别在腰间的镰刀和挎在肩上的干粮袋，他们身上再就一无所有。那是中国农民的“长征”，不是为了革命，而是为了糊口。隔年似乎是由兰州电视台将《麦客》拍成了两集的电视剧；在北京，在我的家里，我看得热泪盈眶。记得当年我抑制不住自己的激动，还给电视台写去了一封信，祝贺他们拍出了那么优秀的现实主义风格的电视剧。

当年一个三十岁左右的青年出现在列车的卧铺车厢里，那是会引起一些好奇的目光的。因为当年并不是一切长途列车上都有软卧车厢，硬卧已是某种身份的证明。购票前要经领导批准，购票时要出示单位介绍信。故当年的我，从没觉得从北京到西部是怎样难耐的旅程。恰恰相反，在好奇的目光的注视之下，我常会感到优越。自然，想到西部的“麦客”们，心里边也往往会颇觉不安地暗问自己凭什么？当年我们许多中国人的意识方式真是朴实得可爱啊！

两三年后我调到了编剧组。以后竟再没踏上过西线的列车。屈指算来，已然二十余年了。

天水市委对文化活动极为重视，预先在电话里嘱咐——我们知道您身体不好，请您一定要乘软卧。我想到我是去西部，买了一张硬卧。

严重的颈椎病使我的睡眠的适应性极差。夜里不停地辗转反侧，令下两层铺和对面三层铺的乘客深受其扰。他们抗议的方式是擂铺板、大声咳嗽或小声嘟囔些不中听的话。我猛记起旅行袋里似乎带了一贴膏药，爬起一找，果然。反手歪歪扭扭地贴到后背上；用自己的手无法贴在准确的位置，但那也总算起到了一点儿心理作用，于是不再折腾……

整个车厢我起得最早，盼着到天水。然而中午一点多钟才到。望着车窗外西部铁路沿线的风光从黎明前的黑暗之中逐渐显现得分

明了，我似乎觉得那是我所乘过的车速最慢的一次列车，似乎觉得从北京到西部的途程比二十几年前远多了。列车晚点了一个半小时。然而我知道那不是使我觉得途程变远了的真正原因。真正原因是我自己变了。我早已由当年那个坐硬卧很觉得优越并且心生不安的青年，变成了一个不经常乘坐列车的人了。而中国，也变了。习惯于乘飞机的中国人与乘列车的中国人相比，尤其是与乘西线列车的中国人相比，在许多方面都发生了大的差别。每一座城市都尽量将机场建得更气派、更现代，因为它意味着也是一座城市面向国际敞开的窗口。而每一座城市的列车站，则空前地人群云集了。特殊的月份，往往满目皆是背井离乡的中国农民的身影。在大都市的机场候机厅里，一些人感受到的是一种关于中国的概念；而在某些时候，在某些城市包括大都市的列车站里，另一些人将感受到关于中国的另一些概念……

沿线西部的乡村，它们为什么一处处那么小？黄土抹墙的房舍，灰黑的鱼鳞瓦，家门前没有栅栏的平场，房舍后为数不多的苹果树或柿树；坎坡上放着几只羊的老人，在一小块一小块地里干着农活的老妪和孩子……一切仍在诉说着西部的贫困。

八月是萧瑟的季节。西部的景象裸露在萧瑟之中，如同干墨笔触勾勒在生宣纸上的绘画草图。偶见红的瓦和刷了白灰或贴了白瓷砖的墙，竟使我有眼前一亮的感觉。尽管白瓷砖贴在农家房舍的外墙体上是那么不伦不类，然而一想到有西部的农家肯花那一份钱，还是不禁有些感动。西部农民希望过上好日子的那种世代不泯的追求，像杨白劳给喜儿买了并亲手扎在女儿辫上的红头绳——父女俩自是喜悦着；看着那情形的人，倘对人世间的贫富差距还保留着点儿忧患，则就会难免地心生愀然……

从西部返回时，我登上了一次特别的列车。因为还要中途到广州去，故我得在咸阳下车，再去机场。

我持的是一张无座号的票，原以为注定是得在列车上站五六个小时了；却幸运得很，偏巧登上了一节空着几排座位的车厢。刚刚落座，列车已经开动。定睛扫视，发现自己置身在民工之间。手往小桌板上一放，觉得黏。细看桌板，遍布油污，显然很久没被人擦过了。于是顾惜起衣袖来，往起抬胳膊时，衣袖和桌板，业已由于油污的缘故，难舍难分了。于是进而顾惜衣服和裤子，往起站时，衣服和裤子也不那么情愿与座椅分开了，那座椅也显然早该有人擦擦却很久没被人擦过了。好在布袋里是有些纸的，于是取出来细细地擦。最后一张纸也用了，擦过后却依然是污黑的。这时我注意到对面有好奇的目光在默默打量我，便有几分不自然了——一个人和某些跟自己有些不一样的人置身在同一环境，他对那环境的敏感，是会令那某些人大不以为然的。这一点，我这个写小说的人是心中有数的。当年我是连队生产一线的知青时，甚至以同样冷的目光，默默打量过陪着首长对连队进行视察的团部或师部的机关知青。那一种冷的目光中，具有知青与知青之间的嫌恶意味。何况，在那一节车厢里，我和我周围的人们之间的关系，连大命运相同的知青们之间的关系都不是。我将一堆污黑的纸团用手绢兜着，走过车厢扔入垃圾桶，回来垂着目光又坐下了。原来这一节车厢的绝大部分座位也都有人坐着，只我坐的那地方空着两三排座位而已。座位、桌板、窗子、地面、四壁、厕所、洗漱池——那列车的一切都肮脏极了。

我将手绢铺在桌板上，取出一册杂志来看。偶一抬头，见一个站在过道里的中等身材的青年还在打量我。他脸颊消瘦，十一月份了穿得还那么少。一件 T 恤衫，外加一件摊上买的迷彩服而已。T 恤衫的领子和迷彩服的领子，都已被汗渍镶上了黑边。我并没太在

意他对我的打量，垂下目光接着看手中的杂志。倏忽后我抬起头来，冲那年轻的民工微微一笑。因为我第一次抬起头时，觉得他的目光并不多么冷。我想，我对一个看我时目光并不多么冷的人，理应做出友好的反应——尤其在这一节车厢里，尤其我以显然的另类的外形而存在于某些同类之间的时候。是的，他们当然是我的同类，或者反过来说也是一样。而且，还是我的同胞。而我对于他们，却分明的是一个另类。我所体会的中国，那是一个概念，一个与从前的中国不能同日而语的概念；他们所体会的中国，乃是另一个概念，一个与从前的中国没什么两样的概念。

我笑后，那年轻的民工也微微一笑。果然，他的眼的深处，非但不怎么冷，还竟有几分柔情。但是，它们太忧郁了。所以，给予我无底之井一样的印象。倘他好好洗个澡，再穿上我的一身衣服，再将他蓬乱的头发剪剪、吹吹，那么，我敢肯定他是一个帅小伙子。尽管我的一身衣服实在是一身普通得很的衣服。

他说："你坐过来吧。"我回头看，身后无人。断定了他是在跟我说话。我犹豫。"你还是坐过来吧！列车从新疆开入甘肃的时候，有一个人喝醉了酒，把那儿排座位吐得哪儿都是……"他始终微微地笑着，目光也始终望着我。

我早已嗅到了一股难闻的气味儿，只是不清楚发自于何处罢了。他既给了我个明白，我当然不愿继续在那儿坐下去了。我起身向他走过去时，他用手指着我说："你的手绢！"

而我说："不要了。"我本打算像他一样站在过道里，但是他请我坐在他的座位上。他一路从新疆坐过来；他说他腿坐肿了，宁肯多站会儿。那儿的人们都在打扑克，没谁注意我们。他又说："我知道你是谁。我上初中的时候作文挺好的，经常受到老师的称赞。那时候我以为我将来也能……"我小声请求说："那就当你不知道我是谁，好吗?”他点了点头，又问：“你看的是什么?”我说：“《读者》。”我看《读者》历来被不少知识分子耻笑。他们认为真正的知识分子是不应看《读者》这么“低”层次的刊物的。但我以我的眼，在中国知识分子们认为是“高”层次的刊物上，越来越看不到对另一半中国的感受了。那另一半，才是中国的大半！并且，每每因而联想到杜甫《茅屋为秋风所破歌》中的诗句——“茅飞渡江洒江郊，高者挂罥长林梢，低者飘转沉塘凹”。挂卷长林梢，虽高，不也还是茅吗?我倒宁愿入塘凹。毕竟和泥和水在一起，可以早点儿沤烂，做大地的肥料。

年轻的民工听了我的话，点了点头。于是我们一个坐着，一个站着，聊了起来。

他说这一车次是“民工车”，也可以说是西北农民工们乘的“专列”，票价极便宜。在高峰运载季节，有时超载百分之一百几十。因为它实际上已经等于是一次民工专列了，不是民工的人们，是不太愿意乘坐这一车次的……

他说这一节车厢有人吐过，有一股难闻的气味，所以才有几排空座。说别的车厢里，没票站着的人照例很多……

忽然一阵煤灰飘飞过来，我赶紧闭上眼睛低下头去；抬起头时，身上落了一层。年轻的民工身上也落了一层黑白混杂的煤灰，他却懒得抚一下；笑笑，说车上烧水的不是电炉，仍是大煤炉，显然又有乘务员在捅火了，……

他说，他心情很不好——他本在新疆打工来着，同村的人给他传了个信儿，有一个省的煤矿急需采煤工，于是他匆匆前往。去晚了怕就没有缺额了。说一个多小时以前，他透过车厢望见了他的家园——西线铁路旁的一个小小的自然村……

他说，他的父亲几年前死于矿难；几年前死一个采煤的农民工，

矿主才补偿给一万多元钱。他说他没下车回家去看一看，也是因为怕见了母亲不知该怎么说；他说家里只有母亲、妹妹和爷爷。爷爷已经老得快干不动地里的活儿了；而妹妹，患着精神病……

我，竟寻找不到一句适当的话可以对这个年轻的农民工说。连一句安慰他的话也寻找不到……

“现在，死一个矿工，真的补偿给二十万吗？农民采煤工和正式的矿工，都能一律平等地补偿给二十万吗？……”

我从他的话中，听出了他对平等的极强烈的要求，以及对二十万人民币的极强烈的渴望。

“这……我不是太清楚……也许……是的吧……可是现在，矿难发生的次数太频繁了，你最好还是不要去……非去……没有比当采煤工挣钱更多的活了吗？……”我语无伦次，反问着不是人话的话。

“还用问吗？对我们，那是肯定没有的喽！”不知何时，玩扑克的都不玩了，都在注意听我和那年轻的农民工的谈话了。“我记得有一份报上登过赔偿的数额……”“一条农民采煤工的命是赔偿二十万的，这肯定没错！”“你怎么能那么肯定？是法律条文了吗？什么时候公布过了？”“不会二十万那么高吧？现如今车祸撞死一个农民，法院一般不是才判赔偿几万吗？”“那是车祸，和采煤不同的。目前正是国家发展需要煤的时候，所以咱们的命也就比以往值钱多了！……”“会不会一个省一个价呢？”年轻的农民工说，他和他们是一起的，都是要去同一个省的矿区的。有的是打工时认识的工友，有的是在这一次列车上认识的。他毫不客气地将别人拽了起来，自己坐在腾出的座位上了。接着又说：“但愿我们去的地方，一条命也值二十万元……”

被他拽起来的民工说：“有人倒下去，那就得有人补上去，好比冲锋陷阵，得有下定决心不怕牺牲的精神！”那样子，那语气，很是光荣，还有点儿悲壮。

我听着，心里不禁联想到了两句诗——“风萧萧兮易水寒，壮士一去兮不复还！”我问：“你们要去的是哪个省？”他们相互望着，交换着耐人寻味的眼色，就都不说话了。分明地，他们不愿让我知道。仿佛那是一个他们共同的福音，也是一个需要他们共同保守的大秘密。一旦被旁人所知，尤其是被我这样的旁人所知，大好的机会就会遭到破坏似的。

为了取悦于他们，我说：“啊，我想起来了，有一份文件，规定了哪儿都是二十万，一律平等。”他们都很信我的话，脸上的疑虑一扫而光，就都高兴起来。这个说有文件就好，那个说平等才对。他们一高兴，对我的态度也亲近了，请我嗑瓜子，吃花生、枣子，还向我敬烟。我没吃什么，却极想吸烟，又没有烟了，便很高兴地接过了烟。一只按着打火机的手及时向我伸过来，我刚吸了一口，劣质的烟呛得我几乎咳嗽……

后来玩扑克的人接着玩扑克，那眼神忧郁的年轻的农民工也不再开口了，呆呆地望着窗外想他的心事。没人理睬我了，我低下头仍看我的《读者》。

沉默的墙

在一切沉默之物中，墙与人的关系最为特殊。

无墙，则无家。

建一个家，首先砌的是墙。为了使墙牢固，需打地基。因为屋顶要搭盖在墙垛上。那样的墙，叫“承重墙”。

承重之墙，是轻易动不得的。对它的任何不慎重的改变，比如在其上随便开一扇门，或一扇窗，都会导致某一天突然房倒屋塌的严重后果。而若拆一堵承重墙，几乎等于是在自毁家宅。人难以忍受居室的四壁肮脏。那样的人家，即使窗明几净也还是不洁的。人尤其忧患于承重墙上的裂缝，更对它的倾斜极为恐慌。倘承重墙出现了以上状况，人便会处于坐卧不安之境。因为它时刻会对人的生命构成威胁。

在墙没有存在以前，人可以任意在图纸上设计它的厚度，高度，长度，宽度，和它在未来的一个家中的结构方向。也可以任意在图纸上改变那一切。

然而墙，尤其承重墙，它一旦存在了，就同时宣告着一种独立性了。这时在墙的面前，人的意愿只能徒唤奈何。人还能做的事几乎只有一件，那就是美观它，或加固它。任何相反的事，往往都会动摇它。动摇一堵承重墙，是多么的不明智不言而喻。

人靠了集体的力量足以移山填海。人靠了个人的恒心和志气也足以做到似乎只有集体才做得到的事情。于是人成了人的榜样，甚至被视为英雄。一个再平凡不过的人，在自己的家里，在家扩大了一点儿的范围内，比如院子里，又简直便是上帝了。他的意愿，也仿佛上帝的意愿。他可以随时移动他一切的家具，一再改变它们的位置。他可以把一盆花从这一个花盆里挖出来，栽到另一个花盆里。他也可以把院里的一株树从这儿挖出来，栽到那儿。他甚至可以爬上房顶，将瓦顶换成铁皮顶。倘他家的地底下有水层，只要他想，简直又可以在他家的地中央弄出一口井来。无论他可以怎样，有一件事他是不可以的，那就是取消他家的一堵承重墙。而且，在这件事上，越是明智的人，越知道不可以。

只要是一堵承重之墙，便只能美观它，加固它，而不可以取消它。无论它是一堵穷人的宅墙，还是一堵富人的宅墙。即使是皇帝住的宫殿的墙，只要它当初建在承重的方向上，它就断不可以被拆除。当然，非要拆除也不是绝对不可以，那就要在拆除它之前，预先以钢铁架框或石木之柱顶替它的作用。

承重墙纵然被取消了，承重之墙的承重作用，也还是变相地存在着。

人类的智慧和力量使人类能上天了，使人类能蹈海了，使人类能入地了，使人类能摆脱地球的巨大吸引力穿过大气层飞人太空登上月球了；但是，面对任何一堵既成事实的承重墙，无论是雄心大志的个人还是众志成城的集体，在科学高度发达的今天，还是和数千年前的古人一样，仍只有三种选择——要么重视它既成事实了的存在；要么谨慎周密地以另外一种形式取代它的承重作用；要么一举推倒它炸毁它，而那同时等于干脆“取消”一幢住宅，或一座厂房，或高楼大厦。

墙，它一旦被人建成，即意味着是人自己给自己砌起的“对立面”。

而承重墙，它乃是古今中外普遍的建筑学上的一个先决条件。是砌起在基础之上的基础。它不但是人自己砌起的“对立面”，并且是人自己设计的自己“制造”的坚固的现实之物。它的存在具有人不得不重视它的禁讳性。它意味着是一种立体的眼可看得见手可摸得到的实感的“原理”。它沉默地立在那儿就代表着那一“原理”。人摧毁了它也还是摧毁不了那一“原理”。别物取代了它的承重作用恰证明那一“原理”之绝对不容怀疑。

而“原理”的意思也可以从文字上理解为那样的一种道理——一种原始的道理。一种先于人类存在于地球上的道理。因为它比人类古老，因为它与地球同生同灭，所以它是左右人类的地球上的一种魔力。是地球本身赋予的力。谁尊重它，它服务于谁；谁违背它，它惩罚谁。古今中外，地球上无一人违背了它而又未自食恶果的。

墙是人在地球上占有一定空间的标志。承重墙天长地久地巩固这一标志。

墙是比床，比椅，比餐桌和办公桌与人的关系更为密切的东西。因为人每天只有数小时在床上。因为人并不整天坐在椅上，也不整天不停地吃着或伏案。但人眼只要睁着，只要是在室内，几乎每时每刻看到的都首先是墙。即使人半夜突然醒来，他面对的也很可能首先是墙。墙之对于人，真是低头不见抬头便见。

所以人美化居住环境或办公环境，第一件要做的事便是美观墙壁。为此人们专门调配粉刷墙壁的灰粉，制造专门裱糊墙壁的壁纸。壁纸从前的年代只不过是印有图案的花纸，近代则生产出了具有化纤成分的壁膜和不怕水湿的高级涂料。富有的人家甚至不惜将绸缎包在板块上镶贴于墙。人为了墙往往煞费苦心。

然而墙却永远地沉默着。永远地无动于衷。永远地荣辱不惊。

不像床、椅和桌子，旧了便发出响声。而墙，凿它，钻它，钉它，任人怎样，它还是一堵沉默的墙。

我童年的家，是一间半很低很破的小房子。它的墙壁是根本没法粉刷的。也没法裱糊。再说买不起墙纸。只有过春节的时候，用一两幅年画美观一下墙。春节一过，便揭下卷起，放入旧箱子，留待来年春节再贴。穷人家的墙像穷人家的孩子，年画像穷人家的墙的一件新衣，是舍不得始终让它“穿在身上的”。

后来我家动迁了一次。我们的家终于有了四面算得上墙的墙。那一年我小学五年级。从那一年起，我开始学着刷墙。刷墙啊！多么幸福多么快乐的事啊！那年代石灰是稀有之物。为了刷一遍墙，我常常预先满城市寻找，看哪儿在施工。如果发现了哪儿堆放着石灰，半夜去偷一盆。有时在冬天，端着走很远的路，偷回来时双手都冻僵了。刷前还要仔细抹平墙上的裂纹。我将炉灰用筛子筛过，掺进黄泥里，和成自造的水泥。几次后我刷墙不但刷出了经验，而且显示出了天分。往石灰浆里兑些蓝墨水，墙就可以刷成我们现在叫作“冷色”的浅蓝色。兑些红墨水，墙就可以刷成我们现在叫作“暖色”的浅红色。但对于那个年代的小百姓人家墨水是很贵的。舍不得再用墨水，改用母亲染衣服的蓝的或红的染料。那便宜多了。一包才一角钱。足够用十几次。我上中学后，已能在墙上喷花。将硬纸板刻出图案，按住在墙上；一柄旧的硬毛刷沾了灰浆，手指反复刮刷毛，灰点一番番浅在墙上；不厌其烦，待纸板周围遍布了浆点，一移开，图案就印在墙上了。还有另一种办法，也能使刷过的墙上出现“印象派”的图案。那就是将抹布像扭麻花似的对扭一下，沾了灰浆在墙上滚。于是滚出了一排排浪；滚出了一朵朵云，滚出了不可言状的奇异的美丽。是少年的我，刷墙刷得上瘾，往往一年刷三次。开春一次，秋末一次，春节前一次。为的是在家里能面对自己刷得好看的墙，于是能以较好的心情度过夏季、“十一”和春节。因而，居民委员会检查卫生，我家每得红旗。因而，我在全院，在那一条小街名声大噪。别人家常求我去刷墙，酬谢是一张澡票，或电影票……

后来我去乡下，我的弟弟们也被我带出徒了。

住在北影一间筒子楼的十年，我家的墙一次也没刷过。因为我成了作家，不大顾得上刷墙了。

搬到童影已十余年，我家的墙也一次没刷过。因为搬来前，墙上有壁膜。其实刷也是刷过的。当然不是用灰浆，而是用刷子蘸了肥皂水刷刷干净。四五次刷下来，墙膜起先的黄色都变浅了……

现在，墙上的壁膜早已多处破了。我也懒得刷它了。更懒得装修。怕搭赔上时间心里会烦。亦怕扰邻。但我另有美观墙的办法。哪儿脏得破得看不过眼去，挂画框什么的挡住就是。于是来客每说：“看你家墙，旧是太旧了，不过被你弄得还挺美观的。”

现在，我家一面主墙的正上方，是方形的特别普遍的电池表。大约一九八三年，一份叫《丑小鸭》的文学杂志发给我的奖品，时价七八十元。表的下方，书本那么大的小相框里，镶着性感的玛丽莲·梦露。我这个男人并不唯独对玛丽莲·梦露多么着迷。壁膜那儿只破了一个小洞，只需要那么小的一个相框。也只有挂那么小的一个相框才形成不对称的美。正巧逛早市时发现摊上在卖，于是以十元钱买下。满墙数镶着玛丽莲·梦露的相框最小，也着实有点儿委屈梦露了。“她”的旁边，是比“她”的框子大出一倍多的黑框的俄罗斯铜版画，其上是庄严宏伟的玛丽亚大教堂。是在俄罗斯留学过俄罗斯文学史，确实沾亲的一位表妹送给我的。玛丽莲·梦露的下方，框子里镶的是一位青年画家几年前送给我的小幅海天景色的油画。另外墙上同样大小的框子里还镶着他送给我的两幅风景油画，都是印刷品。再下方的竖框里，是芦苇丛中一对相亲相爱的天鹅的摄影。是《大自然》杂志的彩页。我由于喜欢剪下来镶上了。一对天鹅的左边，四根半圆木段组成的较大的框子里，镶着列维斯坦的一幅风景画：静谧的河湾，水中的小船，岸上的树丛，令人看了心往神驰。此外墙上另一幅黑相框里，镶着金铂银铂交相辉映的耶稣全身布道相。还有两幅是童影举行电影活动的纪念品。一幅直接在木板上镶着苗族少女的头像，一幅镶着艺术化了的牛头。那一年是牛年。那一幅上边是《最后的晚餐》，直接压印在薄板上，无框。墙上还有两具瓷的羊头，一模一样；一具牛头；一具全牛，我花一百元从摊上买的。还有别人送我的由一小段一小段树枝组成的带框工艺品，还有两名音乐青年送给我的他们自己拍的敖包摄影，还有湖南某乡女中学生送给我的她们自己粘贴的布画，是扎着帕子的少女在喂鸡。连框子也是她们自己做的。这是我最珍视的，因为少女们的心意实在太虔诚。还有一串用布缝制的五彩六色的十二生肖，我花十元钱在早市上买的，还有如意结，如意包，小灯笼什么的，都是早市上两三元钱买的……

以上一切，挡住了我家墙上的破处，脏处，并美观了墙。

我这么详尽地介绍我家一面主墙上的东西，其实是想要总结我以墙的一种感想——墙啊，墙啊，永远沉默着的墙啊，你有着多么厚道的一种性格啊！谁要往你身上敲钉子，那么敲吧，你默默地把钉子咬住了。谁要往你身上挂什么，那么挂吧，管它是些什么。美观也罢，相反也罢，你都默默地认可了。墙啊，墙啊，你具有着的，是一种怎样的包容性啊！

尽管，人可以在墙上想写什么就写什么，想画什么就画什么，想挂什么就挂什么，想把墙刷成什么颜色就刷成什么颜色——然而，无论多么高级的墙漆，都难以持久，都将随着岁月的流逝渐渐褪色，剥落；自欺欺人或被他人所骗往墙上刷质量低劣的墙漆，那么受害的必是人自己。水泥和砖构成的墙，却是不会因而被毁到什么程度的。

时过境迁，写在墙上的标语早已成为历史的痕迹，写的人早已死去，而墙仍沉默地直立着；画在墙上的画早已模糊不清，画的人早已死去，而墙仍沉默地直立着；挂在墙上的东西早已几易其主，由宝贵而一钱不值，或由一钱不值身价百倍，而墙仍沉默地直立着；战争早已成为遥远的大事件，墙上弹洞累累，而墙沉默地直立着……

墙什么都看见过，什么都听到过，什么都经历过，但它永远地沉默地直立着。墙似乎明白，人绝不会将它的沉默当成它的一种罪过。每一样事物都有它存在着的一份天职。墙明白它的天职不是别的，而是直立。墙明白它一旦发出声响，它的直立就开始了动摇。墙即使累了，老了，就要倒下了，它也会以它特有的方式向人报警，比如倾斜，比如出现裂缝……

人知道有些墙是不可以倒下的，因而人时常观察它们的状况，时常修缮它们。人需要它们直立在某处，不仅为了标记过去，也是为了标志未来。

比如法国的巴黎公社墙。

人知道有些墙是不可以不推倒它的。比如隔开爱的墙；比如强制地将一个国家和一个民族一分为二的墙……

比如种族歧视的无形的墙；比如德国的柏林墙。

人从火山灰下，沙漠之下发掘出古代的城邦，那些重见天日的不倒的墙，无不是承重之墙啊！它们沉默地直立着，哪怕在火山灰下，哪怕在沙漠之下，哪怕在地震和飓风之后。

像墙的人是不可爱的。像墙的人将没有爱人，也会使亲人远离。

墙的直立意象，高过于任何个人的形象。宏伟的墙所代表的乃是大意象，只有民族、国家这样庄严的概念可与之互喻。

一个时代又一个时代过去了，像新的墙漆覆盖旧的墙漆；一批风云际会的人物融入历史了又一批风云际会的人物也融入历史了，像挂在墙上的相框换了又换；战争过去了，灾难过去了，动荡不安过去了，连辉煌和伟业也将过去，像家具，一些日子挪靠于这一面墙，一些日子挪靠于另一面墙……而墙，始终是墙。沉默地直立着。而承重墙，以它之不可轻视告诉人：人可以做许多事，但人不可以做一切事；人可以有野心，但人不可以没有禁忌，哪怕是对一堵墙……